BOCHICA

BOCHICA

CAROLINA FLÓREZ-CERCHIARO

HarperCollins *Español*

Queda expresamente prohibido todo uso no autorizado de esta publicación para entrenar cualquier tecnología de inteligencia artificial (IA) generativa, sin limitación a los derechos exclusivos de cualquier autor, colaborador o editor de esta publicación. HarperCollins también ejerce sus derechos bajo el Artículo 4(3) de la Directiva 2019/790 del Mercado Único.Digital y excluye esta publicación de la excepción de minería de textos y datos.

Este libro es una obra de ficción. Los nombres, personajes, lugares y sucesos son fruto de la imaginación del autor o se utilizan de forma ficticia y buscan únicamente proporcionar un sentido de autenticidad. Cualquier parecido con sucesos, lugares, organizaciones o personas, vivas o muertas, es pura coincidencia.

BOCHICA. Copyright © 2025 de Carolina Flórez-Cerchiaro. Todos los derechos reservados. Impreso en los Estados Unidos de América. Ninguna sección de este libro podrá ser utilizada ni reproducida bajo ningún concepto sin autorización previa y por escrito, salvo citas breves para artículos y reseñas en revistas. Para más información, póngase en contacto con HarperCollins Publishers, 195 Broadway, New York, NY 10007. En Europa, HarperCollins Publishers, Macken House, 39/40 Mayor Street Upper, Dublín 1, D01 C9W8, Irlanda.

Los libros de HarperCollins Español pueden ser adquiridos con fines educativos, empresariales o promocionales. Para más información, envíe un correo electrónico a SPsales@harpercollins.com.

harpercollins.com

Título original: *Bochica: A Novel*

Publicado en inglés por Primero Sueño Press / Atria Books en Estados Unidos, 2025

Copyright de la traducción © 2026 de Eliana Hernández Pachón

Traducción de Eliana Hernández Pachón

Diseño: Jill Putorti

PRIMERA EDICIÓN EN ESPAÑOL

Este libro ha sido debidamente catalogado en la Biblioteca del Congreso de los Estados Unidos.

ISBN 978-0-06-344547-5

26 27 28 29 30 HDC 10 9 8 7 6 5 4 3 2 1

*Para Ana, que me enseñó a amar las historias:
la nuestra era mi favorita.*

Te extraño.

UNO

◆―・―◆

«Siempre estamos a merced de la influencia de los espíritus».

Antonia apoyaba su cuerpo en el escritorio de madera mientras miraba fijamente el letrero que estaba sobre el tablero, tallado en la pared de cemento. No apreciaba mucho el recordatorio, no creía que esas palabras fueran ciertas, pero las monjas insistían en que las niñas aprendieran sobre la debilidad de la carne y del alma.

El incienso quemado producía una tenue penumbra que se había instalado en el salón pero que no lograba disimular el olor a tierra de cementerio. Las ramas muertas de un nogal chocaban contra el vidrio de la ventana semiabierta; el frío lograba colarse dentro, se le subía por la nariz, le bajaba por la garganta. Antonia pasó saliva. ¿Cuándo se disipará esa nube negra que se cierne sobre Bogotá?

Las gotas de lluvia le golpeaban la cara. Antonia se abotonó el abrigo negro de lana y pasó corriendo entre las niñas, que miraban sus cuadernos sobre los escritorios de madera desgastada, para cerrar las ventanas. Luego, se secó las manos con la tela gruesa de su vestido negro.

Antonia echó un vistazo a sus estudiantes. Tenía al alcance de la mano el Catecismo y la Biblia. Sacudió la cabeza. Las niñas se la pasaban todo el día escuchando lo que debían decir y pensar.

Mientras los niños aprendían matemáticas, álgebra y geometría, las niñas aprendían sobre la economía doméstica. No necesitaban saber más que unas operaciones matemáticas básicas.

Había trabajado por más de un año en la Escuela para Señoritas de Bogotá, pero todavía no se acostumbraba a lo que las monjas llamaban «formar las mentes de la juventud».

A las niñas les enseñaban modales; cómo ser buenas hijas, dóciles y benevolentes; madres y esposas obedientes y atentas. A los catorce, la mayoría de ellas ya estarían casadas. Si tenían suerte, el matrimonio les llegaría a los dieciocho o a los veinte años. Pero esas eran excepciones. E incluso en esos casos seguirían atrapadas. Cautivas en su condición de mujeres. Condenadas a una vida al servicio de los hombres, una vida determinada por creencias religiosas.

Estaba mal visto que una mujer se atreviera a escaparse de la casa. Era su deber cuidar del hogar.

Nada en el mundo podía hacerles siquiera considerar la idea de irse.

Antonia quiso escaparse por un tiempo, no le importaba lo que fueran a decir los demás. Fantaseaba con París, Londres, Roma y Estambul. Con estudiar los orígenes de la literatura gótica allí donde había empezado todo.

A diferencia de estas chicas, que asistían a un colegio católico, Carmela le había dado clases de matemáticas, álgebra y geometría cuando era niña. Y, aun así, la situación de Antonia no era muy diferente a la de las otras mujeres.

Así que aquí estaba.

Quedaban unas pocas horas para que se terminara el día. Se sacó a sí misma de su estupor, y continuó con la lección:

—Pero la influencia de los demonios, como sabemos por las escrituras y la historia de la Iglesia, se remonta a...

Antonia quiso poder decirles a las niñas que la posesión demoníaca era una historia tan fantasiosa como las demás leyendas que les contaban. Como la de la Llorona, el espíritu de una mujer en pena que deambula buscando a su hijo muerto, o la de la Patasola, esa criatura de una sola pierna, con apariencia de mujer, y un deseo vampírico por la carne y sangre humanas.

Se le revolvía el estómago con la idea de que, en la Colombia de 1936, los monstruos fueran mujeres.

—El Diablo puede atacar el cuerpo desde afuera, o tomar el control de este desde... dentro —Antonia se detuvo un momento en lo que acababa de decir, mientras veía cómo las niñas se tensionaban en sus sillas, con el pánico en los ojos. Esto era terrorismo.

Puso la *Enciclopedia Católica* encima del escritorio; sus ojos cafés se quedaron observando un rato el libro gigantesco, encuadernado en cuero color azul marino. Se le apretó el pecho. Era cómplice de este lavado de cerebro.

Alguien alzó la mano al fondo del salón, que estaba poco iluminado, y Antonia recordó que estaba frente a la clase. Asintió con la cabeza, y una chica de pelo negro se tropezó con su pupitre al levantarse para hablar.

—Señorita Rubiano, ¿cómo sabemos que...? —Hizo una pausa— ¿Cómo sabemos que a alguien lo poseyó el...? —Su voz vacilaba, ni siquiera se atrevía a decir la palabra.

«Diablo».

Antonia se rascó la frente y pensó por un momento qué responderle. Para ella, las posesiones no eran más que enfermedades del cuerpo que erróneamente se concebían como obras de una fuerza sobrenatural. El único fantasma que la había perseguido de verdad era el arrepentimiento. Pudo haber escapado, pero ya era demasiado tarde. Ahora tenía que vivir con las consecuencias de sus propias decisiones. Y esa era, a menudo, la carga más difícil de soportar.

—No hay pruebas fehacientes de que estas cosas pasen —dijo finalmente, sin responder del todo a la pregunta de Esperanza, pero deseando que su respuesta alcanzara. Lo último que quería era seguir aterrorizando a estas niñas—. La mayoría de las veces estas... «posesiones» no son reales.

Antonia recorrió el salón con la mirada. De las paredes, pintadas de un gris común y corriente, colgaban frescos cristianos, con los marcos oxidados por el paso del tiempo, y que representaban distintas figuras religiosas. Había desde un retrato del joven Pío XI hasta uno de Francisco de Asís —la primera persona a la que, supuestamente, le habrían aparecido estigmas—, incluyendo uno con la escena de la Resurrección. No podía evitar mirar ese cuadro. Cada vez que lo hacía, se le erizaba la piel y tenía que obligarse a mirar a otro lado.

Sintió miedo, una corriente que le bajaba por la espalda.

Pero había algo más que miedo en esa sensación: sintió que sus certezas se tambaleaban.

Los muertos se quedan muertos. Si no fuera así, ¿no habría sido la mamá de Antonia la primera en regresar?

—Pero ¿cómo hacemos para saber? —insistió Esperanza.

Antonia respiró profundo, sacó un pedazo de tiza de su abrigo y se dio vuelta para escribir en el tablero.

—Movimientos violentos inusuales —dijo mientras garabateaba esas mismas palabras con la mano derecha. El chirrido que hacía la tiza mientras escribía le punzaba los oídos—. Chillan, gimen, y dicen cosas inconexas o extrañas. Conocen la respuesta a preguntas que no tendrían cómo saber...

El corazón le latía en los oídos mientras le pasaban por la mente unas imágenes borrosas, desgastadas como las piezas de un rompecabezas viejo. Antonia sabía que estas imágenes estaban guardadas en algún lugar de su cerebro, pero prefería no recordarlas.

Papá amarrado con cadenas y rosarios a una silla. Lo ilumina solo la luz de unas velas. Intenta soltarse. Se retuerce y grita tan fuerte que parece que no se da cuenta de que está gritando. Luego para. Se frota las manos, murmura algo para sí mismo, y luego se encorva a medida que los cantos en latín del padre Juan y de las monjas se escuchan más fuerte y se aceleran. Hay una oscuridad en papá que se extiende por todo el cuarto, que ya está casi a oscuras. Los cantos se detienen y cuando papá levanta la cabeza, lentamente, en sus ojos abiertos no se ve más que blanco. La sangre que le brota de la boca y de los ojos se le escurre por la camisa. Una mueca se le dibuja en el rostro, y por un momento se queda completamente quieto. Luego le cambia la expresión, parece confundido. El padre Juan se le acerca y le coloca una toalla empapada de agua bendita en la frente. Se reanudan los cantos. Con una última convulsión, Papá expulsa al «demonio» antes de desplomarse en el suelo.

Sus pensamientos la dejaron descolocada. Se acercó para alcanzar el vaso que estaba sobre la mesa, y se tomó de un trago el agua tibia que quedaba, intentando desacelerar su corazón, que amenazaba con salírsele del pecho. Después de unos segundos que le parecieron horas, logró calmarse. El recuerdo había salido de lo más recóndito de su mente. A esos pasajes oscuros... era mejor no acercarse si quería seguir adelante. O quizás la única manera de seguir adelante era enfrentándose a ellos, como decía Carmela. Pero ¿cómo dejar atrás tanta muerte y al mismo tiempo conservar lo único que le quedaba de su familia? No podía darse el lujo de ponerse a pensar en eso ahora. No. Su papá y ella apenas habían logrado sobrevivir, y no podía poner en riesgo su frágil recuperación.

Antonia volvió a respirar profundo antes de continuar con la clase. Tampoco iba a dejar que la catequesis la afectara. No iba a escarbar más en el pasado. Tenía que dejar de hacerlo si quería dejar de soñar esas cosas.

—En algunas ocasiones, la persona es incapaz de rezar, solo le salen blasfemias o muestra terror u odio hacia personas u objetos sagrados. Sin embargo, los estudios científicos tratan estos síntomas como si se tratara de manifestaciones psicofísicas que requieren atención médica. La locura y la parálisis, por ejemplo, a menudo se confunden con la posesión. Los síntomas se atribuyen entonces a una agencia diabólica, cuando en realidad tienen causas naturales...

La puerta crujió al abrirse.

Antonia vaciló y se tambaleó al darse la vuelta.

La madre superiora se asomó y cruzó el umbral de la puerta. Un escalofrío recorrió el cuerpo de Antonia y, al ver que la vieja monja se le acercaba, se le erizaron los pelitos de la piel. Se le heló la sangre y se quedó inmóvil.

La voz de la madre Asunción atravesó como un trueno todo el salón.

—Estoy segura de que la señorita Rubiano no pretendía negar la existencia de este fenómeno. —Le hizo una mueca a Antonia, y luego dirigió su mirada a las niñas, que rápidamente se arrodillaron en el piso frío de piedra, y empezaron a rezar en silencio con la mirada clavada en el suelo.

El pavor se le enroscó a Antonia en la boca del estómago. De la cofia negra de la madre Asunción, que le cubría hasta el mentón, le salían unos pelitos blancos que se le movían ahora con el viento húmedo que entraba por la puerta. Antonia se retorció del asco, contrayendo los dedos de los pies dentro de los zapatos de cuero negro, pero se obligó a sí misma a no apartar la mirada. La presencia de la madre Asunción no era lo que más le molestaba, sino los recuerdos que le traía la monja.

Con cada paso lento que daba la madre Asunción por el salón, el aire se hacía más denso. Los pies parecían hundírsele en el suelo. La visión del dobladillo sucio de su hábito encendió una luz en el pasado de Antonia, iluminando algo. Algo que ella nunca se había atrevido a investigar.

Antonia había estudiado en ese mismo colegio y, aunque no venía de una familia católica, sus padres no tuvieron otra opción que dejar la educación de su hija en manos de las monjas. En ese entonces, no había muchas más opciones para una niña de su edad. Pero no pasó mucho tiempo antes de que las monjas la consideraran no apta para su institución y decidieran echarla, a pesar de las donaciones que su papá hacía a la Iglesia. A fin de cuentas, Antonia era hija de su madre y eso suponía una amenaza para todo aquello en lo que las monjas creían.

—Sea cual sea la perspectiva que los racionalistas decidan tomar, para un verdadero creyente no cabe duda de que las posesiones son reales.

Cadavérica y frágil, casi privada de toda humanidad, la madre Asunción parecía demasiado vieja como para estar en capacidad de dirigir un colegio entero. Entre sus manos de esqueleto, llevaba siempre una regla y un santo rosario.

«Sufrimiento y perdón», pensó Antonia.

Antonia echó un vistazo a sus estudiantes. Tenía al alcance de la mano el Catecismo y la Biblia. Sacudió la cabeza. Las niñas se la pasaban todo el día escuchando lo que debían decir y pensar.

Las niñas pegaron un grito ahogado al unísono, y quince pares de pequeños ojos se abrieron de par en par. Un sudor frío recorrió la espalda de Antonia. Miró a la madre Asunción, que permanecía inmóvil, imperturbable.

—Madre Asunción, yo solo quiero que las niñas tengan algo de perspectiva. Es 1936, les vendría bien un poco de contexto. Mi única intención es que sean capaces de cuestionar y que no se crean todo lo que les dicen; en especial con tanto charlatán que se encuentra uno hoy en día. Eso es todo.

Antonia no estaba mintiendo. No era fácil para ella trabajar en la Escuela para Señoritas de Bogotá. No era creyente. Y después de todas las tragedias por las que ella y su familia habían pasado, su papá directamente evitaba el tema.

Antonia no encontraba ningún consuelo en la espiritualidad. No iba a adorar a un dios que le había quitado todo lo que era importante para ella. Cuando murió su madre, no encontró consuelo en la religión. Había intentado rezar, pero ninguna de las oraciones que susurró en las noches de insomnio fue respondida. ¿Qué era lo que había pasado en realidad? ¿Por qué no lograba sanar? Con el paso de los años, dejó de esperar una respuesta. Ya no la quería.

Las monjas sabían de sus creencias, o más bien de su falta de ellas, pero no habían encontrado a nadie que estuviera tan calificado como Antonia para hacer su trabajo.

Antonia sabía más de literatura, latín, teología, matemáticas, remiendo y costura que cualquier otra candidata que encontraron las monjas. Hablaba cinco idiomas. Todos los había aprendido por sí misma. Una mujer tan ambiciosa no era bienvenida en ningún colegio, y mucho menos en ninguna universidad del país. La ambición de una mujer era una amenaza para los pilares mismos de la sociedad.

—¿Y negar las palabras del propio Jesús? —La madre Asunción miró a Antonia con desprecio—. Eso es un sacrilegio. No es enseñarles a tener fe, sino a ser escépticas; una de las peores actitudes que puede adoptar un cristiano. A menos de que quieran arder en el infierno, claro.

—Discúlpeme, madre Asunción, pero para que un caso

sea catalogado como posesión, se requiere un examen médico como tal y, en muchos casos, no se hace ningún tipo de procedimiento...

La madre Asunción hizo una mueca apretando sus labios arrugados y secos mientras se acercaba a Antonia, lo que la hizo dar un paso hacia atrás y casi tropezarse con su silla. Antonia se pegó a la pared lo más que pudo, intentando alejarse de la monja, pero estaba atrapada. Cuando la madre Asunción le agarró el pelo, Antonia sintió que el estómago se le convertía en una baba espesa.

Casi se le escapa un chillido; el corazón le latía fuerte en el pecho mientras la cabeza se le inclinaba ligeramente hacia el rostro de la anciana, que la tenía agarrada del pelo con un tirón suave pero firme. Según las monjas, la violencia estaba permitida, aunque no debía fomentarse, en especial la violencia física. Pero también se consideraban a sí mismas siervas de Dios, y si alguien se portaba mal, no en vano llevaban la espada.

«Ya que la autoridad está al servicio de Dios para dar su merecido al que hace el mal».

De solo pensarlo, Antonia sentía que se le comprimía la cabeza.

Había sido testigo de esa clase de violencia: la hermana Luisa desplomada en el suelo, retorciéndose de dolor. Su propia sangre acumulándose en un charco debajo de ella.

Uno. Dos. Tres. Cuatro.

A la hermana Luisa la habían azotado casi hasta matarla.

Quería morirse, le había dicho a Antonia. Durante todo ese tiempo, pensó que con un azote más terminaría su sufrimiento.

Pero la madre Asunción no iba a matar a la hermana Luisa.

No. Ese sería un castigo demasiado fácil. Tenía que quedar viva, tenía que vivir para recordarse a sí misma, y de paso a los demás, que las reglas no podían romperse. Nunca más.

La madre Asunción se acercó aún más, Antonia podía sentir su aliento agrio en la mejilla.

—Usted va por ahí, escondiéndose bajo esa cara de escéptica que tiene, pensando que así va a estar a salvo. Pero lo que nos atormenta no desaparece. ¿O es que ya se le olvidó lo que le pasó a su mamá?

La voz de la madre Asunción era sibilante y áspera. A Antonia se le hizo un nudo en la garganta, se le secó la boca y le ardió el estómago. ¿Cómo se atrevía la madre Asunción a hablar de Estela frente a las niñas?

No, a Antonia no se le había olvidado, tenía muchos de sus recuerdos escondidos en los pasajes más oscuros de su memoria, pero la muerte de Estela no era uno de ellos, aunque recordara poco de ese día.

Antonia había estado deambulando por ahí, intentando reunir el valor para darles la noticia a sus padres. Iba a decirles que se iría de la casa, que no soportaba estar un minuto más ahí. Había encontrado trabajo como maestra en un colegio católico de Bogotá y tenía que irse a vivir a la ciudad para cumplir con sus nuevas obligaciones. No le pagaban más que unos pesos, pero era suficiente para cubrir el alquiler y la comida. Aun así, podría venir a visitarlos los fines de semana. No iban ni a sentir que se había ido de la casa.

Antonia estaba más contenta que nunca. Por fin tenía un plan y sentía que recuperaba el control de su vida. De su futuro. Sentía que por fin podía aspirar a algo más, en lugar de simplemente conformarse y hacer lo que todos esperaban de ella; de ella y de las otras mujeres. Podía trabajar unos meses, y ganar lo suficiente como para poder irse del país. Cumplir su sueño de estudiar Literatura Gótica en Inglaterra.

Pero sus sueños se desplomaron en el instante en que entró a esa casa maldita. Desde ese momento, se le había empezado a hacer un hueco en el pecho; un hueco que a veces sentía más grande y más profundo, y le dejaba un vacío por dentro.

La muerte suele ser buena con los que se lleva, y cruel con quienes se quedan.

Antonia quedó aturdida al escuchar las palabras de la monja, y no tuvo la habilidad suficiente para soltarse. Lo único que pudo hacer fue girar un poco la cabeza, y obligarse a sostenerle la mirada.

—No pienses que elegir no creer hará que el mal desaparezca, no es así. Tampoco te va a proteger de nada. En realidad, cuando al fin te lo encuentres de frente, vas a estar débil, te va a agarrar desprevenida. Indefensa. Y no creer no te va a servir de nada. —Los dedos largos y huesudos de la madre Asunción le rasguñaron la nuca, antes de soltarla—. Y ahora, ¿por qué te vas a esconder? Si esas cosas no existen, ¿de quién o de qué te estás escondiendo? ¿Qué es lo que te da miedo?

Antonia hizo una mueca de dolor y consiguió enderezarse. La cabeza le había quedado adolorida y el cuello rígido por la torsión.

La voz de la madre Asunción sonaba áspera a medida que dejaba sus labios resecos.

—Señorita Rubiano, tómese el resto del día, ¿sí?

—Pero todavía me queda una hora de catequesis y...

Las niñas seguían con la mirada en el piso, como si el miedo les impidiera mirar a la madre Asunción. ¿Y cómo no? La monja encarnaba todo a lo que debían temerle.

Una vida sujeta a las reglas de la Iglesia católica. Una vida entregada al cuidado de los otros, olvidando el cuidado de sí mismas. Toda una vida cuidando a los hijos de sus esposos. Una vida sujeta a los deseos de un marido, que por mucho las vería como una máquina de parir hijos, como una adquisición que debía quedarse sentada en la casa.

—Váyase —la interrumpió la madre Asunción—. Nos vemos mañana.

En medio del silencio que se había extendido por el salón repleto de estudiantes, Antonia tropezó intentando llegar a su escritorio. Se inclinó para agarrar su bolso y salió sin decir más. Las niñas retomaron sus oraciones a medida que se iban levantando. Se les veía el terror en los ojos, y Antonia no era capaz de mirarlas un minuto más. Le decían con la mirada: «No te vayas. No nos dejes solas». Pero no podía quedarse. Y tampoco quería.

¿Cuál sería el costo para ella y para su familia de escaparse para siempre?

8 de agosto de 1921

Hoy, por primera vez, sentí que esta tierra es mía.

El sol brillaba en medio del aire de la mañana, iluminaba el camino de tierra que nos rodeaba, y yo podía ver mi aliento, nublado por el frío. Casi 1 500 metros cuadrados, y era todo nuestro, por fin, después de tantas idas y venidas con la compra, y de tanto prometer que cuidaríamos de esta tierra abandonada. Y yo me aguanté todo el caos, la corrupción y todo.

Me lo aguanté incluso cuando Ricardo intentó convencerme de lo contrario. Ningún precio es demasiado alto si te permite vivir en el santuario que deseas. No, que necesitas. Estas tierras eran sagradas y necesitaban una fortaleza, necesitaban una líder que las gobernara para conservarse. Me veía a mí misma como en un sueño, contemplando todo este terreno en su inmensidad, como si lo viera desde el balcón de un palacio. Sentía que el corazón se me llenaba de orgullo, de alegría. Nunca me había sentido tan poderosa, era como si tuviera al mundo al alcance de la mano, finalmente estaba cerca de Bochica. La plata nunca ha logrado darme una sensación de plenitud, aunque crecí sin nada, y lo poco que tenía, mi familia, lo único que podía decir que era mío, me lo quitaron hace años. Sentía como si me hubieran trasplantado a la ciudad, nunca sentí que perteneciera allí. En cambio, en este sitio, aislado de todo el mundo, siempre me sentí en casa.

Al pararme en el borde, vi al Salto rebosante de vida, cómo sus aguas se deslizaban por la montaña y caían sobre las rocas. Su melodía me estremecía el alma y el olor que dejaba en el aire me llenaba los pulmones. Una serpiente de niebla envolvía el lugar, retorciéndose y enroscándose dichosa, dándole un aire fantasmal. No nos libramos de ella, su cuerpo blando también se aferraba a nosotros y nos envolvía. ¿Podría tragarnos enteros?

Se me heló el corazón y, luego, empezó a latirme con fuerza en el pecho. ¿Cuánto del deterioro de esta tierra se escapaba a mis ojos? Bajo el velo de esta niebla espesa, ¿no estaba todo pudriéndose? La belleza engaña, enmascara, como un disfraz, y siempre oculta lo que no sirve bajo la superficie. Abajo, la tierra estéril se extiende con rapidez, como una plaga silenciosa. La ambición enfermiza puede extraerle la vida a cualquier cosa. Pero mi intención era recuperarla, regresarle la vida.

Por un momento, todo a mi alrededor se aquietó, me quedé clavada en el suelo. Cerré los ojos. Quería asimilar ese momento, quedarme con él tal cual como había ocurrido, guardarlo en mi cabeza como un tesoro que me pertenecía. Que nadie podría quitarme.

Sentí una calidez en el cuerpo y volví a abrir los ojos. Me arropaban los tonos cafés, los encenillos silvestres me ofrecían un refugio debajo de sus ramas extendidas. Descansaba bajo los matices del follaje. El Salto le pertenecía a Bochica. Era un santuario sagrado. Un lugar para las almas antiguas, para los espíritus que viven en medio del sonido dulce que hace el agua en movimiento, de los cóndores, de los búhos. Por algún motivo, me sentía más en casa aquí que en mi propio hogar. Quizás algún día mi familia iba a poder entenderlo.

El ruido de la cascada silenciaba la voz de Ricardo, que estaba parado cerca de un caminito hecho de rastros de la cera blanca y negra que habían dejado unas velas, retazos de trapos sucios, plumas y mugre. «Los trabajadores se van a encargar de limpiar *todo esto»*, *dijo para tranquilizarme, y lo que sea que haya dicho después no lo escuché.*

Quise que Antonia estuviera ahí con nosotros. El paisaje aquí era más hermoso que cualquiera de esas novelas góticas con las que estaba obsesionada. ¿Sería capaz de apreciarlo tanto como yo?

¿Y cómo no? También era suyo. Hacía parte de ella, vivía ya, latente, gestándose con paciencia en su interior. Llegaría el día en que lo tendría en sus manos.

DOS

La calle estaba vacía, oscurecida por la sombra de los imponentes nogales que crecían a ambos lados. Era una calle destapada, cubierta de barro y llena de charcos mugrientos. Antonia estaba parada en el medio, a unos cuantos metros de la puerta de hierro negro que custodiaba la escuela. Llevaba una bufanda color carmesí ceñida al cuello, suave y delicada, que ondeaba casi como una bandera con el viento invernal, y la protegía del frío. Mientras se alejaba de la escuela, los últimos destellos de luz desaparecían entre las nubes, y empezaban a vislumbrarse las calles empedradas de La Candelaria. Las casas blancas de dos pisos, con sus gastadas tejas de arcilla y rejas de hierro negro en las ventanas, le daban la bienvenida a su paso.

Antonia no miro atrás. La sola idea de regresar le daba náuseas. Hacía que le sudaran las manos. No. No podía volver a alterarse de ese modo frente a la madre Asunción. No podía permitírselo si quería conservar su trabajo. Y ella necesitaba ese trabajo. A la madre Asunción ya se le venía agotando la paciencia, incluso antes de lo que pasó ese día. La monja ya le había perdonado saltarse la peregrinación anual al cerro de Monserrate, que no hubiera querido subir la empinada montaña para rezarle a El Señor Caído y, en cambio, llevara a las niñas al Instituto Nacional de Ciencias. Le había perdonado que se hubiera negado a tomar el hábito, sin mencionar el hecho de que Antonia tenía veintiséis años y aún no se había casado.

Y no, Antonia no iba a volverse monja. Ya se sentía lo suficientemente enclaustrada en su vida. Apenas había podido sobrevivir a la pesadilla gótica que le había tocado. No se la iba a poner aún más difícil.

Por sesenta pesos al mes valían la pena la caminata, las clases semanales de catequesis y todo por lo que la hacían pasar las monjas si con eso podía cubrir los gastos médicos de su papá. El trabajo también significaba la posibilidad de algún día irse para siempre, de empezar una nueva vida en algún lugar remoto, lejos del trauma que llevaba años intentando dejar atrás.

Pero a pesar de todas las razones que tenía para quedarse, no podía evitar pensar que quizás no sería tan malo si la echaran. De hecho, a lo mejor había otra salida. Al fin y al cabo, la deteriorada casa de su infancia se había convertido en el primer hotel de lujo de Colombia. El Refugio del Salto, asentado en medio de la sabana de Bogotá y, con vistas a una cascada de ciento cincuenta metros, ofrecía el esplendor de un alojamiento exclusivo en el que, a tan solo tres horas de la ciudad, la alta cultura francesa se unía a la tradición andina local. Según *La Nota*, el periódico de la ciudad, el hotel de cinco pisos contaba con un vestíbulo y un salón de baile con una atrevida arquitectura geométrica, lujosos detalles dorados, murales con paneles, mosaicos en el piso y candelabros de cristal colgando del techo; así como con dieciséis habitaciones bien equipadas, con placas doradas en las puertas y adornadas con figuras de serpientes. Además de disponer de teléfono y electricidad, el hotel tenía tres restaurantes que ofrecían una amplia oferta gastronómica local e internacional, y en el primer piso había dos salones con vistas espectaculares a la cascada, donde los huéspedes podían degustar cerveza y vino de la cava propia, construida en madera de nogal, al estilo bávaro, mientras escuchaban los boleros en vivo que se tocaban en el vestíbulo. El spa ofrecía también una extensa lista de tratamientos naturales, inspirados en rituales de la zona, para cualquier malestar.

Una extraña mezcla de horror e ilusión sobrecogía a Antonia al pensar en el lugar que alguna vez había sido su hogar. No le ofrecía amparo a nadie, y mucho menos era un refugio de paz. Esa casa horrible, donde había ocurrido todo, estaba a punto de abrir sus puertas al público. Pero al menos podría ahorrarse unos cuantos pesos. Un capital valioso que no había podido ahorrar desde que su mamá se había ido de este mundo, hacía ya cuatro años, y su papá había caído en una depresión que los dejó en la ruina y que amenazaba con consumirlo por completo. Una neblina espesa le nublaba la mente, y le impedía soñar, trabajar o tener algún tipo de esperanza.

Una «posesión demoniaca». Esas niñas no tenían ni idea de lo que era la oscuridad de verdad. Aun así, gracias a toda esa charla sobre el diablo, no iban a poder dormir esta noche.

Entonces, Antonia escuchó algo.

No fue exactamente un ruido. Más bien, era como si algo se hubiera desplazado en el aire, o como si algo se hubiera levantado de las profundidades de esas calles sucias de piedra y se moviera con rapidez hacia ella.

Antonia aceleró el paso, sin mirar atrás, sintiendo el pulso de su corazón en los oídos. Estaba a tan solo una cuadra de su casa, pero había escuchado demasiadas historias sobre lo que les pasaba a las señoritas que andaban solas por la calle como para no tener miedo, incluso, a media tarde.

Pero Antonia conocía el mal de verdad.

«¿Cómo voy a tener miedo si sobreviví a la verdadera oscuridad?».

Antonia levantó las manos, que colgaban inertes a su costado, y se subió la capucha del abrigo para cubrirse, como si eso pudiera servir de algo. Pero algo en ese gesto la hizo sentir un poco más tranquila.

Aun así, cometió el error de levantar la mirada, y lanzó un grito ahogado: una silueta oscura estaba parada al otro lado de la calle, justo frente a la puerta de su casa. Unos ojos rojos y brillantes le devolvieron la mirada.

Por un momento se quedó atónita, pegada al piso de asfalto bajo sus pies, pero luego retrocedió unos pasos. De repente el aire se sintió cálido y pesado, ahora que examinaba la calle vacía. Esos ojos... Los había visto en algún lado...

A su alrededor las casas estaban en silencio, como si nadie viviera en ellas, y los nogales tan altos extendían sus ramas verdes contra el cielo oscuro, como si su sola presencia fuera suficiente para ahuyentar la oscuridad y obligar a la luz a caer sobre las hojas, empapadas de lluvia.

Pero no era la quietud, ni el vacío de su alrededor, lo que la asustaba. Era el silencio.

Un silencio absoluto y ensordecedor, de esos que lo apagan y amortiguan todo. Normalmente, habría escuchado el estruendo de los carros y carruajes subiendo y bajando por las calles, el eco de los pasos de los transeúntes, el chismorreo incesante de las señoras saliendo de la catedral después de la misa del mediodía. Pero ahora... nada. Era como si se hubiera desplazado a un lugar completamente diferente y, sin embargo, familiar. Y justo por esa familiaridad, no salió corriendo. En cambio, se obligó a seguir mirando a esa figura inmóvil que estaba parada frente a su casa.

No lograba distinguirle el rostro, lo tenía cubierto con una especie de velo negro, como si algo o alguien le hubiera borrado los rasgos, y le hubiera dejado tan solo unas sombras borrosas.

Pero esos ojos rojos...

Antonia abre los ojos de golpe. Intenta respirar, y un sudor frío le baja por la columna. Se aferra a las sábanas blancas, le tiemblan las manos, presiona con fuerza su espalda contra la cabecera de la cama. Parpadea varias veces, intentando sacarse de encima el miedo que le aprisiona el pecho. Los recuerdos la asaltan: unos ojos rojos que la miran de cerca, Antonia de pie, quieta, acorralada, con hierbas enroscándosele entre los pies descalzos.

Intenta pegar un grito, pero no logra articular ningún sonido, pareciera que el espacio donde está se ha quedado sin aire. No. No. No. No va a volver a caer en ese sueño oscuro. Tiene que ser un sueño. Se dice a sí misma: «Antonia, estás aquí», se recuerda que está despierta. Examina la oscuridad de su cuarto ahora que la luz de la luna se alcanza a colar por la ventana, el repiqueteo de la lluvia que golpea el vidrio la reconforta.

La amenazante pesadilla la suelta, pero los ecos del terror que experimentó permanecen, como un susurro ominoso que se burla de la fragilidad de su cordura.

—No pue-e-de ser... —se le escuchó apenas.

—¿Señorita Nona? —una voz apagada y carrasposa le susurró al oído. Antonia la reconoció y se dio vuelta. Emiro, el joven chofer de su papá, estaba parado a su lado.

—¿Señorita? —la llamó de nuevo. Antonia permaneció inmóvil, con la mirada clavada en el piso—. Está en la mitad de la calle.

Ella asintió, sin poder pronunciar una palabra, tambaleándose. Se dio la vuelta y levantó la mirada, la silueta había desaparecido.

—¿Está bien? —insistió Emiro.

—Había alguien en la puerta. Papá... ¿era él? —¿Acaso Emiro no había visto esa cosa?—. Ve-e-nía caminando y...

—Su papá está en la casa. Con este clima tan espantoso no hay nadie afuera.

—Tiene razón. Es que estaba... Estaba distraída. —Curvó los labios hacia arriba en una mueca que no alcanzaba a ser una sonrisa—. Tuve un día largo en el colegio.

Emiro frunció el ceño. Su pelo largo y castaño oscuro se movía con el viento, le cubría casi toda la cara. Se acomodó el pelo antes de que sus ojos redondos se cruzaran de nuevo con los de ella.

—Señorita, ¿le puedo preguntar algo?

Antonia asintió, con la mirada todavía clavada en la puerta de la casa.

—¿Cómo logra hacer tanta cosa? El colegio, cuidar a su papá, la casa, el negocio, la otra casa... Hace demasiadas cosas. Y no sé si se da cuenta.

Antonia se volteó para mirarlo. Consideró por un momento sus palabras, pero era inútil. Las mujeres no tenían otra opción más que quedarse.

—No tengo otra opción...

—Siempre hay otra opción.

Antonia pasó saliva. Sí, había tenido otra opción. Pudo haber escapado hace muchos años, pero ahora ya era demasiado tarde.

—Ni una palabra a Carmela, ni a mi papá. No quiero preocuparlos con mi torpeza.

Antonia giró la llave que abría el candado oxidado. Deslizó el cerrojo, frío como una piedra, y abrió la puerta de madera de castaño, desde donde podía verse un pasillo con arqueado, iluminado en el fondo por una luz tenue. Su casa había sido construida alrededor de un patio central, con una fuente de mármol en medio de un jardín exuberante con flores tropicales; bromelias, gardenias, jengibres rojos, anturios y varias especies de orquídeas les daban la bienvenida a los visitantes cuando entraban a la casa. En el extremo norte del ala central, una escalera de madera conducía a un segundo piso con dormitorios, un estudio, una biblioteca y varios cuartos vacíos. La casa era más grande de lo que la familia necesitaba, pero a Antonia no le importaba la cantidad de espacio, sobre todo, después de haber pasado casi la mitad de su vida en una mansión de cinco pisos a las afueras de la ciudad.

El olor del tinto recién hecho impregnaba el lugar. Cerró

la puerta tras de sí, y dejó su pesado abrigo negro y su bufanda carmesí en el sofá de terciopelo verde que estaba en el centro del salón, sin apartar la vista de la luz intermitente de la lámpara. El calor que irradiaba el candelabro dorado se sentía bien sobre su piel, ahora expuesta.

Antonia no estaba segura de qué o a quién había visto hace un momento; quería pensar que era producto de su imaginación. Fuese lo que fuese, le había dejado la mente revuelta.

Todo había empezado un poco más de un año antes de la muerte de su mamá. Antonia se despertaba gritando y pidiendo ayuda en medio de la noche, envuelta en la oscuridad de su habitación. Mamá, papá y Carmela entraban deprisa. Ricardo se apresuraba en decirle que no había sido más que una pesadilla. Pero su mamá no parecía tan convencida o, al menos, no después de que ocurriera varias veces. A Antonia le parecía que Estela sabía algo más, pero no le decía nada. Lo sentía en la manera en que la miraba su mamá, en cómo abría la boca para consolar a su hija y, luego, se contenía.

Pero, sin importar el consuelo que Antonia recibiera de su mamá, los sueños continuaban. En la noche, cuando cerraba los ojos, veía las mismas imágenes repitiéndose en bucle, esos ojos rojos que la saludaban de nuevo, dándole la bienvenida a la pesadilla que ya conocía.

Antonia pensó que, si se separaba por un tiempo de la casa, iba a alejar también las pesadillas. La estrategia funcionó... hasta que dejó de hacerlo. Empezó a creer que la vigilia la libraba de las pesadillas. Que la realidad podía protegerla de aquello que la atormentaba mientras dormía. Y, por un tiempo, así fue. Por un tiempo, fue tan fácil como mantenerse despierta. Pero ¿qué pasaría si no pudiera escapar más de sus pesadillas, si estas lograran colarse en su mente incluso cuando tenía los ojos bien abiertos?

Al fin y al cabo, la atormentaban los recuerdos del pasado, y quizás esas pesadillas recurrentes no eran más que una respuesta de su cuerpo, de su psiquis, al duelo y la pérdida que había vivido; a cómo el trauma la tenía enjaulada, atrapada en sus garras y no la dejaba ir.

Antonia tenía que darle algún sentido a todo esto. Si tan solo pudiera hablar con su mamá una vez más. En cambio, lo único que le había dejado eran...

Los diarios.

Esos diarios chamuscados a los que Antonia les había arrancado las páginas la noche que tuvieron que salir corriendo de la casa. En un principio, se había rehusado a leerlos; había hojeado solo algunas partes, sin prestarle atención del todo a lo que decían. Pero se había aferrado a ellos, ya que eran unos de los pocos objetos que la conectaban con su mamá. Recién había logrado reunir el valor para enfrentar el dolor que le producía ver las palabras de Estela en las páginas y darse cuenta de que era lo único que le quedaba de ella.

Antonia se acordó de un fragmento que había leído una y otra vez.

Pero mientras escribo sobre este lugar maravilloso que ahora es mi hogar, mi mente sigue llevándome de regreso a mi querida Antonia. Mi Nona. Es la que más me preocupa... Aun así, quisiera poder tranquilizarla, ayudarla a calmar sus emociones, consolarla.

¿Qué era lo que le preocupaba a su mamá? Antonia necesitaba conocer el resto de las piezas para poder armarse una imagen completa. Evidentemente, Estela había percibido que algo en Antonia no estaba bien, y su diario había sido una manera de acceder a la mente de su madre. Quizás había otros diarios u objetos en los que Antonia podría encontrar alguna respuesta. Si pudiera volver a la casa, mirar si quedaba algo...

Se sacó esa idea de la cabeza y gritó:

—¿Carmela?

La luz ya no titilaba.

—Aquí estoy, Nona —le respondió una voz al final del pasillo.

Antonia se dirigió a la cocina, el sonido de sus botas de cuero sobre las baldosas rojas resonaba en el pasillo. Aunque recuperar alguna de las pertenencias de su mamá sonaba tentador, no podía soportar la idea de regresar a esa casa.

—Llegaste temprano —dijo Carmela, su ama de llaves de toda la vida y su tutora de la infancia, desde detrás del pasillo de la cocina. Su expresión seria le era tan familiar como el pelo gris que llevaba impecable y peinado por la mitad; sus trenzas, que tenía amarradas con firmeza en un moño bajo, brillaban bajo la luz cálida—. ¿Todo bien?

Antonia soltó una risita. Nada se escapaba nunca de la intuición de Carmela, sobre todo si tenía que ver con Antonia. Después de todo, era como su segunda mamá. Y más ahora.

Antonia asintió.

—Sí. Catequesis. Después te cuento. —Los viernes solía llegar más tarde que los otros días. La catequesis duraba cuatro horas, pero hoy apenas había podido sobrevivir a la primera.

Carmela puso frente a Antonia una bandeja de plata cargada de amasijos recién horneados. Había pasteles de queso y guayaba, almojábanas quesudas, y los favoritos de Antonia: pandebonos, unos pancitos hechos de almidón de yuca y queso salado.

—Come. No creas que no me di cuenta de que te fuiste a trabajar en ayunas esta mañana.

Antonia estaba agradecida por el trabajo diario de Carmela, que no solo le nutría el cuerpo. Carmela había estado con Antonia en las buenas y en las malas, y la conocía más de lo que ella se conocía a sí misma. La nana había empezado a trabajar con los padres de Antonia cuando se casaron. Había criado a Antonia y la había educado en casa después de que las monjas decidieran, por alguna extraña razón, que Antonia no merecía estudiar en su institución por ser hija de su madre. Así que Carmela le había enseñado todo lo que sabía de la vida. No hubiera podido sobrevivir sin ella.

—Gracias —le dijo Antonia con la boca llena de pan.

—Tu papá se está alistando para la inauguración.

Antonia dejó de masticar y se tragó el último pedazo de almojábana entero.

—Claro. No lo puedo creer. Estaba segura de que se le iba a olvidar esa fiesta...

La invitación había llegado hacía tres semanas, y su papá de inmediato decidió que iría. A Antonia le sorprendió ese cambio repentino de opinión. Desde que se fueron, su papá se había rehusado a volver a la casa, incluso, se negaba a pensar en ella; tanto así que Antonia se tuvo que encargar de todo el papeleo y de cada uno de los detalles concernientes al alquiler de la casa. Así que le costaba entender por qué de repente estaba tan decidido a regresar, después de tantos años; y, por eso, había hecho todo lo posible para que cambiara de idea. Ya él había mejorado mucho, y Antonia no iba a dejar que el dolor del duelo volviera a consumirlo. Incluso le había pedido al médico de su papá que interviniera, pues él mismo le había recomendado alejarse de cualquier asunto que tuviera que ver con la casa. Después de todo, los recuerdos y el dolor que habitaban en ese lugar eran demasiado para él.

Pero su papá había ignorado los consejos del médico, y las preocupaciones de su hija. Ya estaba decidido: iba a volver a esa casa.

Carmela vaciló.

—Nunca se le olvidaría —dijo—. Ahora tenemos que concentrarnos en alistarte.

Antonia se inclinó sobre la mesa de madera de caoba para alcanzar la cafetera de aluminio, y se sirvió una taza. Tomó un sorbo; el tinto caliente le quemó la garganta y, de paso, le despertó los sentidos. Contemplaba ahora la idea de regresar a la casa de su infancia. Corrió una de las sillas de la mesa de la cocina y se sentó.

En 1923, el arquitecto Ricardo Rubiano, el papá de Antonia, terminó de construir una mansión de cinco pisos y 1 500 metros cuadrados, al estilo de la *belle époque*, a las afueras de Bogotá. Había sido un regalo para la mamá de Antonia, historiadora y una mujer adelantada a su tiempo, que anhelaba vivir a las afueras de la gran ciudad, en una casa que pareciera un castillo, como en un cuento de hadas. La Casona, como le llamaban los habitantes de la zona, no se parecía a nada que existiera en el país. Era enorme, ostentosa, con un diseño atrevido. Había sido construida dentro de la misma montaña, con una vista de 360 grados sobre la sabana de Bogotá, y vistas espectaculares de su paisaje vecino, el Salto del Tequendama. La casa ofrecía una vida lejos de la gran ciudad sin necesidad de renunciar a la comodidad y al lujo. Tenía grandes ventanales con cortinas en medio de muros sólidos de hormigón, y techos de color rojo quemado. Había varias esculturas en mármol natural tallado a mano e importado desde Europa, que representaban desde la Venus de Milo hasta deidades más locales como Bachué y Bochica. Esta última estaba representada en murales pintados a mano, tallas doradas, y en detalles tanto en la fachada como en el interior de la casa.

La familia Rubiano se había convertido en la envidia de todos. Pero un año después de la muerte de Estela, y tras una década viviendo allí, la familia salió corriendo de la casa sin ninguna intención de volver.

El papá de Antonia le había dado vida a un lugar desolado, pero ese mismo lugar le había arrebatado la vida. A él y a su familia.

—Es una mala idea. —Antonia negó suavemente con la cabeza y volvió a sus pensamientos.

Para Ricardo, los recuerdos de Estela eran muy difíciles de sobrellevar. También eran insoportables para Antonia, pero ella se las había arreglado para mantener sus sentimientos a raya, por el bien de los dos. Tenía que hacerlo si quería mantener al menos la apariencia de que su familia seguía unida.

Hasta el momento, Antonia había logrado mantenerlos alejados de su antigua casa durante tres años. No habían estado ahí desde que Antonia, en medio de la noche, sacó a su papá de ahí.

Se habían ido para siempre.

O eso era lo que Antonia creía.

Ricardo no había querido soltar la propiedad y le había pedido que no la vendiera. Antonia asumió que era porque había sido construida para su mamá y, aunque él no quisiera volver a entrar, quizás sentía que mantenerla en la familia era lo que debía hacer en memoria de su difunta esposa. Así que, en vez de vender la casa, la habían rentado hacía unos meses. León Rivera, uno de los hombres más ricos de la ciudad y el mejor amigo de su papá, se convirtió en el nuevo inquilino y así fue como se convirtió en un hotel.

Antonia habría pagado para olvidar el tiempo que pasaron en ese lugar; quería que esas historias, que a su papá le encantaba rememorar, desaparecieran. No soportaba el dolor de ver a su madre solo en recuerdos súbitos. La quería junto a ella. Antonia la necesitaba y, en los momentos en que quería estar con ella, le mortificaba la idea de que Estela existiera únicamente en una vaga memoria.

De todos los recuerdos que conservaba de ella, el más doloroso era el de la primera noche que pasaron en la casa; encerraba la promesa de que empezaba algo bueno para ellos, algo mejor.

Antonia, su mamá, y su papá, acurrucados junto a la chimenea, envueltos en mantas de lana, mientras una brisa fresca se cuela por el balcón. El rugido de la cascada detrás, como telón de fondo de la nueva vida que comienzan. El olor a roscón dulce y a arequipe recién hecho que sale de la cocina, que flota en el aire y despierta sus fosas nasales, y hace que a Antonia se le haga agua la boca. Estela y Ricardo habían estado tomando vino caliente de la cava, mientras que Antonia se calentaba las manos con una taza de chocolate con queso que le había preparado Carmela. Su papá le había puesto una caja de madera en frente.

—Para nuestra Nona —le había dicho en voz baja, con una sonrisa. Antonia y su madre intercambiaron miradas. Habían celebrado el cumpleaños número trece de Antonia justo antes de mudarse fuera de Bogotá, y no esperaba más regalos de sus padres. Así que, a pesar de que después de un día muy largo los párpados le pesaban, deslizó la caja de la tapa hacia un lado. El leve chirrido le hizo cosquillas en los oídos. Adentro había libros, pero no cualquier tomo, reconoció Antonia de inmediato. Era una colección encuadernada en cuero, en letras doradas y repujadas se leía: *Colección Completa de las Hermanas Brontë*.

A Antonia le dio un vuelco el corazón, se le encendió el pecho de alegría.

—Papá... —Se había quedado sin palabras. Había leído con voracidad *Jane Eyre*, *Cumbres borrascosas* y *Agnes Grey*, una y otra vez. Sumar una colección así a su biblioteca personal, en una edición de corte artesanal tan hermosa, era un sueño hecho realidad.

—¿Dónde conseguiste esto?

—Pedí que me lo trajeran desde Europa. Pensamos que sería lindo que lo tuvieras ahora que estamos acá.

Esa noche Carmela entró en la sala con una bandeja de plata cargada de amasijos recién horneados. Antonia todavía sentía el cansancio en el cuerpo, pero sabía que no iba a poder dormir.

Siete libros. Todos para ella. Y en ellos nuevas historias por descubrir, junto a la historia que su familia también empezaba.

Estaban ilusionados con lo que iba a venir, pero unos años después esa misma ilusión les sería arrebatada.

—Tu papá va a ir. Con o sin ti. Mejor que vayas. —Carmela trajo a Antonia de regreso a la conversación—. No va a pasar nada si le echas un ojo.

—El doctor Ruiz nos dijo que lo mantuviéramos lejos de ese lugar. Lejos de todos esos recuerdos. Al menos por el momento.

«Por el momento». Un momento que para Antonia ya se empezaba a sentir como una eternidad. Mientras la casa siguiera en pie, su papá no iba a mejorar. Y el tiempo no se detenía para nadie. Sin duda, no para ella.

Carmela asintió y miró fijamente a Antonia desde la encimera de mármol blanco.

—A lo mejor es diferente esta vez —dijo Carmela, en un tono que guardaba algo de ilusión—. Quién sabe, de pronto estando allá, por un ratico al menos y con el lugar tan diferente... se da cuenta de que no hay nadie, que no hay nada que estar buscando ahí.

Esta vez podría ser diferente, sí. Antonia ya no era una niña, ya no era la víctima crédula que había sido al crecer. La casa no sería más que una fuente estable de ingresos, punto. Si lograba esperar seis meses para ahorrar su parte, no tendría que volver a ver ni esa casa ni a Bogotá nunca más, salvo en visitas puntuales para ver a Carmela y a su querido papá. Y aunque no lo admitiera, una parte de ella sí quería volver. Quería ver la casa, comprobar si seguía en pie mientras su mundo se venía abajo, ver si algo había cambiado más allá de su nuevo aspecto de hotel. Quería encontrar algún rastro de su pasado ahí, averiguar si el olor de su mamá aún flotaba en el aire.

—Sería bueno para los dos, Nona —había dicho su papá el día que recibieron la invitación—. Volver a ver la casa. Estar ahí otra vez. Y darnos cuenta de que, a pesar de que sea duro volver, hemos crecido, y estamos mejor. De pronto lo que necesitamos es un cierre. Lo que tú necesitas, para poder superar todo lo que pasó.

—No, papá, yo no... —No quería volver a recoger los pedazos de lo que había quedado después de su partida. Empezando porque quizás ya no seguían ahí, quizás ya no quedaba nada más—. Mírate. Si estuvieras mejor, estarías haciendo lo que más te gustaba además de estar con mamá; habrías vuelto a la arquitectura. La gente me lo pregunta todo el tiempo, y yo tengo que seguir diciendo mentiras. No puedo ser honesta, yo... —a Antonia se le atragantaron las palabras. ¿Qué más podría argumentar para convencerlo de que abandonara la idea?

—¿No te da un poquito de curiosidad? Después de todo, sigue siendo nuestra casa.

—Sí, sigue siendo nuestra casa, pero ya no es una casa. Es un hotel. Y no es más nuestro hogar—. Antonia se contuvo para no decir más y se guardó lo que pensó inmediatamente después. En retrospectiva, no estaba del todo segura de que esa casa alguna vez hubiera sido su hogar.

El ruido de los pasos proveniente del pasillo la obligó una vez más a dejar sus pensamientos. Se dio vuelta en su silla y vio a su papá, que le devolvía la mirada con los mismos ojos profundos y castaños de ella.

Antonia sonrió.

—Papá, te ves espectacular.

En efecto, Ricardo se veía muy bien. Ahí parado, junto a la puerta, se parecía al hombre que había sido antes de que muriera su esposa. Además de algunas arrugas, no quedaba en él el rastro de la persona que veía Antonia cuando lo miraba: un extraño, la sombra del que había sido. Ante sus ojos, había envejecido al menos unos meses por día y, aunque seguía pareciendo viejo, ahora podía ver al hombre joven y lleno de vida que conservaba dentro, y eso le daba esperanzas.

Esta vez, las cosas podrían ser distintas.

Su tez, usualmente aceitunada y pálida, tenía ahora un tono rosáceo y vivo bajo la luz cálida que caía desde arriba. Su esmoquin negro resaltaba algo en él, un orgullo y una seguridad que Antonia llevaba mucho tiempo deseando volver a ver. Su pelo castaño, que llevaba peinado hacia atrás con cera, lucía pulcro y brillante.

Una mezcla de ilusión y horror la invadió por dentro. Haría el sacrificio de regresar a la casa si eso significaba volver a ver a su papá así de vivo. Serían solo unas cuantas horas, al fin y al cabo. No podía ser tan grave, ¿o sí?

—Tu mamá debe estar muy feliz esta noche.

Estas palabras hicieron que Antonia sintiera algo viscoso en la piel, y la pizca de ilusión que había sentido al verlo desapareció al instante. «Cree que va a encontrarla ahí».

—No. Mi mamá se murió ahí. Hace más de cuatro años. Esa casa la mató. —Antonia no lo decía literalmente. Las casas no matan a las personas. Las personas matan a otras personas. Pero la obsesión de Estela con esa casa la había arrastrado al abismo, la había hundido en arenas movedizas. Se había puesto a sí misma una trampa insidiosa, ineludible...

Antonia intentó sacarse esos pensamientos de la cabeza, respiró profundo, y decidió acercarse a Ricardo con calma, dejar de lado el cuchillo filoso de la confrontación. Lo que había pasado en el colegio ese día la había dejado exhausta. Volver a su casa de la infancia, si es que volvía esa noche, era un reto que iba a requerir hasta la última gota de las fuerzas que le quedaban.

El ambiente se puso tenso entre ellos y los mantuvo por un momento en un silencio profundo. El grifo goteaba en el fregadero; el sonido de cada gota que caía reverberaba por toda la cocina como si fuera el platillo de una batería y, aun así, ninguno de los dos se movía, tomaba nada ni decía una sola palabra.

Ricardo rompió el silencio.

—Tu madre estaba enferma. Tenía una enfermedad de esas que te consumen desde adentro, ese tipo de enfermedades que los médicos suelen pasar por alto. Se rindió y...

Antonia sintió como si le hubiera caído una docena de ladrillos encima y no pudiera sacudirse ese peso de encima. Ya había escuchado esa explicación, se había obligado a sí misma a aceptarla. Pero había algunos días en los que todavía se preguntaba cómo podía él estar tan seguro.

Después de todo, Antonia no había hecho más preguntas. Ricardo le había dicho que Estela había estado actuando raro ese día, cosa que Antonia no notó; y eso, inevitablemente, la hacía sentir culpable. Al rato, el cuerpo de Estela estaba en el aire, agitándose sin control. Se había ido. Estaba muerta. Y Antonia, ¿habría podido hacer algo para evitarlo? ¿Podría haberlo previsto? ¿Y si Ricardo estaba tan seguro porque él mismo estaba pasando por una enfermedad similar?

—Papá... —Antonia frenó su impulso de contestarle algo. Se sentía vacía. Unidimensional. Inútil. No había nada que pudiera hacer para ayudarlo.

—Nona, ya sé lo que me vas a decir —replicó—. Todo va a estar bien. Es solo una fiestica. Y es importante para León. Él siempre me ha respaldado, es mi amigo, casi tu tío, y quiero que los dos estemos ahí.

León había intentado sacar a Ricardo de la tristeza que lo estaba consumiendo. Algunas veces lo recogía y se iba a pasar el día con él. Otras, cuando no podía convencerlo, León se quedaba en la casa haciéndole compañía. Y aunque Antonia valoraba los esfuerzos de León, aun así, deseaba poder quedarse en la casa.

—A tu mamá le habría gustado. Ese lugar era todo para ella —agregó.

Estas palabras le calaron hondo. En esa casa nunca nada había estado del todo bien. Ese lugar que había sido tan importante para su mamá, incluso más que su propia hija, había acabado con ella. Se había convertido para ella en una tumba, en una trampa, en una cárcel. Una prisión de la que no iba a poder escapar viva.

—¿Una fiestica? Como si las fiestas de doña Pereira tuvieran algo de pequeño y discreto.

—Es nuestra casa, Antonia. Tenemos que ir. Yo tengo que ir.

Antonia se sintió derrotada. ¿Cuándo se daría cuenta su papá de que su esposa no iba a estar ahí, esperándolo, convertida en una sombra que se niega a desaparecer, como las que Antonia alguna vez... como la que acaba de...?

¿Qué? ¿Qué estaba pensando? Si Antonia no creía en apariciones, ¿o sí?

Aun así, no podía negar que, durante años, esa casa había ensombrecido sus vidas. Si alguna vez había sido una mansión maravillosa, parecida a un castillo, La Casona se alzaba ahora de manera inquietante entre el denso manto de musgo y algas que se aferraban a su exterior desgastado. Parecía como si la mansión se estuviera pudriendo desde adentro, y propagara una influencia malévola que corrompía la mente, el cuerpo y el alma de cada criatura que vivía en ella.

Habían permanecido en esa casa aislados de todos, de todo. Al comienzo, tener a su mamá, su papá y a Carmela cerca había sido suficiente para Antonia. Era todo lo que pensaba que necesitaba para ser feliz. Hasta que dejaron de salir de la casa. Era como si la casa no quisiera que se fueran, como si los tuviera agarrados con un lazo invisible con el que los arrastraba cada vez más a la desesperación. Así que las salidas se redujeron a menos de un par por mes y, pronto, Antonia empezó a sentirse en una especie de confinamiento.

Últimamente, Antonia había empezado a pensar que la casa era como un ente que los perseguía. Seguía estando con ellos, y sin importar la distancia que intentaran poner entre ellos y la casa, siempre encontraba la manera de jalarlos de vuelta. No los dejaba ir. No era que no los soltara de manera literal, pero era peor. Era más difícil irse así. Nublaba sus pensamientos, sus sueños. Sus pesadillas. Pero quizás eran ellos quienes tenían la culpa. Al fin y al cabo, eran ellos quienes siempre llevaban consigo la casa y sus recuerdos, no era que la casa los persiguiera como una criatura viva y sintiente.

Quizás, después de todo, eran las personas quienes embrujaban los lugares.

¿Cómo podía ella exponerlos de nuevo al pasado? La última noche que estuvieron en la casa, casi no lograron salir vivos. Antonia y Carmela se habían ido a hacer vueltas en la ciudad, pensaban pasar la noche en Bogotá, pero terminaron regresando temprano a la casa. Parecía una noche cualquiera, la casa estaba silenciosa, el único sonido que se escuchaba era el de la cascada de enfrente. Sentía cansancio en cada centímetro de su cuerpo y, después de que Emiro las dejara en la casa, se fue casi de inmediato a la cama. Pero lo que Antonia no sabía era que su papá ya había puesto un plan en marcha.

El olor a humo, junto con los chillidos ahogados que se escuchaban afuera, la sacaron corriendo de la cama. Frenética, con las manos temblorosas, intentó agarrar sus pertenencias: sus libros, sus cuadernos. Las cartas de su mamá. «No. No. No». Lo único que podía hacer era huir.

Y eso hizo.

Salió de su habitación y se encontró con Emiro, que corría hacia ella. La arrastró escaleras abajo y la llevó afuera, donde Carmela la esperaba junto a Ricardo. La reconoció de inmediato. La culpa, apoderándose del rostro de su padre.

El recuerdo de esa noche la había perseguido hasta ese día. Pero, con el recuerdo de los hechos, sobrevino también un mar de emociones. Sintió, sobre todo, miedo. ¿Su papá volvería a confundirse? ¿Estaba tan perdido como estaba su mamá? Y si era así, ¿no sería la próxima Antonia? ¿No serían las pesadillas el comienzo, la antesala de la locura?

De repente cayó en la cuenta: podría no querer ir, pero tenía que hacerlo si quería atar todos los cabos. Si la casa era la causa de todo lo que había ocurrido en su familia, quizás también quedaban en ella otros secretos que podían revelarse.

—Carmela también viene —le salió de la nada. La idea se le ocurrió de repente. Si Antonia iba a regresar, necesitaba refuerzos.

Carmela arrugó la frente. No era justo, pero no había nadie en quien Antonia confiara más que en ella.

—Yo, eh, ¿sí? —logró decir Carmela.

—Gracias, a las dos, por hacer esto. Yo sé que no es fácil —dijo su papá, tomando las manos de Antonia dentro de las suyas. La expresión le cambió, se recompuso. Antonia forzó una sonrisa—. Dondequiera que ella esté, estoy seguro de que esto la hará sentir muy orgullosa y feliz.

Algo se tensó en Antonia. «No». Si la casa no la hubiera matado, estaría feliz. Si su obsesión con ese lugar no la hubiera llevado al límite, estaría feliz. Si el Salto del Tequendama no se la hubiera tragado entera, estaría feliz.

Feliz y con vida.

Pero ahora estaba en el único lugar de donde no podía volver.

La muerte.

¿Había algo más a lo que temerle?

20 de enero, 1923

La casa salió en La Gaceta de Santa Fe.

«*La mansión, de cinco pisos de altura, se alza imponente, extendiéndose sobre los Andes. Con muros de piedra que simulan una fortaleza, es tan majestuosa como su vecino: el Salto del Tequendama.*

El primer piso alberga dos salones y el estudio del arquitecto Ricardo. Dos pisos más arriba se encuentra el nivel principal, que incluye una cocina, una sala espaciosa que puede convertirse en salón de baile, y una serie de habitaciones y cuartos de invitados. Los dos pisos restantes —contando la torre como un piso independiente— están destinados a otros dormitorios, baños, una biblioteca y una zona de estudio adicional para su hija, Antonia».

El sótano, la parte que no mencionaron, sobre todo porque no quise dar muchos detalles, lo dividimos entre la cava de vino y cerveza de Ricardo, con barriles de madera importados de Alemania, y un cuarto para mí. Me gustaba mucho estar ahí abajo mientras construían la casa, ya se sentía como un refugio para mí, con el agua que salpicaba en las ventanas y la cascada tan cerca.

Por fin todos se están acomodando en la casa. Ricardo se aísla en su estudio. Tiene unos asuntos que no ha podido resolver en la ciudad y de los que tiene que ocuparse. En las últimas semanas, hemos estado yendo y viniendo entre la ciudad y el Salto, acomodando todo poco a poco. Aun así, las cajas de cartón siguen apiladas hasta el techo en varios de los salones. Lo poco que hemos desempacado ya está en su sitio. En estos días me he dado cuenta de que cuando a una casa le hace falta calor de hogar, uno se termina apegando demasiado a las cosas materiales. Les damos un sentido, buscando en ellas una sensación de comodidad y seguridad, pero son tan vacías como nosotros.

Mi cuarto, desde donde escribo ahora esta entrada, ya está listo. El altar está instalado, la carpintería hecha a mano con detalles dorados para la biblioteca se terminó hace apenas unos días. Bajo la luz tenue de las lámparas de hierro que cuelgan de las paredes, los grabados brillan, y se revelan figuras de serpientes tan delicadas e intrincadas que parece que se trepan por las paredes. Casi como si hubieran cobrado vida. En las paredes están los frescos que estuve pintando los últimos meses, la cascada aparece en varios. Pero el que más me gusta es sin duda el que representa a la leyenda muisca: Bochica, con el bastón de oro rompiendo la tierra, liberándola de las aguas.

El calor se acomoda en mi pecho y por primera vez me siento plena. Me emociona el futuro que se avecina. No falta mucho para nuestro primer encuentro.

Pero mientras escribo sobre este lugar maravilloso que ahora es mi hogar, mi mente sigue regresándome a mi querida Antonia. Mi Nona. Es la que más me preocupa. No quiso dormir en el cuarto que le preparamos: en el primer piso, cerca del balcón, con una vista grandiosa de la cascada en frente. En cambio, pidió la biblioteca para ella sola, tres pisos más arriba. Dice que el sonido del agua la asusta y estoy segura de que ni siquiera se ha asomado a ver la cascada. Se ha encerrado en su cuarto, y algunas veces se rehúsa a salir. La descubrí mirando mis tunjos, robándose algunos cuando piensa que no la estoy viendo, y guardándolos en su armario. Los esconde.

Yo igual la dejo. No hay necesidad de molestarla más.

En lugar de eso, le doy raíz de valeriana todas las noches, a ver si eso la ayuda a dormir, le echo un ojo.

Pero mis intentos han fracasado. Antonia se despierta con ojeras. Y, a veces, grita en medio de la noche.

Ricardo dice que es normal, que es su manera de decir que extraña nuestra antigua casa y quiere regresar. Aun así, quisiera poder tranquilizarla, ayudarla a calmar sus emociones, consolarla. Ricardo dice que no son más que pesadillas, que se le van a pasar... No es nada que ella no pueda manejar. Y al cabo de un rato, Antonia le da la razón. Estoy segura de que ella solo intenta aplacar mi angustia. Ella es voluntariosa, como yo, así que no la presiono; hay otros asuntos que también requieren mi atención.

En medio de estas noches inquietantes, Carmela me ha informado que en algunas ocasiones hemos recibido visitantes inesperados. Siempre han venido aquí, atraídos como moscas por la historia del lugar. Gente del pueblo, la mayoría, llevada por la curiosidad. Pero eso no me preocupa. Ahora estamos aquí, y yo soy la protectora de este lugar.

TRES

Antonia le dio un vistazo a su papá, que estaba sentado cómodamente en el asiento delantero del Packard Eight negro.

El auto iba avanzando por la carretera oscura y embarrada, y pronto se sumergieron en la niebla espesa, que se enroscaba en el aire como incienso funerario por el tupido bosque. Una brisa se coló en el carro y el frío seco aguijoneó las mejillas de Antonia. Emiro se inclinó hacia delante, mirando por el parabrisas mientras jugueteaba con la radio para llenarse los oídos con lo último de la Sonora Matancera.

Emiro encendió las luces antiniebla y el parabrisas antes de reanudar la conversación con su papá.

Los ojos de Antonia volvieron a posarse en la ventana entreabierta. A medida que se acercaban, el Salto del Tequendama se abría ante ellos como una invitación. El pecho se le hinchó al contemplar la impresionante cascada. A pesar de que la densa capa de niebla la ocultaba casi por completo, cuando el agua helada se estrellaba contra las rocas del fondo, el rugido atronador delataba su presencia.

Antonia vio su nogal. Era un nogal de unos veinticinco metros de altura, de casi medio siglo, que se erguía al otro lado del campo. El árbol había sido durante años un refugio para Antonia: había devorado novelas góticas bajo su copa verdecida, había recogido sus frutos maduros y se los había llevado a su madre a cambio de más novelas góticas. Estela pintaba jarrones de barro y murales con el jugo del fruto del nogal, como hacían los muiscas, los indígenas de la región. Lo único que Antonia nunca hizo fue treparse al nogal. Ni siquiera lo intentó. Le tenía miedo a las alturas, algo que parecía una broma, dado que vivía en los Andes.

Pero la tierra que rodeaba al árbol resultó mucho menos fértil. Estela había intentado plantar un huerto debajo del nogal, con orquídeas, bromelias y árboles frutales, pero casi todo se moría, mientras que el nogal de Antonia no dejaba de florecer, como si consumiera todo lo que lo rodeaba. Así que hubo que trasladar el huerto de su madre a otro lugar. Antonia sintió pesar por el árbol. Estaba condenado a una vida solitaria, apartado de todo lo que no fuera tóxico como él, algo que le resultaba profundamente familiar.

El auto se detuvo interrumpiendo el recuerdo de su nogal y, al instante, las sospechas de Antonia se materializaron. A lo lejos, la casa se alzaba imperturbable ante su presencia, con la fachada blanca totalmente renovada, un amplio camino de entrada, el césped recién cortado, altísimas columnas de hormigón, intrincadas tallas de piedra y una simetría que le daban un aire de sofisticación que antes no tenía: todo eso sin renunciar al estilo francés original. Habían derribado las rejas para dejar sitio al parqueadero, y las tejas color ladrillo del techo las habían pintado de un naranja chillón.

Más que un hotel, la finca se había convertido en una declaración de riqueza y poder, y también en un testimonio de los gustos extravagantes de doña Pereira.

Qué bonito disfraz llevaba. Parecía inocente, indefenso. Incluso agradable.

Algo se retorció dentro de Antonia, que reconoció el miedo en su interior, junto con un dejo de ira. Mientras su vida en Bogotá se caía a pedazos, la casa prosperaba como si no los hubiera extrañado, como si no la hubiera extrañado a ella. Como si se hubiera estado alimentando de Antonia incluso desde lejos, succionando su esperanza y su energía vital, adquiriendo una nueva vida propia.

Su papá la miró desde el espejo retrovisor.

—Saldremos dentro de unas horas—dijo cuando Emiro apagó el motor.

Antonia suspiró, incapaz de ocultar su decepción por haber vuelto.

Carmela se inclinó hacia Antonia desde el extremo opuesto del asiento de cuero beige.

—También podemos irnos... —le susurró al oído a Antonia.

Antonia negó con la cabeza.

—No. Tienes razón. Quizás esta vez las cosas sean diferentes. Puede ser una visita rápida, luego volvemos y seguimos con nuestras vidas. No tiene por qué ser como la última vez.

Pronunció cada palabra lentamente, tratando de aliviar

la situación. No podía irse porque había visto cosas que escapaban a su comprensión acechando en las sombras, en cada rincón de la casa, pero había reprimido esos recuerdos tan profundamente que había dudado que fueran reales... hasta hace poco... por sus pesadillas.

Quizá en ese entonces había sido demasiado joven. Incluso si las pesadillas hubieran sido reales, quizás esta vez todo saldría bien. O quizás necesitaba ver el lugar una vez más para darle sentido a todo. Tenía la esperanza de que al entrar en la casa encontraría respuestas.

Antonia fijó su mirada en el hotel de cinco pisos que se alzaba ante ellos. Solo con mirarlo se le aceleró el corazón. Ningún disfraz, por bueno que fuera, podía ocultar a sus ojos su antiguo hogar. El recuerdo de su madre junto a la puerta cuando Antonia entró a la casa por primera vez. La mudanza había sido un día alegre y lleno de ilusión para todos.

«El Castillo de Bochica», había dicho su mamá con una amplia sonrisa en la cara. Antonia nunca la había visto tan feliz, tan llena de vida. «Es un castillo de verdad».

Y había sido de ella. Construida en la mismísima montaña, la casa parecía una fortaleza. Un lugar que nada podría derribar. Aunque se desatara la guerra o viniera una tormenta, podía resistirlo todo.

Lo único que no pudo lograr fue mantener a su familia unida.

Antonia apartó la mirada de la ventana, para alejar el dolor que la invadía en oleadas. Su papá abrió la puerta a su lado; lo primero que los golpeó fue la ráfaga de aire gélido, que dejó sin aliento a Antonia. Luego vino el olor, un hedor agrio y pantanoso que llegaba desde la puerta abierta del asiento delantero, haciéndola toser. El olor era conocido; el hedor pantanoso los había acompañado durante sus últimos años en la casa. Era tan fuerte que ahuyentó todos los pensamientos de Antonia y dejó en su lugar sólo miedo.

Antonia esperó a que Ricardo se bajara con esfuerzo del carro, tomó la mano que le tendía con toda la elegancia que pudo y cruzó el asiento tras él, seguida de cerca por Carmela.

—Nona, pareces enferma —dijo él con expresión preocupada.

—El viaje. Ya sabes lo mucho que me mareo —dijo Antonia restándole importancia.

El atardecer se acercaba y el frío entumecía, como un caparazón que recubría sus huesos. Antonia se echó el chal negro de lentejuelas sobre los hombros pálidos y desnudos, y se inclinó hacia su papá, rodeándolo del brazo con los dedos como si su vida dependiera de ello. Mientras no lo perdiera de vista, nada podría salir mal.

Y si así fuera, ella lo arreglaría.

Como siempre.

Los tres estaban de pie en el camino de grava que conducía a la casa a través de un exuberante matorral verde. Era su casa. La alta puerta de madera oscura, hundida en las paredes, estaba abierta de par en par.

Mientras caminaban hacia la entrada, se hizo un silencio repentino en la multitud que rodeaba la puerta principal. Antonia no tardó en distinguir algunas caras conocidas entre los curiosos que se divertían adentro.

Decenas de ojos brillantes los observaron, con frialdad, como deseosos de desvelar los secretos que guardaba la familia

Rubiano. Eran secretos que nunca podrían ver la luz del día si Antonia quería mantener intacta su reputación y, lo que era más importante, si quería conservar su trabajo.

Antonia sentía que su interior se anudaba como un trozo de cuerda al pensarlo. Ningún padre querría a la hija de una loca como maestra de sus niñas, y las monjas no dudarían en despedirla si supieran con lo que lidiaba al salir del colegio. Todo lo que la gente tenía que saber era que al conocido arquitecto Ricardo Rubiano le costaba asimilar la muerte de su esposa, y que su dócil y abnegada hija y su ama de llaves cuidaban bien de él.

—Ese olor ha empeorado bastante con el tiempo —dijo Carmela—. Pero a los huéspedes no parece molestarles.

Señaló el mar de gente que se agolpaba en la puerta y se abría paso hacia el interior del hotel. Aunque no era habitual que en las invitaciones se pidiera un vestuario especial, y menos para una fiesta en las afueras de la ciudad, esta noche era una excepción. Las mujeres llevaban vestidos anchos hasta las rodillas y capas para protegerse de las bajas temperaturas, pero sobre todo de los ojos de los hombres desagradables que no podían ver la piel de una mujer al descubierto sin pensar que eso les daba derecho a mirarla. Los cuellos de las mujeres estaban adornados con esmeraldas boyacenses, piedras verdes preciosas tan valiosas que podrían haber alimentado a tres generaciones de una familia de diez integrantes. Los hombres vestían trajes negros de lana con corbatines o corbatas largas y finas, y algunos llevaban sombreros de copa negros y levitas, como el papá de Antonia, el alcalde y su gabinete.

—Ni se les mueve la nariz —añadió Carmela—. ¿Crees que lo huelen?

Antonia sintió un sabor rancio en la boca que le erizó la piel. Tragó saliva.

—Quizá no les importa. Harían cualquier cosa por salir en la portada de *La Nota* y *La Gaceta* de mañana, por aparecer en los reportajes de la gran inauguración del Refugio del Salto, aunque huela a caño y todo.

Y era cierto. El evento de esa noche era el más destacado del año. Era el momento en que un selecto y afortunado grupo de personas (que a Antonia le parecían muy desafortunadas) recibían algo más que una visita rápida por los salones palaciegos.

Mientras se acercaban, Antonia volvió a levantar la vista y vio que doña Pereira los saludaba desde el salón. El padre Juan estaba a su lado. Antonia ladeó la cabeza y sus labios se aflojaron un poco. La última vez que había visto al padre había sido hacía más de tres años, en ese mismo lugar. Doña Pereira lo había traído a propósito para que viera al papá de Antonia.

La esposa de Ricardo había muerto, por Dios. Tristeza era lo mínimo él que podía sentir. El agua bendita y las oraciones no le habían servido para nada. Mucho menos un exorcismo improvisado por el padre Juan que, en cambio, le nubló aún más la mente. No mucho después de que el cura supuestamente exorcizara sus demonios, su papá intentó quemar la casa con Antonia y Carmela dentro. Si antes no había estado poseído, sin duda alguna lo estuvo después.

Antonia se detuvo ante el umbral y sus ojos se posaron en la puerta de doble hoja. Estaba abierta como una presencia serena y acogedora, iluminada por el suave resplandor de la luz del sol que se desvanecía en el exterior.

Los ojos de Antonia revolotearon por un momento entre la

puerta y el espacio detrás de ella, como si de repente estuviera sopesando la decisión de avanzar o retroceder.

Una serie de molduras ornamentales talladas a mano enmarcaban cada panel, delicadas e intrincadas, esculpidas con martillo y cincel para lograr un aspecto elegante y atemporal. La puerta estaba flanqueada por grandes y robustas bisagras de hierro forjado, con volutas decorativas y motivos florales que emulaban los patrones tallados de la puerta.

El toque final era un llamador de bronce con forma de sol, cuyos rayos se extendían hacia el exterior, haciendo juego con las tallas muiscas del interior de la casa.

Antonia respiró profundo, intentando reunir el valor para entrar, para adentrarse en su pasado, pero la dificultad de esa decisión parecía pesarle.

Una vez dentro, ya no habría vuelta atrás.

La vacilación de Antonia se desvaneció tras un instante y, cuando se aventuró a cruzar la puerta, sus ojos se posaron en el padre Juan.

—Padre. —Lo saludó con la cabeza. Antonia nunca había visto al hombre sin su sotana. Podría haber pasado por un huésped más, si no fuera por el escapulario púrpura sobre sus hombros y por la Biblia desgastada, encuadernada en cuero, que sujetaba firmemente con la mano.

El resplandor sombrío de los candelabros que colgaban del techo alto y ornamentado bañaba el salón. Los colgantes de cristal, aunque brillantes, solo reflejaban patrones fragmentados de luz, creando un juego de sombras que danzaban por el piso ajedrezado con movimientos inquietantes e irregulares. Las paredes, revestidas con paneles de una madera oscura y suntuosa, estaban decoradas con tapices que representaban paisajes de la sabana de Bogotá. La tela parecía palpitar con vida propia, los motivos cambiaban sutilmente, como si quisieran decirle algo. Había una tensión en la sala, como si el lugar mismo estuviera conteniendo la respiración, esperando a que algo oscuro y desconocido se revelara.

«No». No podía dejarse llevar por sus emociones, por la sensación de estar de vuelta en su antigua casa.

Necesitaba mantener la mente lúcida, fuerte. No iba a sucumbir a su pasado en ese lugar.

Así que Antonia volvió a concentrarse en doña Pereira, intentando alejar la mente de la nueva decoración del hotel.

—Antonia, Ricardo... —Doña Pereira no determinó a Carmela. Su piel morena y pelo gris daban a doña Pereira motivos suficientes para considerar su presencia indeseable, y mantenerla a distancia de su cara redonda y bronceada—. Bienvenidos al Refugio del Salto. Es un honor tenerlos aquí.

De cerca, doña Pereira parecía haber rejuvenecido una década desde la última vez que Antonia la había visto, hacía poco menos de un año, cuando le alquiló el lugar a León. Bajo las capas de maquillaje, la piel de doña Pereira parecía firme, las arrugas que enmarcaban su rostro estaban bajo control, dándole un aspecto de piel de bebé. Llevaba un vestido amarillo de lentejuelas ceñido al cuerpo, el vientre tensándose contra el confinamiento. Ver a doña Pereira de pie junto a la puerta como si fuera la patrona le retorció las tripas a Antonia. Era extraño ver a la anciana mostrarse como la dueña de casa. La última vez había sido Antonia la que, a regañadientes, había recibido a doña Pereira en la puerta.

—Gracias —los labios de Antonia se apretaron en una leve mueca.

Doña Pereira era una de las pocas personas que no les expresaba sus condolencias cada vez que los veía, y Antonia se lo agradecía. Parte de superar la muerte de un ser querido consiste en dejarlo ir, pero los constantes recordatorios de la ausencia de la persona hacían más difícil sobreponerse a lo ocurrido.

Antonia miró al padre Juan y le dijo en un tono alegre:

—Padre, el último lugar en donde me imaginé encontrarme un cura es en la fiesta de inauguración de un hotel.

El padre Juan parpadeó nervioso y, ruborizado, agachó la cabeza, como si quisiera evitar la mirada de Antonia.

Se aclaró la garganta.

—Hija mía, simplemente he venido porque doña Pereira quería que bendijera el lugar. Dios sabe que esta casa ha sido testigo de una tragedia tras otra, y no queremos que eso siga ocurriendo.

—Como la vez pasada, ¿no? —Antonia hizo una pausa, esperando la reacción del padre o de doña Pereira, pero no pudo inferir nada de sus expresiones. Se hizo un silencio, pero Antonia no tardó en reanudar la conversación. —Siempre me complace verlo, padre.

—Él siempre será bienvenido en esta casa —añadió doña Pereira—. Como cuando tú vivías aquí... Además, es uno de mis amigos más cercanos.

A Antonia se le hizo un nudo en el estómago.

—Sí, me imagino —dijo con desdén.

—Eleonora, gracias por la invitación. La casa no podría estar en mejores manos. —Los labios finos del papá de Antonia se curvaron en una amplia sonrisa; su cara grande y redonda estaba radiante de alegría. Antonia lo miró fijamente mientras las palabras salían de su boca. Lo decía en serio—. Estamos felices de volver para una ocasión tan especial.

—Ricardo, el placer es nuestro —dijo despacio doña Pereira—. Hemos mantenido la esencia de la casa intacta, procurando al mismo tiempo que luzca como el hotel que la ciudad se merece.

Antonia percibió un cambio en el ambiente, casi como si una corriente de aire soplara en dirección a doña Pereira, atraída por su innegable gravedad.

Irritada, desplazó su atención al joven que tenía al lado. Llevaba un traje entallado de color azul oscuro; el pecho y los hombros lo hacían parecer una de esas personas que se ganan la vida levantando cosas pesadas. Sus ojos marrones y almendrados, que enmarcaban unas cejas negras y erizadas, se clavaron en los de Antonia.

Era bastante guapo, no hacía falta que Antonia lo mirara dos veces, y esa observación la hizo ruborizar. Apartó la mirada de inmediato, sacudiéndose esas ideas de la cabeza. No tenía tiempo para eso ahora.

Pero doña Pereira se había dado cuenta del rubor en las mejillas de Antonia y se volvió para presentarle al joven.

—Te presento a Alejandro Soler. Es un excelente reportero. *La Nota* lo envió a cubrir el gran evento de esta noche.

Antonia volvió a mirar a Alejandro. Por supuesto. Doña Pereira se tenía que asegurar de que el reportero conociera a «la chica que había sobrevivido al incendio». No quería que se le escapara ningún detalle, y que al día siguiente saliera todo en los periódicos. La cámara portátil que colgaba desenfundada sobre el pecho de Alejandro era prueba de ello.

—Encantado de conocerte. —Le tendió la mano a Antonia y su sonrisa hizo que ella volviera a mirarlo a los ojos. A diferencia de la mano de Antonia, la suya era cálida y reconfortante, a pesar del frío que hacía. Sintió una descarga de electricidad cuando él le apretó los dedos suavemente antes de volver a meterse la mano en el bolsillo.

—¿Alejo? Me alegra verte. —A Ricardo le brillaron los ojos al reconocerlo y Antonia se recompuso.

Estaba desconcertada. ¿De dónde lo conocía su papá? Si lo hubiera visto antes, sin duda lo recordaría.

—El placer es mío, don Ricardo. Siempre he admirado su trabajo. —Alejandro sonrió, haciendo que sus ya cincelados pómulos y mandíbula parecieran aún más afilados. No tendría un par de años más que Antonia.

—Creía que seguías trabajando en *Radio Noche* —dijo su padre.

Antonia se sorprendió. El nombre *Radio Noche* le traía recuerdos. A lo largo de los años, Estela había coleccionado revistas, y Antonia estaba segura de haber visto uno o dos números de *Radio Noche* en la colección de su madre: esa misma revista había alimentado su fascinación por el Salto del Tequendama. La obsesión que acabó matándola.

Alejandro soltó una risita y luego asintió.

—Sí, pero hay que tener varios trabajos. Al fin y al cabo, ser reportero no paga mucho.

Dos caras conocidas se cruzaron entre la multitud, interrumpiendo brevemente la conversación. León Rivera, el único hijo de doña Pereira y el mejor amigo del papá de Antonia, se plantó frente a ellos acompañado de su mujer, Lucía, dándoles la bienvenida.

—Es un gusto tenerlos aquí. —León abrazó a Ricardo, y ofreció a Antonia y Carmela una amable sonrisa.

—Antonia, Ricardo. —Lucía les sonrió. Llevaba un vestido de satén azul zafiro, el escote adornado con una delicada pedrería. Su cabello castaño estaba meticulosamente recogido en suaves rizos que enmarcaban su rostro y le caían por los hombros.

—Lucía —le dijo Antonia—, estás deslumbrante.

Pudo ver la emoción en los ojos de la mujer. Doña Pereira no era dada a repartir cumplidos, y menos aún su hijo, así que Antonia pensó que Lucía agradecería el gesto.

León volvió a tomar la palabra:

—Son nuestros invitados especiales, esta noche es tan suya como nuestra.

Por el repentino cambio en el rostro de doña Pereira, Antonia se dio cuenta enseguida de que, en realidad, León no era el patrón del hotel; la que mandaba allí era la anciana.

En ese momento, Antonia sintió lástima por él, incluso empatía. Debía ser duro ser el hijo de su madre. A una persona tan ambiciosa como doña Pereira, nada le parecía lo suficientemente bueno, ni siquiera suficiente. León no era la excepción, y estaba destinado a vivir a la sombra de ella.

Pero por mucha empatía que Antonia pudiera sentir por León, secretamente admiraba la firme voluntad de doña Pereira. Siempre conseguía lo que quería. Estela y doña Pereira tenían eso en común. Y Antonia siempre admiraría el coraje y la ambición en las mujeres. En un mundo como este, que castigaba la ambición femenina, Antonia ansiaba encontrar algo de eso en su interior.

—Bueno, ya conoces a papá, no se lo perdería por nada del mundo... no nos lo perderíamos —Se apresuró a corregir Antonia entre dientes apretados, tragándose su orgullo.

—Gracias —dijo Ricardo, y le devolvió la sonrisa.

—¿Por qué no llevas a Ricardo a ver el salón de baile? Me interesa mucho escuchar su opinión sobre las remodelaciones. Valoro mucho su agudo ojo arquitectónico.

La cara de León pareció tensarse al aceptar, pero sonrió pese a todo.

—Alejandro, Lucía, vengan con nosotros —dijo—. Me encantaría que se contagiaran de la sabiduría de Ricardo.

Doña Pereira se volvió hacia Antonia y continuó:

—Fue una pena que no pudiera ayudarnos él mismo con las reformas. Estoy segura de que el hotel habría quedado mucho mejor aún.

Antonia se encogió de hombros.

—Tonterías. Han hecho un trabajo extraordinario. Apenas reconozco ya nuestra casa.

Mentía. Reconocía el lugar desde lejos. Las tallas muiscas, los suelos ajedrezados, la estruendosa sinfonía del exterior, el aire gélido y apestoso que se filtraba incluso cuando todas las ventanas estaban cerradas, la forma en que las voces resonaban como si el lugar estuviera vacío, aunque nunca lo estuviera. Podía entrar con los ojos vendados y saber exactamente en qué parte de la casa se encontraba.

Pero no iba a entablar más que una conversación civilizada con doña Pereira.

—Eso es porque ya no es una casa. Es un hotel, querida.

—Doña Pereira les indicó que pasaran al vestíbulo—. Esta noche va a ser absolutamente mágica. —La confianza de doña Pereira hizo que Antonia sintiera un cosquilleo en la piel. Magia era lo que Antonia iba a necesitar si todo se iba en picada. Si los pensamientos y recuerdos de Ricardo llegaban a inquietarlo tanto como para empezar a cuestionarse si debería mantener la casa en pie. Como la última vez...

Antonia miró a su padre y se fundió con la multitud, con León siguiéndolo de cerca. De momento, no había nada de qué preocuparse... aunque acabaran de llegar.

—Entre más adentro, peor es el olor —dijo Carmela, que había estado caminando por el perímetro, frunciendo los labios. Antonia asintió y siguió a doña Pereira.

A medida que avanzaban por el largo pasillo abovedado, Antonia se dio cuenta de que Carmela tenía razón. Pero se dijo a sí misma que el olor podía proceder de la caldera, que hacía tiempo que no se utilizaba. Al fin y al cabo, el Castillo de Bochica llevaba cerrado más de tres años.

Antonia dejó vagar la mirada; estar dentro del hotel por primera vez era como volver a casa después de un largo viaje. Aquel lugar había sido su hogar durante una década, un micromundo en sí mismo. Pero la sensación era incómoda y se esforzó por alejarla.

A medida que se movía, las paredes parecían cerrarse sobre ella, como si el peso de su pasado se materializara en una sofocante sensación de confinamiento que le oprimía el pecho.

Tras respirar hondo unas cuantas veces, Antonia calmó el galope de su corazón y se centró en lo que tenía enfrente. Doña Pereira lo había dicho en serio: habían mantenido la esencia del lugar. Pero ahora se sentía vivo y parecía más luminoso que una ópera. Mientras que antes apenas se distinguía algo en el interior de la casa, los colores eran tan apagados y mortecinos que casi parecían grises, ahora todo parecía tan claro y brillante, casi como si la propia casa se regodeara en el resplandor de sus nuevos propietarios.

Camareros y camareras vestidos de blanco balanceaban sus bandejas de cristal entre el mar de gente que abarrotaba el gran salón. Los arcos de piedra, que la madre de Antonia había adornado con cornisas de yeso en forma de serpientes muiscas, atraían todas las miradas hacia lo alto. Las vigas a la vista, sin embargo, debían ser un toque personal de doña Pereira, ya que ciertamente no estaban allí antes. Al final del vestíbulo, a la derecha, una escalera de caracol de madera giraba y ascendía hacia las múltiples plantas del hotel.

Dentro, los boleros resonaban entre las paredes, ahogando casi cualquier otro sonido.

Mientras Antonia lo contemplaba todo, su mirada se posó en Alejandro, que estaba en el salón de baile frente a ella. Se deslizaba por el suelo ajedrezado con la cámara compacta que parecía más bien una prolongación de sus brazos, una entidad en sí misma. Antonia lo siguió con la mirada y lo sorprendió observando los detalles muiscas.

—¿Qué te parece el nuevo interior, querida? —la voz de doña Pereira, le arrebató la atención del joven periodista.

Pero la pregunta le entró por un oído y le salió por el otro no bien posó los ojos en el balcón que se extendía casi desde la parte delantera hasta la trasera del piso principal, el mismo lugar en el que Estela había estado día y noche.

Antonia recordaba a su madre yendo a ver la cascada, como si se asegurara de que seguía allí cada mañana y antes de acostarse. Estela se quedaba contemplando la belleza del Salto del Tequendama durante horas; a veces, incluso pintaba sus murales mirándolo fijamente. Antonia no podía asomarse demasiado al precipicio, se le revolvía el estómago y le rogaba a su madre que se alejara de la cornisa.

Ahora, en lugar de Estela, estaban allí los huéspedes, sorbiendo el vino dulce de la cava del hotel, y un puñado de ellos miraba a Antonia con sonrisas curiosas. Un velo de niebla se arremolinaba a su alrededor, como si un monstruo desplegara sus garras, preparándose para atrapar a su presa y no soltarla jamás.

La alegría que mostraban sus rostros contrastaba con el sentimiento que la casa le ofrecía a Antonia: ya no era ningún refugio. Lo único que encontró allí fueron retazos de recuerdos que se negaba a conservar, cosas que una remodelación no conseguiría quitarle: las noches en vela, las cosas que se escurrían en la oscuridad, el avistamiento de extraños malintencionados que rondaban la propiedad por la noche y dejaban un rastro de objetos esparcidos por el césped. Huevos, rotos y enteros, cera de velas, monedas, jirones de tela, pedazos de fotografías.

Al principio, Ricardo desestimaba estas actividades, calificándolas como obra de adolescentes traviesos que pretendían causar miedo y provocar habladurías entre la comunidad local. Pero más tarde se volvieron más tenebrosas: sangre de animales, paquetes vacíos de sal negra; a veces incluso encontraban túmulos con animales enterrados y frascos llenos de bilis verdosa. En esos episodios recurrentes, más que simple vandalismo, Antonia reconoció un patrón. Eran rituales. Tenían un propósito.

«Este sitio tiene tanto poder y representa tantas cosas que vienen a agotar su magia», decía Estela. «Siempre fue un lugar sagrado para los muiscas. Y con la santidad también viene la maldad. El deseo de corromper la tierra. De apoderarse de ella».

Poco después de que comenzaran los incidentes, Ricardo instaló unas rejas negras de hierro para aplacar la inquietud de Antonia, pero eso no disuadió a los visitantes. A veces, Antonia aún podía oírlos cantar en sueños, el repiqueteo de las hojas bajo sus pies cuando se acercaban...

Los recuerdos, supo Antonia, los buenos, se los llevaría con ella fuera adonde fuera. No necesitaba la casa para revivir el infinito amor que sentía por Estela. No necesitaba la casa para recordar su cara o sus historias. Las historias de los muiscas y de cómo Bochica había abierto un agujero, un cráter, el Salto del Tequendama, para salvarlos de una inundación.

«Bochica era su héroe», le había dicho Estela. «No. La heroína. Los indígenas venían a adorarla. A darle las gracias, porque les dio la vida cuando otros amenazaban con quitársela».

«¿Bochica era una mujer?», preguntó Antonia, sin duda interesada. Agradecería que la protagonista de los cuentos de su mamá, a diferencia de la mayoría de las historias que le habían contado a lo largo de los años, fuera una mujer, como ella.

Estela asintió.

«Es lo que quieras que sea. Y supongo que depende de a

quién le preguntes. Al fin y al cabo, la historia la han escrito los hombres. Creo que podemos reescribirla. Nada es inamovible».

Antonia atesoraba los días en que su madre le contaba cuentos. Los cuentos sobre las heroínas del pasado estaban entre los favoritos de Antonia, porque a menudo las mujeres no eran más que damiselas en apuros. Sin embargo, independientemente de lo que dijera la historia escrita, Antonia solo tenía que mirar a Estela para inspirarse. La verdadera heroína de Antonia siempre había sido su madre, aunque más tarde le molestara que Estela eligiera a Bochica y el Salto sobre ella. Ese resentimiento fue lo que alejó a Antonia, lo que hizo que dejara de escuchar las historias de Estela. Ay, cuánto lamentaba haber puesto fin a ese vínculo tan especial; daría lo que fuera por escuchar a su mamá una última vez.

Al menos Antonia todavía tenía a Carmela; ella también era su heroína.

El sonido de los tambores y las guitarras agudas devolvieron a Antonia a la fiesta. El ritmo se hacía más fuerte cuanto más exploraba.

Al entrar en el salón de baile, un sentimiento inquietante comenzó a brotar dentro de ella, la ominosa sensación de ser observada se le clavaba en la nuca. El corazón le latía tan fuerte que temía que todos a su alrededor pudieran oírlo. En una reacción instintiva, Antonia se dio la vuelta alarmada. Su cuerpo se movía más rápido que sus pensamientos. El ambiente vibrante y animado de la habitación había desaparecido, y en su lugar flotaba el aroma pesado y ferruginoso de la sangre fresca.

Se le puso la piel de gallina cuando el ruido del agua al chocar le reveló que ya no estaba en la habitación, sino en algún lugar fuera del hotel, rodeada de...

El miedo se apoderó de ella, inmovilizándola.

Las criaturas humanoides llevaban capuchas, y sus harapos blancos estaban húmedos y cubiertos de barro. De sus gastados cinturones pendían manguales oxidados mientras se inclinaban hacia ella. La luna brillaba con luz tenue desde arriba, descubriendo el Salto del Tequendama justo al otro lado. Su cuerpo entero temblaba y su cabeza era toda una confusión mientras intentaba comprender cómo se había transportado hasta la cascada.

Se tambaleó para ponerse en pie, pero el suelo desapareció y el agua le llegaba a la cintura. La cascada estaba aún más cerca, como si Antonia se hubiera movido, o como si la cascada se hubiera aproximado a ella, al igual que el resto de las criaturas que la rodeaban.

Al darse cuenta de que estaba atrapada, se le secó la saliva de la boca. No podría escapar. La atención que le dedicaban la aturdía.

De repente, unas manos huesudas le rodearon el cuello por detrás. Se quedó paralizada hasta que una fuerza, un apretón del que no podía zafarse, la empujó bajo el agua helada y hacia sus profundidades. El dolor la atravesó mientras luchaba por levantarse.

¿Qué estaba pasando? ¿Se estaba volviendo loca? ¿Tenía razón su padre en que estaba tan paranoica y enferma como su madre?

Las pesadillas. Los recuerdos...

Figuras llenas de odio la habían aterrorizado durante años

en aquella casa. Se había convencido a sí misma de que era demasiado pequeña. Demasiado ingenua. Inocente. Demasiado sensible a las viejas historias que la gente contaba.

Ya no podía negarlas. Eran reales. Así que se obligó a mirar. Pero antes de que pudiera abarcarlos en su totalidad con la mirada, el agua y los sucios fantasmas habían desaparecido. Su ropa estaba seca, como si jamás hubiera salido del salón de baile, como si todo hubiera estado en su cabeza.

La escena se repitió una y otra vez en su mente hasta que la melodía rítmica de los tambores y las guitarras, junto con la aterciopelada voz de la cantante principal que provenía del escenario, hicieron que su corazón volviera a la normalidad. Estaba a salvo... por ahora.

Antonia miró a su alrededor. Todos bailaban, entregados a la fiesta. Y después de lo que acababa de pasar, la figura conocida que había visto antes en la casa, un pensamiento repentino asaltó a Antonia...

Sin una pizca de vacilación en su cuerpo, corrió de vuelta al vestíbulo, se coló entre el mar de gente que se mecía al son de la música y subió a toda velocidad la escalera de caracol hasta el cuarto piso, trepando hasta el pasillo que conducía a su habitación. Aunque esta ya no le perteneciera, entrar en lo que solía ser su propio espacio podría ayudarla a despejarse; a recordar cosas, como por ejemplo cómo habían empezado exactamente las pesadillas.

Justo cuando iba a acelerar el paso, las pisadas, firmes y deliberadas, se hicieron más fuertes y agudas, y un leve murmullo de voces se elevó desde abajo. El pánico se apoderó de ella. ¿Alguien la estaba siguiendo? Peor aún, no tenía tiempo de llegar a su habitación. No podía arriesgarse a que la vieran deambulando sola por el lugar. A doña Pereira no le haría ninguna gracia que Antonia anduviera por ahí a escondidas. Pero tampoco podía volver corriendo. Así que se coló en la primera habitación a su derecha.

Cerró la puerta tras de sí y pegó la oreja a la gruesa madera para asegurarse de que quien fuera que viniera no se le estuviera acercando. Pero los pasos, el eco que había quedado de ellos hacía unos segundos, habían desaparecido, y las voces se habían mezclado en un zumbido indistinguible.

Aliviada, se apartó de la puerta y observó los confines de la habitación en la que se encontraba. Destilaba opulencia. La suave luz de la luna se filtraba a través de las cortinas de marfil, proyectando una suave sombra en el suelo. En un rincón, un pequeño escritorio con un diario encuadernado en piel y una pluma estilográfica plateada. Junto a él había un jarrón con bromelias frescas, como las que solían florecer en el huerto de su madre, cuyo aroma se mezclaba con el sutil vaho de una varita de incienso a medio quemar que había sobre una de las mesitas de noche. La cama, con una cabecera dorada, dominaba el centro, y el edredón bordado amalgamaba el bordó con el dorado.

Sus ojos siguieron su progresión natural hacia la derecha, hasta que se posaron en el armario de caoba tallado con detalles dorados que había contra una pared. A su lado, un conjunto de estanterías de castaño con un paisaje pintado a mano de la sabana de Bogotá, exuberantes y verdes praderas con árboles dispersos que habían sido la residencia principal de los muiscas antes de la colonización española. Antonia reconoció los muebles de inmediato: habían sido de Estela.

Antonia no tardó en pasar los dedos por los lomos de cuero de los viejos libros apilados en las estanterías. Se llenó de nostalgia al recopilar pedazos de recuerdos, fragmentos del tiempo en que su madre aún vivía. Poder encontrarla a ella y encontrarse en un lugar que había desaparecido hacía que le doliera el corazón. Estela estaba muerta, pero en momentos así, Antonia no podía evitar pensar que, de alguna manera, seguía viva.

Sacó algunos de los libros y se puso a hojear las páginas amarillentas, como si se hubiera quedado encerrada en ese momento, atrapada en sus propios recuerdos. Esta vez no estaba soñando, estaba viajando despierta a su pasado.

Al salir de su estupor y volver a colocar diligentemente los libros en los estantes frente a ella, un trozo de papel doblado cayó a sus pies.

No bien lo abrió, Antonia reconoció la letra de Estela. La fecha y la estructura revelaron que pertenecía a uno de los diarios de su madre. Sin dudarlo, empezó a leer.

21 de diciembre de 1931

Pum. Pum.

El ruido provenía de los pisos de arriba. Luego, vino un golpe tan fuerte que el techo tembló. Fuerte, como si una docena de rocas gigantes golpearan contra el suelo. Apunté mis oídos al techo, escuchando, alerta por si llegaban más ruidos. La vela se fue apagando hasta que solo la luz de la luna se coló por la ventana.

Me armé de valor, me levanté de un salto y corrí hacia la puerta. Mis manos intentaban encontrar la manija. El pulso me retumbaba en los oídos cada vez más rápido. Pero no había puerta. No había manija. Intenté moverme para encontrar la salida. Tal vez corrí en la dirección equivocada, estaba muy oscuro. ¿Cómo podía saberlo? Se me agarrotaron las rodillas y ya no pude moverme.

Respiré entrecortadamente y concentré todas mis fuerzas en la parte inferior del cuerpo. Pero no me moví ni un centímetro. Se me escapó un grito silencioso. Grité con todas mis fuerzas, pero ni siquiera yo podía oír mi propia voz. La frustración se me acumuló en la boca del estómago.

¿Qué estaba pasando?

El olor a cloaca flotaba en el aire, posándose en mi lengua. El estómago se me hizo un nudo. De repente el olor lo invadió todo, nublando mis pensamientos.

A continuación, vi unos ojos rojos que me miraban fijamente. Los rasgos se desdibujaban en las sombras que ahora cubrían casi por completo mi habitación. Jadeé, y esta vez se escuchó.

Alguien me había encerrado ahí.

No. No. ¿Quién? La única persona en la casa era Ricardo. Él sabía que yo estaría aquí.

Él no...

Pero yo ya no estaba a salvo. Porque, al fin y al cabo, algo maligno había sido invitado a entrar.

Y, de pronto, un grito agudo me perforó los tímpanos.

¡Vete!

No puedo asegurar que fuera un sueño, porque lo sentí muy real. Lo que sí sé es que tengo que escapar. No me voy a morir esta noche.

◆──────◆

Antonia se quedó de pie, con las manos temblorosas mientras miraba incrédula las palabras escritas en la página. Estaba segura de que Estela se había deshecho de las entradas arrancadas del diario... ¡pero acababa de encontrar una! Había salido de la fiesta en busca de respuestas a sus pesadillas y había descubierto algo totalmente distinto. ¿Qué implicaba esta revelación? ¿Acaso su madre había caído por voluntad propia? Un torrente de preguntas e incertidumbre inundó la mente de Antonia, cada una más inquietante que la anterior, mientras luchaba contra la oleada de pánico que amenazaba con vencerla.

¿Podría haber más entradas de diario ocultas en la casa?

Pero por mucho que Antonia deseara seguir buscando, una

idea inquietante la carcomía. Sabía que pronto la gente notaría su ausencia.

A regañadientes, decidió volver a la fiesta, tramando ya su próxima escapada.

Había más cosas que descubrir, pero el tiempo se escurría como sombras esquivas en la noche.

CUATRO

◆——•——◆

Alrededor de Antonia reinaba un silencio sepulcral, interrumpido solo por el ocasional tintineo de las copas o los lejanos acordes de la Sonora Matancera, que ejecutaba una melodía apagada, casi lúgubre. Las risas y el parloteo de los invitados parecían amortiguarse, tragados por la opresiva quietud que invadía el espacio mientras ella bajaba por la escalera de caracol.

En la planta principal, Antonia serpenteaba por el salón de baile con diligencia, haciendo todo lo posible por encajar con el resto de la multitud, como si no hubiera pasado nada hacía apenas unos minutos.

Antonia estiró el brazo y tomó un trago de una de las bandejas que llevaba la mesera. «Gracias», le dijo a la señora alta, y vació la copita de un sorbo. El whisky le dejó un sabor metálico y abrasador en la boca, pero no le importó. Era exactamente lo que necesitaba para calmar los nervios y los cientos de preguntas que le rondaban por la cabeza.

Unas cuantas miradas se posaron sobre ella, acusadoras,

juzgonas. Antonia casi podía oír sus voces en su cabeza. No era muy propio de una dama beber whisky, y menos en público. Otros le ofrecían sonrisas lastimeras.

Habían pasado varios años desde la muerte de Estela y la familia seguía recibiendo la misma reacción de la gente. Pero Antonia se llevaba la peor parte. La compadecían por tener que lidiar con Ricardo, por dedicar su juventud a cuidarlo y haber tenido que poner su vida en pausa. Como si esa misma gente no fuera a juzgarla si no lo hacía. Era el deber de una hija benévola y dócil cuidar de su padre y, en el futuro, de su marido.

Lo que ignoraban era que, de hecho, había sido decisión suya. Quería salvar a Ricardo como no había podido salvar a Estela. Si tan solo hubiera presionado más, si hubiera insistido en abandonar la casa y llevárselos a todos con ella, su mamá estaría viva.

Antonia había anhelado conocer Europa, ver los lugares donde transcurrían sus novelas góticas favoritas. ¿Y si hubiera insistido en que sus padres la acompañaran antes de irse a Bogotá? El viaje habría durado al menos tres meses, tres meses de un hermoso e idílico verano en tierras europeas.

Se culpaba a sí misma con frecuencia; ella también había tenido algo que ver. Y eso la atormentaba. No creía en fantasmas, pero estaba convencida de que el espectro del pasado podía perseguirla. La inquietante pregunta: ¿qué hubiera pasado si...? Pero después de lo que acababa de descubrir, ¿había otras personas a las que culpar?

Antonia desterró por un instante aquellos pensamientos, y sintió una oleada de alivio al ver a Carmela entre la multitud, a pocos pasos de ella. La forma en que llevaba trenzado el pelo era demasiado familiar para que Antonia la pasara por alto.

—¿Qué demonios te pasó...? —Carmela arqueó las cejas y se aproximó a Antonia. La tomó del brazo y se la llevó de vuelta al pasillo, lejos de la multitud. Carmela le señaló la cara y le dio una servilleta.

—¿Dónde estabas? —le preguntó, en voz baja, para no llamar la atención de nadie más—. Pensé que querías que las dos vigiláramos a tu papá. En cambio, desapareces media hora y vuelves como si hubieras estado en una expedición en el desierto.

Antonia se secó las gotas de sudor que le bañaban la frente y trató de recogerse los mechones sueltos que se le acumulaban a ambos lados de la cara.

—Es que... me puse a bailar. O sea, pensé: ¿por qué sentirme mal si puedo divertirme? Hacía mucho tiempo que no venía a una fiesta. Me dieron ganas de aprovechar...

Carmela la miró incrédula.

—Ajá, claro. Y para que lo sepas, te perdiste el brindis de doña Pereira. Reunió a todos los invitados como si fueran su rebaño, y tuvimos que escucharla hablar durante cinco minutos que parecieron una eternidad. Qué pesadilla.

—¿Un brindis? —se burló Antonia—. Por supuesto.

—No se iba a perder la oportunidad de presumir de su gran logro. De cómo fue capaz de reconstruir este lugar, de darle la vida que siempre mereció, etcétera... En fin, supongo que estás disfrutando de la fiesta, ¿no? ¿Con tanto baile? —preguntó Carmela, volviendo a la conversación sobre la desaparición de Antonia.

No estaba pasándola bien, pero Carmela no tenía por qué saber la razón.

—Pero ¿cómo? Sin importar adonde mire, es como si alguien me estuviera clavando los ojos, escrutándome. Si me dieran un peso por cada pésame hipócrita que recibo, ya sería millonaria —dijo Antonia en voz baja.

—Las personas que te dan el pésame cada vez que te ven son las mismas que insultaron a tu madre, que la llamaron...

—Sí —se apresuró a decir Antonia antes de que Carmela pronunciara esas palabras—. Sí, tienes razón.

«La bruja».

El rumor de que Estela era una bruja empezó a circular después de su muerte. Si el Castillo de Bochica estaba embrujado, seguro que había una bruja de por medio. Era, en esencia, un cuento perfecto para la hora de dormir. Combustible para las pesadillas de los niños. Y el fantasma de su mamá encajaba perfectamente.

Antonia nunca se había preocupado por lo que la gente decía de Estela, y mucho menos después de su muerte, pero ahora no podía librarse de las preguntas que comenzaban a asaltarla. ¿Por qué y cómo había muerto su madre? ¿Qué ocurrió realmente en esa casa? Antes, Antonia pensaba que la causa había sido la obsesión de Estela por la casa y por el Salto. Ahora no estaba tan segura.

Antonia se apoyó en Carmela.

—Necesito verlo. Ver el Salto...

El lugar donde Antonia había visto a Estela por última vez, el lugar donde había muerto, podía ser el punto de partida para buscar alguna explicación.

Como si los pensamientos las conjuraran, las imágenes pasaron por la mente de Antonia: Estela asomándose, agarrada de las barandillas de hierro, de espaldas a Antonia, con Ricardo justo enfrente. El agua golpeaba con fuerza contra las rocas, pero su padre había gritado más fuerte, con más furia. Llovía a cántaros y el cielo estaba encapotado. Antonia se acercó, Ricardo había avanzado uno o dos pasos.

Pero algo había distraído a Antonia... ¿o no? Habría jurado que apartó la vista de sus padres apenas un segundo. Cuando volvió a mirar, Ricardo estaba tan cerca de Estela que podría haberla agarrado si ella llegaba a caerse....

Antonia había estado presente cuando la policía encontró el cadáver. Al principio, lo calificaron como un desafortunado accidente, pero, al cabo de unas horas, estaba claro que habían pasado a considerarlo un suicidio. Pero por muy problemática que fuera Estela, por mucho que la casa los afectara a todos, suicidarse, acabar con su vida, no era algo que Antonia hubiera temido que podría hacer su mamá. Era su heroína y tenía más margen de acción.

—No, papá, ella nunca se habría suicidado. —Antonia lloró al oír las declaraciones de la policía—. Si hubiera odiado este lugar, si hubiera querido irse, se habría ido. Pero nunca habría acabado con su propia vida...

—No tenemos cómo saberlo. —Ricardo abrazó a Antonia y la estrechó contra su cuerpo. Antonia tragó saliva, intentando llenar de aire los pulmones.

—Tú sabes que tengo razón —le dijo al fin—. Ella nos amaba. Nunca hubiera...

Antonia se quedó sin palabras, sobre todo porque sabía que

Ricardo no estaría de acuerdo con ella. Muchas veces había menospreciado las preocupaciones de Antonia.

—No más, Antonia—le dijo, tensando la mandíbula. El fastidio le nubló la expresión, como si quisiera que su hija cerrara la boca—. Esto es doloroso para ambos, tanto que no sé cómo explicarlo. Pero ella se fue. Tenemos que aceptarlo. Saltó por su propia voluntad. Nadie la empujó...

«La empujó...»

Antonia sopesó esta última frase. No lo había considerado un asesinato. Ni siquiera se le había pasado por la cabeza. ¿Acaso él pensaba eso? ¿Tenía razones para creer que la habían...?

«Alguien me encerró aquí. No. No. ¿Quién? La única persona en la casa era Ricardo. Él sabía que yo estaría aquí. Él no...»

¿Ricardo? ¿Su papá? No podía ser. Y menos considerando que él también había estado allí, como Antonia. Él no habría sido capaz. Y aun en ese caso, no a la vista de todos.

«Pero ¿y si creía que nadie no lo estaba mirando?»

Antonia intentaba sacudirse esa idea de la cabeza cuando la voz de Carmela aterrizó en su oído y la regresó a la fiesta.

—Nona, no hace falta que salgamos. Vamos a buscar a tu papá más bien...

Antonia se sacó a Carmela de encima y se lanzó por el pasillo hacia el balcón del salón de baile de una manera casi agresiva. Quería respuestas y se pondría a excavar en los cimientos si fuera necesario para obtenerlas.

Pero antes de llegar al balcón, el mural muisca de Estela la detuvo en seco. Seguía intacto. Sin darse cuenta, Antonia se encontró frente al mural, recorriendo con los dedos la figura.

Las paredes estaban tan frías que le arrebataron el calor a sus dedos. Los colores brillaban como si los hubieran pintado recién, y no diez años atrás. «La niebla. Parece tan espesa, tan real, pero tan delicada, como un velo». Antonia estudió el cuadro. Había visto a su madre trabajar en él, pero no entendía cómo había logrado ese nivel de detalle. Parecía como si la niebla se hubiera tragado a los muiscas, pero luego volvían a alzarse como las aves más grandes del mundo. Su plumaje era completamente negro, con excepción de una franja de plumas blancas en la base del cuello y grandes bandas blancas en las alas. Todos esos detalles eran sumamente realistas, y cuando los cóndores volaban, parecía que saltaban del cuadro al mundo material.

Cuenta la leyenda que los muiscas se arrojaban desde el Salto del Tequendama para escapar de los colonizadores españoles. Saltar los liberaba de una vida de miseria y abusos. Al saltar, se convertían en majestuosos cóndores andinos y obtenían la verdadera libertad prometida por su diosa Bochica. Veían la luz; veían la *pquihiza*.

Pero Bochica no le había dado alas a su mamá. En lugar de eso, le había dado la muerte. ¿No se suponía que Bochica la salvaría? Estela la había adorado durante años, le había construido un altar, porque la casa no era más que un altar, un santuario, ¿y aun así no fue capaz de salvar a Estela?

Al contemplar aquellos cóndores, Antonia no pudo sino recordar los días previos a su mudanza al Castillo de Bochica. Estela pasaba los días leyendo y pintando. Paseaba por el frondoso jardín que rodeaba la casa, adornado con orquídeas en flor y encenillos silvestres, cuyas verdes hojas ofrecían su hospitalidad a los pájaros que anidaban allí.

Antonia observó asombrada a los pájaros que se posaban en las ramas sacudidas por el viento. Al percatarse de la fascinación de su hija, la mamá le había hablado del murmullo, la hipnótica danza de las grandes bandadas de estorninos. Su mamá describía los miles de pájaros que llenaban el cielo, arremolinándose y lanzándose en picada de formas siempre cambiantes. Cada estornino, reflejando los movimientos de sus vecinos, creaba figuras asombrosas que mutaban y fluían como olas vivientes.

—Comparten un propósito común —dijo Estela, posando la vista sobre ellos—. Profunda confianza y admiración mutua.

Antonia fue testigo de ese espectáculo casi divino: en un momento eran formas en movimiento que se mecían en el cielo del atardecer, y al siguiente una esfera inquietante, como una luna colgada sobre un pantano.

En ese momento, los labios de Antonia se abrieron en una sonrisa franca y sus cejas se alzaron hacia el cielo. Su madre la rodeó con los brazos y Antonia respiró más despacio, su cuerpo se fundió en el abrazo de Estela, como si cada músculo se le aflojara.

Estela también le contaba sobre la vida de los pájaros más salvajes y extraños. Cómo incluso los grupos más estrafalarios se mantenían unidos cuando volaban hacia el sur. Una familia, como la suya. Siempre se aseguró de que Antonia se sintiera segura, vista, querida.

Pero las salidas de Antonia con Estela ya se habían interrumpido casi por completo cuando se mudaron al Castillo de Bochica. Ricardo, en un gesto pomposo, y como prueba irrefutable de que era incapaz de decirle que no a Estela, demostró su máxima devoción y su infinito amor construyéndole a su esposa la casa de sus sueños. Antonia no creía que fuera posible superar semejante declaración. Durante un tiempo, había puesto sus expectativas por encima de cualquier relación realista que pudiera entablar ella misma. Pero, entonces, se dio cuenta de que un amor tan inconmensurable era nocivo, porque podía volverse mortífero.

Cuando se mudaron, Antonia vio a Estela enamorarse cada día más del lugar. Doña Pereira alimentaba su obsesión, la visitaba casi a diario, y se la transmitía como una herencia. Casi como una evangelización. Doña Pereira hablaba de Bochica y de mirar más allá de la «capa superficial de la realidad», lo que sea que significara eso. Siempre le recordaba a Antonia que Estela era un pájaro, un pájaro que necesitaba alas para volar tan alto como los cóndores... sin jaula, libre.

Luego, vinieron los libros de historia, las revistas, los viejos y monstruosos ejemplares encuadernados en cuero y escritos en chibcha —la lengua nativa de los muiscas, una lengua que doña Pereira y la madre de Antonia entendían y hablaban con fluidez—, los misterios que rodeaban las cataratas y *Radio Noche*.

Las cosas dieron un vuelco cuando el enamoramiento de Estela por los muiscas y el Salto del Tequendama alcanzó un punto de no retorno. Comenzó dos años antes de su muerte, con cambios tan graduales que al principio fueron casi imperceptibles, como una olla que hierve lentamente antes de desbordarse. Sus cambios de humor se volvieron erráticos, y cada vez se retiraba más a su santuario oculto, donde pasaba horas y horas. Incluso había días en los que Antonia no la veía. El santuario estaba vedado, y aunque al principio Antonia lo veía como el estudio de Estela, igual que su padre tenía el suyo, empezó a preguntarse si su mamá se escondía allí de algo o de alguien. Quizá incluso de la compañía de su propia familia. Pero si era así, ¿por qué lo hacía?

Un año antes de su muerte la situación empeoró tanto que Estela solo salía de su santuario para emprender aventuras de varios días a petición de Ricardo. Las escasas veces que Ricardo conseguía alejarla del Salto, ella se revitalizaba y todo volvía a la normalidad durante unos días. La luz y el entusiasmo le brillaban en los ojos. Trabajaba en su huerto y le pedía ayuda a Antonia. Comía todas las comidas con ellos, se pasaba horas hablando de novelas góticas con Antonia en su habitación y, si Antonia tenía suerte, hablaban de chicos. Estela hacía amasijos con Carmela. Y se tumbaba junto al fuego con su marido. Eran momentos breves que Antonia deseaba que duraran para siempre, cuando la vida de Estela no giraba en torno a la casa, el Salto o los muiscas.

Pero el efecto solo duraba unos días. El cansancio no tardaba en invadir el rostro de su madre. Sus ojos se volvieron lejanos, casi vacíos. Cuando se quedaba en la casa, deambulaba como un fantasma, diario en mano, anotando pensamientos a toda velocidad, como si temiera que se le escaparan si no se los sacaba de la cabeza. Como mucho comía una vez al día, y solo cuando Carmela y Antonia se lo suplicaban. Su pelo se convirtió en un nido de pájaros, sus vestidos blancos se cubrieron de barro y mugre, como si pasara los días en el huerto, o haciendo trabajos de jardinería, aunque nunca saliera de su habitación.

Antonia empezó a extrañar a Estela. Empezó a envidiar la vida de la gente con familias convencionales, aunque a ella, para empezar, no le entusiasmaran muchas convenciones sociales. ¿Qué tenía Antonia? A Carmela, por supuesto. Pero por mucho que adorara a Carmela y no supiera qué habría hecho sin ella, Antonia también quería a su madre allí. Sobre todo, por la noche, cuando la asaltaban las pesadillas.

—¿Nona? ¿Hola? ¿Me estás escuchando? —la pregunta de Carmela sacó a Antonia de su estupor.

—¿Qué? No, perdona. Me perdí en el mural de mamá. ¿Qué decías?

—Que no huyas más de mí. Soy vieja, mis piernas ya no funcionan como antes. No puedo estar persiguiéndote como cuando eras una niña.

—Lo siento, Carmela. Es que... Tengo que verlo —insistió Antonia.

—¿Estás segura de que eso es lo que quieres?

Antonia asintió. Había resuelto hacerle caso a Carmela y evitar el lugar donde Estela había muerto, pero enseguida se encontró allí. Aunque no se atrevía a decirlo en voz alta, una parte de ella tenía la esperanza de encontrar a su madre como solía hacerlo tantos años atrás, o al menos entender lo que pasaba por su mente. ¿Le estaba pidiendo ayuda a Bochica? ¿Estaba huyendo y se detuvo ahí en busca de guía cuando alguien la sorprendió? Tal vez Ricardo tenía razón: Antonia tenía asuntos pendientes, necesitaba un cierre y, por eso, no podía seguir adelante. Tal vez, para alejar sus pesadillas, tendría que exhumar los huesos de su pasado, después de todo.

Antonia clavó la vista en la cascada, casi completamente ocultas tras las capas de espesa niebla que danzaban en sus aguas. Las gotas le salpicaron en los brazos y la cara. Se le aceleró el corazón. Antonia ajustó su postura, echando los hombros hacia atrás, como solía hacer Estela. Estaba preparada para escuchar cualquier mensaje que las cataratas tuvieran para ella.

«Nunca entendí tanta fascinación. Es un lugar maldito», susurró Antonia para sí, y luego se agarró con firmeza a las barandillas de hierro, casi como si su vida dependiera de ello. El hierro empapado y frío contra su piel casi que la quemaba, pero no se soltó. El grito de las cataratas se tragaba incluso el sonido de los búhos y de cualquier otra ave que se atreviera a desafiar la noche invernal.

Así como se había tragado a Estela.

Un enjambre caótico de recuerdos se agolpó de inmediato en la mente de Antonia. Al igual que la última vez, vio a Ricardo de pie a pocos centímetros de su mamá, con los brazos extendidos, como si tratara de sujetarla, de retenerla. Estela estaba peligrosamente cerca del borde, asomada al precipicio.

Esta vez, sin embargo, Antonia recordó cuál había sido la causa de su distracción, la razón por la que había dejado de mirar durante un breve instante: el sonido de un fuerte golpe resonó en el espacio abierto.

Cuando se dio vuelta de nuevo, Estela ya no estaba...

Antonia gritó y gritó hasta que se le desgarró la garganta. Intentó correr hacia donde había estado su mamá, pero Ricardo y Carmela la sujetaron, temiendo que fuera la próxima en caer.

Y tan pronto como llegó, el recuerdo se interrumpió.

Se sentía frustrada. ¿Por qué le llegaban los recuerdos de esa manera tan fragmentada? ¿Y por qué siempre eran distintos?

—Creo que ya viste suficiente. Nona. Tenemos que entrar.

—Carmela estaba otra vez a junto a ella, con los ojos puestos en el salón de baile atiborrado—. No podemos dejar a tu padre mucho tiempo abandonado.

—¿Tú de verdad crees que se cayó? ¿O que haya saltado?

—Con el rabillo del ojo Antonia pudo ver que Carmela fruncía el ceño— ¿Será que alguien la empujó? ¿Será que papá...?

—Nona, aquí no.

—Es en serio, Carmela —insistió Antonia.

—No creo que se haya caído. Y tampoco creo... que alguien la haya empujado.

Antonia sostuvo la mirada de Carmela. Si ella supiera, se lo diría, ¿no? Claro que sí. Carmela no le ocultaría nada.

Las lágrimas amenazaban con escapársele de los ojos, pero Antonia logró contenerlas. No era el lugar ni el momento para montar una escena, en especial teniendo en cuenta que todo el mundo estaba listo para compadecerse de ellos. Probablemente ya estuviera atrayendo más miradas solo por estar en el lugar donde había ocurrido la tragedia de Estela. Y eso ya era mucha más atención de la que Antonia quería para sí y para su familia esta noche. Si hubiese sido por ella, la gente nunca se habría enterado de la trágica muerte de Estela.

Por desgracia, no podía hacer nada para evitar que la verdad saliera a la luz. La noticia circuló unas semanas después de la tragedia; antes de eso, habían intentado pasar lo más desapercibidos que fuera posible. Vivir en medio de la nada lo hacía más fácil, al menos al principio. Pero la noticia se filtró, quizá por boca de los lugareños que solían rondar el lugar y se percataron de la ausencia de la madre de Antonia en el balcón, aunque al principio Antonia pensó que había sido la policía.

La familia de Antonia tenía que recuperar el cadáver, pero nadie podía intentarlo, salvo la policía y su equipo de rescate. Pronto la noticia se regó como pólvora. Nada impidió que la gente sacara todo tipo de conclusiones. «La casa está embrujada y los espíritus malignos se apoderaron de ella. No se cayó por accidente, saltó por voluntad propia. Era una de esas mujeres atormentadas de los libros de las hermanas Brontë; la casa y el aislamiento fueron su verdadera muerte. La locura les corre por la sangre, la chica debe estar loca también. Su marido se cansó de sus tonterías y la empujó para librarse de ella. ¿Quién podría culparlo?»

Esta última acusación le dejó un sabor amargo en la boca. Notó que su corazón se agitaba, que sus miembros se entumecían. Un pensamiento macabro empezó a tomar forma en su cabeza.

Ricardo había estado muy cerca de Estela. ¿Por qué no había evitado su caída?

Las lágrimas corrieron por las mejillas de Antonia. Esta vez no las detuvo.

CINCO

❖

En el bar, una docena de conversaciones se escuchaban al mismo tiempo, todas en voz alta, compitiendo con los boleros que retumbaban en el lugar. Antonia se abrió paso entre los tibios cuerpos de los asistentes, con la misma facilidad con la que el humo circulaba en el aire. Se reprochó haberse permitido que la asaltaran los recuerdos e intentó sacarse de encima el presentimiento que la había invadido en el balcón. Pero algo había cambiado en su interior. No podía sacarse de la cabeza la idea de que hubieran asesinado a Estela. Mucho menos ahora, cuando había decidido que el primer sospechoso era Ricardo. ¿Sería capaz de hacer eso su padre? ¿Su amor lo había intoxicado tanto como para matarla?

Antonia se recostó sobre la barra de mármol negro e intercambió una mirada con el cantinero, un tipo de mediana edad que estaba del otro lado de la barra. Como los otros meseros, iba vestido de blanco, con el pelo castaño peinado hacia atrás y recogido en una larga trenza, lo que le daba un aspecto agresivo y delicado a la vez.

Desde lejos, y visto a través de los ventanales blancos que iban del suelo hasta el techo y enmarcaban la mitad del salón, el Salto del Tequendama irradiaba una especie de calma ilusoria. Se sentó detrás de la barra, y tarareó un bolero viejo y romántico.

—Deme algo fuerte. Lo más fuerte que tenga.

El cantinero la observó por un momento con sus profundos ojos castaño oscuro. Antonia le devolvió la mirada, intentando descifrar lo que había detrás de la expresión imperturbable de su cara, que no le dio muchas pistas. Se dio vuelta y volvió la vista hacia la ventana.

—¿Día difícil? —le preguntó él con picardía, mientras le ponía al frente una copa diminuta. Se giró y agarró una botella que ya estaba casi vacía.

Antonia no alcanzó a leer la etiqueta dorada, pero de todos modos no le importaba tanto qué trago era. Solo necesitaba tomar algo, luego volvería a subir para encontrarse con Carmela y Ricardo. Por más que quisiera obtener respuestas, quizás lo mejor era no tenerlas; existía la posibilidad de que fueran más siniestras de lo que podría soportar. ¿Acaso a veces no da miedo la verdad?

—Años difíciles, más bien.

Se tomó el trago. El calor y la aspereza del líquido lograron aplacar brevemente el miedo que le calaba en los huesos. Era la segunda vez en el día que recurría al alcohol para librarse por un momento de sus pensamientos.

—Muy bueno. Estaba fuerte. Sírvame otro, por favor —dijo y deslizó la copa vacía hacia el cantinero.

El hombre le echó un vistazo rápido a la copa y luego miró a Antonia, alzando un poco la ceja.

—¿Está sola, señorita?

A Antonia la pregunta la dejó perpleja.

—Digo, una señorita como usted no debería estar tomando sola. No es recomendable.

Antonia levantó la mano para interrumpirlo:

—Pues qué bueno que no soy ninguna señorita —dijo, fingiendo una sonrisa. Lo último que necesitaba en ese momento era que el cantinero la criticara.

El hombre curvó los labios en una sonrisa tímida y, obediente, volvió a llenarle la copa. Mientras lo observaba, Antonia sintió de repente una presencia; alguien o algo que fundía su cuerpo con el de ella por la espalda.

Pegó un brinco, y al voltearse su mirada se cruzó con la de Alejandro. Sus ojos castaños parecían más oscuros bajo la penumbra de la sala. Se inclinó hacia ella para sostenerla por la espalda. Estaba tan cerca que Antonia podía olerlo a pesar del fuerte aroma a tabaco que inundaba la sala. Se tambaleó al incorporarse, y luego se quedó inmóvil frente a él.

—Nos conocimos antes... ¿en la entrada? —le dijo él en voz baja, pero lo suficientemente alto como para que ella pudiera escucharlo entre el bullicio de la gente y la música de los boleros que retumbaban en cada rincón de la sala.

Antonia nunca olvidaría esa cara.

—Así es.

—Antonia, ¿verdad?

—Mira, estoy... Me gustaría estar sola. —No quería parecer grosera, pero lo necesitaba.

Alejandro se movía con confianza; sus grandes ojos, inquisitivos, no dejaban de mirarla.

—Volvamos a empezar —propuso Alejandro, dejando escapar una sonrisa—. Me llamo Alejandro Soler.

Antonia alzó las cejas.

—Sé quién eres. Nos conocimos en la entrada.

—Disculp...

Antonia se quedó mirándolo y, por un instante, se sonrojó. En otras circunstancias, seguro habría permitido que la cortejara. Y si se trataba de coquetear, habría estado dispuesta a corresponderle. Pero sus habilidades para la seducción estaban algo oxidadas, y esa noche no parecía el mejor momento para retomar la práctica.

—Es cierto... Mucho gusto, otra vez. Soy periodista de *Radio Noche*, la emisora local y la revista. ¿De pronto has escuchado de nosotros...?

—La conozco —dijo Antonia con firmeza—. Lo que no sé es qué quiere usted de mí —agregó con una paciencia exagerada.

Alejandro se echó el pelo despeinado hacia atrás. Algunos mechones crespos y rebeldes le enmarcaban el rostro y le daban un aire delicado.

—Me gustaría entrevistarte.

—¿A mí? ¿Por qué? —al inspeccionarlo de cerca, Antonia se dio cuenta de que en efecto había algo en Alejandro que le resultaba muy familiar. No lo había reconocido en la entrada, y todavía no lo reconocía, pero había algo en él que estaba segura de haber visto antes. No podía sacarse esa sensación de encima, y la manera cómo la miraba le hacía creer que... No, estaba completamente segura: se conocían de antes. O al menos ya se habían visto en algún otro lugar.

Alejandro se cruzó de brazos y los músculos se le tensaron bajo la camisa blanca. Encogió los hombros e hizo un gesto como si la respuesta fuera obvia.

—Vivías aquí. Mi jefe está obsesionado con este lugar y con todas las historias que se cuentan, ¿sabes? Las muertes, las apariciones —dijo, presionando una pluma estilográfica dorada contra el mentón.

Antonia negó con la cabeza. No tenía nada que decir al respecto. Y aunque tuviera algo que decir, no se atrevería a revelar nada.

No quería alimentar la curiosidad de la gente, ya se comentaba demasiado sobre la cascada y sobre su familia. Antonia estaba segura de que todo tipo de rumores circulaban de un lado a otro entre Bogotá y el Salto, desde mitos muiscas hasta la historia de que el papá de Antonia había elegido ese lugar para construir una mansión como nunca antes se había visto en el país. Según los lugareños, el Salto estaba embrujado, por lo cual la mansión con vista al acantilado también debía estar maldita.

Recordó el último rumor que había extendido unos meses antes de la muerte de Estela. Estaba a punto de amanecer: los murmullos que, al paso de Estela, zumbaban como moscas alrededor de un cadáver, las miradas ávidas y penetrantes. La policía se agolpaba en las puertas, tomaba declaraciones. Una pareja había desaparecido, y según los testigos, la última vez que los habían visto había sido cerca de la cascada. Su carro había quedado abandonado a unos pocos metros del lugar.

—Tuvo que haber visto algo, ¿o escuchó algo? —le había preguntado uno de los policías a Estela.

—Todos estábamos durmiendo —había respondido ella entre dientes—. Ustedes vienen aquí a azotar la puerta, como si nosotros tuviéramos algo que ver con la muerte de estas personas...

—No hemos dicho que estén muertos, señora.

—No se hagan los bobos. Para qué llenar a esas familias de falsas esperanzas.

El policía permaneció en silencio, mientras garabateaba algo en una libreta de cuero desgastada.

¿Será que Estela sabía algo más de lo que estaba dispuesta a contarle a la policía?

—Ahora bien, si vemos algo, yo misma lo llamo.

Y Estela los llamó exactamente tres días después, cuando dos personas más desaparecieron. Esa vez, fue Antonia la que los vio saltar.

Pero no valía la pena pensar en esas cosas ahora.

—No tengo nada que contarle —le dijo finalmente a Alejandro.

—Mira —respondió él en un tono más tranquilo, casi con timidez—, lo único que quiero es saber si has escuchado alguna historia.

¿Creía acaso en esas viejas historias de terror? ¿Había que creer en fantasmas para ser capaz de cazarlos? Quizás no. Para ser un cura no había que creer en Dios, bastaba con aparentarlo.

—No he escuchado ninguna.

Los labios se le abrieron en un gesto de sorpresa, como si Antonia estuviera diciendo algo que no tenía ningún sentido.

—¿Qué? No te creo.

¿Cómo se atrevía él a hablar con la seguridad que solo un testigo, como ella, podía tener? Lo que sea que hubiera pasado en ese lugar, él *no* lo había visto, *no lo había vivido.*

—¿Quieres una historia? Pues adivina qué: los fantasmas no existen. Y tú, siendo el tipo tan inteligente que quiero pensar que eres, no deberías creer en esas cosas.

Desde el momento en que vio la credencial que le colgaba del cuello, Antonia tuvo que haber sabido hacia dónde iba todo esto. Si así hubiera sido, no habría perdido el tiempo hablando con él. Antonia no había venido a la casa a revivir esos años, ni a contarle todo lo que había pasado a un desconocido. De todos modos, estaba segura de que sus respuestas serían completamente distintas de la historia que Alejandro quería oír.

Él la miró incrédulo.

—¿Me estás diciendo que nunca viste nada? ¿Que nunca escuchaste nada?

Antonia ni siquiera intentó responderle. No iba a hacerlo. No podía.

—¿Nunca oliste nada raro?

Los músculos se le tensaron al escuchar el énfasis que Alejandro ponía en esa palabra. ¿Podía olerlo él también?

Abrió la boca para preguntar, pero se contuvo. Preguntarle algo significaba reconocer lo que estaba pasando, y no estaba segura de poder hacerlo. No después de todo con lo que había tenido que lidiar ese día.

Pero Antonia no podía negarse a sí misma que había un

olor nauseabundo. Impregnaba cada rincón de su hogar y se exacerbaba a medida que uno se acercaba a los cimientos de la casa. Algunas veces, incluso, había soñado con ese olor. Se le había metido tanto en el cerebro que, cuando no estaba en la casa, lo extrañaba. Una vez, cuando nadie la vigilaba, Antonia se había acercado mucho al salto, era como si el olor hubiera dejado un rastro que la jalaba hasta lo más profundo de la cascada.

—Mira, la verdad no sé a dónde quieres llegar con esto, pero no tengo nada que te sirva. —Giró sobre sus talones, y al salir del salón se detuvo y volteó a mirarlo. Él seguía inmóvil, justo detrás de ella, como si supiera que iba a regresar—. Y no vayas a buscar respuestas en ningún otro lado. Deja a mi papá tranquilo. Él no debería estar hablando de estas cosas... no le hace bien.

Antonia se giró y desapareció entre la multitud, no sin antes agarrar una copa de vino de la bandeja que sostenía un mesero y tomársela de un sorbo. Mientras se alejaba la invadía una sensación de malestar que se le trepaba por la espalda y se le acomodaba en el estómago. La casa aun lograba hacerla sentir enferma e inquieta, le quitaba la paz. Habían pasado cuatro años desde la muerte de su mamá y Antonia había logrado sobrevivir. No quería que el dolor ni la amargura la abrumaran por el resto de su vida. Lo único que quería era dejar todo atrás, hacer como si nunca hubiera pasado nada.

Antonia no iba a permitir que la casa le cerrara las puertas.

No iba a dejar que la consumiera. No se iba a quedar ahí, nadie de su familia iba a hacerlo. Era hora de irse, al diablo con la prensa y sus preguntas.

Antonia estaba de pie en el patio, las montañas de los Andes se extendían en la distancia. Estaba contenta de ver que su nogal, que sentía como una parte de sí, seguía firme. Era una de las cosas que, a pesar de los esfuerzos de doña Pereira, no habían cambiado en la casa.

Respiró profundo, llenando sus pulmones de aire fresco. A estas alturas de octubre, los matorrales debían tener un tono esmeralda, pero la poca vegetación que crecía en el patio exterior se veía tan seca como la tierra, y salpicaba por aquí y por allá el jardín que llevaba de regreso a la casa. Ahora, mientras miraba el hotel gris bajo el cielo demasiado oscuro, casi azul, un sentimiento feroz se apoderó de ella.

«Vete».

Antonia quedó tiesa. Pero se negó a dejarse vencer y el sentimiento desapareció. Era solo su mente, jugándole una mala pasada. Era una tontería. Alejandro la había tomado por sorpresa, eso era todo. Y no había ninguna razón para dejar que el miedo se apoderara de ella.

Afuera todo estaba en silencio. A medida que se acercaba al conjunto de escalones bajos y anchos de cemento que conducían a la puerta principal, el único sonido que se escuchaba era el de sus pasos. Subió el primer escalón y de repente se quedó inmóvil. Pegó un grito ahogado.

Una serpiente de dos cabezas, negra y marrón, yacía muerta frente a ella. Tenía la mitad de su largo cuerpo amarrado en un nudo grotesco que le exprimía las entrañas. Tenía las cabezas torcidas en un ángulo antinatural, con los ojos abiertos y vidriosos, casi humanos, congelados en una expresión de terror.

Algunas moscas y polillas zumbaban frenéticas sobre el cadáver, y Antonia tuvo que reprimir las ganas de vomitar.

—¿Qué...? —alcanzó a decir en medio de un débil grito de sorpresa, antes de que algo o alguien la jalara.

La risita de doña Pereira se escuchó por encima de su cabeza. Estaba justo detrás de ella, y poco después a su lado. Antonia la miró de reojo y alcanzó a ver que el padre Juan estaba junto a ella.

—Fueron los cóndores, esas malditas bestias con alas —dijo doña Pereira alegremente, como si estuviera explicando las travesuras de un niño.

Antonia no estaba segura de que lo que veía fuera obra de la naturaleza, no creía que la naturaleza fuera malvada. Si se trataba de un juego entre un animal cazador y su presa, como sugería doña Pereira, ¿por qué la habían dejado en ese estado? Antonia no era tonta. Ya había visto estas cosas. Usualmente, eran obra de un ser humano.

—Ricardo se ve mejor. Tiene un brillo que no había visto en él desde que, bueno, ya sabes.

—¿Desde que mi mamá se mató? —Antonia supuso que eso era lo que doña Pereira iba a decir. Solo completó la frase.

—Fue difícil para él, enfrentarse a su muerte. Ella se veía bien ese día...

Un momento, ¿qué? ¿Doña Pereira había visto a Estela justo antes de su muerte?

Doña Pereira seguro notó el cambio en la expresión de Antonia y se apresuró a decir algo antes de que ella pudiera reaccionar

—Creo que nunca nos vamos a recuperar. Fue una pérdida tan grande —agregó doña Pereira poniéndose una mano en el corazón.

El gesto hizo que los ojos marrones de Antonia se fijaran en el grueso collar de oro que llevaba doña Pereira y que ahora brillaba bajo las tenues luces del hotel. Mientras la mujer le susurraba algo al padre Juan al oído, Antonia notó el dije enorme de oro que doña Pereira llevaba en el pecho: un rostro humano tallado y decorado con diminutos cristales negros. Tenía unas piedritas rojas en los ojos y en los labios. ¿Por qué le parecía tan conocido? No tenía tiempo para intentar recordar...

—Te-e-ngo que ir a buscar a mi papá —logró decir Antonia, abrumada por sus propios pensamientos.

Se disculpó, y subió apurada por las escaleras que llevaban del patio al piso principal. Eran las mismas escaleras que solía usar cuando ayudaba a su mamá en el huerto, o cuando leía sus libros bajo el nogal. Escuchaba susurros y murmullos en los tímpanos a medida que intentaba mantenerse en movimiento. ¿Había alguien siguiéndola? No había manera de que fuera doña Pereira, era imposible que pudiera correr tan rápido.

Antonia se dio vuelta. Luego, en un impulso, pegó la oreja a la pared encalada y susurró:

—¿Hola?

La respuesta se escuchó tan fuerte que la tumbó hacia atrás.

«VETE».

Se le escapó un gemido. Habría gritado si pudiera sacar suficiente aire de sus pulmones, pero tenía la respiración entrecortada. Algo se movió en la oscuridad de la estrecha escalera. Podía sentir cómo le temblaban las piernas, y los pensamientos se le agolpaban en la cabeza mientras intentaba incorporarse.

La casa había despertado algo en ella, una sensación que hasta entonces había podido controlar lo suficiente como para no prestarle atención. Aun así, sentía en su interior que si ahora intentaba salir, la casa la dejaría escapar. Quizás no debía temerle a la casa, sino a las personas que estaban dentro. Solo tenía que averiguar exactamente a quiénes.

SEIS

Antonia no estaba lista para enfrentar a su papá. El temor y la incertidumbre la inquietaban. ¿Y si Ricardo tenía algo que ver con el asesinato de Estela? Pese a que Antonia había visto a su mamá momentos antes de que se cayera del balcón, odiaba el hecho de no poder confiar ni en sus propios recuerdos, que no le dieran ni una sola pista.

Sin importar lo mucho que quería irse de esa casa, sabía que encontrar las entradas de diario que faltaban era esencial para desenmascarar la verdad. Anhelaba absolver a alguien de su propio escrutinio, en particular a su papá. Si es que aún quedaban entradas del diario, claro. Antonia tenía la esperanza de que así fuera.

Así que, en lugar de regresar a la fiesta, caminó en dirección contraria. Unas cuantas personas estaban dispersas por el pasillo, la mayoría demasiado borrachas o distraídas como para mirarla. Cada crujido de los escalones de madera la estremecía, pero eso no disminuyó su empeño en subir.

A mitad de camino vio de reojo cómo una sombra parpadeaba a su lado. Unos ojos rojos y penetrantes observaban cada uno de sus movimientos. Antonia quedó paralizada y, mientras permanecía quieta, percibió un olor a madera que impregnaba el lugar. ¿Era incienso? Un escalofrío hizo que se le erizaran los pelitos de la nuca y le bajó por la espalda. De repente, supo con exactitud a dónde debía ir. A su estudio; Estela quemaba salvia e incienso cada vez que Antonia leía ahí y se quejaba del olor que entraba de afuera.

La voz profunda de Aurelio Rocha, que reverberaba en los techos del tercer piso, la trajo de vuelta al presente. La música era tan fuerte que podía distinguir la letra de la canción.

«*El dolor de tu partida me estremece*».

Siguió subiendo despacio por las escaleras, nerviosa. A cada paso, la canción sonaba más fuerte, compitiendo con el latido estruendoso de su corazón.

«*Intento encontrarte varias veces*».

Sin saber con qué se iba a encontrar o si es que encontraría algo, logró arrastrarse un tramo más de la escalera y atravesar el pasillo principal. Un tapete color vino tinto cubría el suelo bajo sus pies y las cuatro puertas de madera, dos de cada lado, estaban revestidas de blanco. Al abrir la puerta del lugar donde solía leer, y que ahora era la habitación 421, la canción prácticamente retumbaba desde el interior.

Dentro, la oscuridad era total. Era un tipo de oscuridad que la hizo detenerse. Se le puso la piel de gallina.

Entró a la habitación, cubriéndose con el chal que llevaba para que no le diera frío. Subió el interruptor que estaba junto a la puerta y, por fin, la luz inundó la habitación. Enfrente había una cama de madera tallada a mano, con un cubrelecho bordado con flores doradas y una mesita de noche a cada lado. A la izquierda de la habitación estaba el tocador, y sobre este una bandeja de plata con botellitas de cristal marcadas con etiquetas en las que se leía: «EL REFUGIO DEL SALTO». A la derecha, se encontró con un armario. Antonia reconoció ambos muebles, pertenecían a su familia. Era difícil pasar por alto los detalles tallados en la parte superior del armario. Tenía cóndores, el ave legendaria de los Andes; manijas doradas en cada puerta; y mantenía su color marrón claro y azul. La madera estaba un poco deteriorada, quizás por la humedad, pero seguía siendo un mueble magnífico.

Se paró enfrente, tomó entre sus dedos una de las manijas doradas y tiró de ella suavemente, abriendo la puerta despacio. Se escuchó un leve crujido. Dentro, donde solían estar los libros viejos y los diarios de Antonia, había cajas de cartón vacías y frascos viejos. Antonia se agachó para ver si había algo más en los gabinetes de abajo, pero aparte de una capa de polvo, no encontró nada más. Tenía la esperanza de que este armario guardara alguna de las piezas del rompecabezas que intentaba armar, tal como había pasado con las estanterías pintadas a mano, y se decepcionó al no encontrar ninguna.

Al cerrar la puerta, quizás con más fuerza de la necesaria, el sonido de las notas musicales volvió a romper el silencio. Tiró de la manija y buscó un poco más adentro. Ahí estaba. Por poco se le escapa la cajita de música tallada a mano, con detalles plateados, que su mamá le había regalado. Levantó la tapa. El nombre de Antonia estaba tallado en el reverso, al lado de la fecha: 18 de noviembre de 1922, dos meses antes de que se mudaran a esa casa. Escondido en un rincón, había un trozo de papel desgastado, doblado en tres.

Cuando Antonia intentó alisarlo contra la madera, la página crujió, emitiendo un chasquido como el de las hojas en el patio.

Antonia reconoció la letra, aunque no recordaba que lo hubiera escrito ella y mucho menos haberlo guardado ahí. Sin duda, esto no era lo que esperaba, y tampoco era el tipo de nota que pensaba que iba a encontrar. No estaba en español ni en inglés, ni en ninguna de las otras lenguas que hablaba con fluidez.

Se dio cuenta, nerviosa, de que estaba en chibcha, una lengua que le resultaba conocida gracias a su mamá, pero en la que era incapaz de hablar, mucho menos escribir.

Quizás Carmela sabía lo que era. Quizás en algún momento habían tenido una clase de chibcha. Pero enseguida Antonia desechó la idea, no recordaba ninguna clase de ese tipo, o al menos ninguna que hubiera durado lo suficiente como para permitirle leer o escribir chibcha.

Antonia tendría que buscar un diccionario, algo que la ayudara a traducir lo que fuera que estuviera leyendo. Con las manos temblorosas, volvió a doblar el papel y se lo metió en el bolsillo. Después se dirigió a la puerta y cruzó el umbral de regreso hacia el piso principal.

El salón de baile bullía al ritmo de la fiesta. Antonia había perdido la noción del tiempo. ¿Cuántas horas llevaban ahí? ¿Dos o tres como mucho?

Los ojos de Ricardo se cruzaron con los de Antonia. Carmela estaba parada junto a él, vigilándolo. Podía sentir la tensión alrededor, pero Antonia se rehusó a mirar para otro lado. ¿Le había mentido todo este tiempo? Ella había hecho todo bien, había sido una hija buena y cariñosa; había sacrificado sus sueños, su vida, por él. Se había rehusado a dejarlo solo en su convalecencia. Habían sobrevivido gracias a ella, y él lo había echado a perder como un niño malcriado. Había destrozado la familia. En lugar de salvar a Estela, le había construido una tumba.

Antonia deseaba con todas sus fuerzas confrontar a Ricardo con sus preguntas, pero sabía que la fiesta no era el lugar para hacerlo. Ya había descubierto suficiente ahí. Era hora de partir.

—Papá, creo que tenemos que irnos —le dijo apenas se le acercó, con la esperanza de que esta vez no se le opusiera.

Su padre la apartó con un gesto despectivo que Antonia ya había visto demasiadas veces.

«... Casi nunca me presta atención cuando le expreso mis preocupaciones».

Había ignorado también las preocupaciones de Estela. ¿Será que se había cansado de ella? De sucumbir a cada uno de sus deseos y eso lo había llevado a...

—Todavía no —la respuesta la sacó de lo profundo de sus

pensamientos, cargados ahora de rabia y desilusión—. Emiro está afuera, le puedes decir que te lleve de regreso a la ciudad si quieres. Yo me quedo.

—Escuche a Antonia, don Ricardo. Se está haciendo tarde y ya sabe lo difícil que se pone la carretera —presionó Carmela—. Seguro va a empezar a llover en cualquier momento.

Ricardo negó con la cabeza.

—Me quedo.

—¿Y me imagino que vas a dormir acá? —murmuró Antonia—. ¿Acaso no te acuerdas de lo que pasó la última vez que estuvimos acá?

La voz de Ricardo se escuchó más fuerte esta vez.

—Me sacaste de la manera más cruel.

¿Cruel? «Ella lo había salvado». Lo había salvado, a pesar de que hacía tiempo que debió haberlo dejado ir. Lo había salvado, aunque eso había implicado sacrificarse a sí misma. ¿De qué demonios estaba hablando?

En su defensa... él no tenía cómo saberlo. ¿O sí? ¿Sabía él que Carmela y Antonia estaban adentro la noche del incendio? Lo habían dejado solo en la casa. Un grave error, sí, pero Antonia tenía que resolver algunos asuntos en la ciudad, y él estaba demasiado débil como para lidiar con temas legales. Le había rogado que se quedara en la casa, y Antonia confiaba en que después de la muerte de su mamá no podía pasar nada peor. ¿Qué podría ser peor que le hubieran arrancado a alguien de su vida para siempre? Sin ninguna advertencia. Sin la oportunidad de decir adiós.

La muerte era ineludible; una certeza. Pero no por eso resultaba menos dolorosa. O menos cruel. Siempre era una tragedia.

Pero ella estaba cansada de tener que justificar sus acciones. De perdonarlo, de amarlo sin condiciones. ¿De qué le había servido eso? De nada. A veces deseaba no haberlo salvado. Deseaba no haber cuidado de él como lo hizo. Al menos se habría librado de esa carga, de tanta responsabilidad. Le dolía pensar así, pero no podía evitar verlo ahora con otros ojos.

—Este lugar te pone raro. No eres el mismo cuando estás aquí. Y tú lo sabes. Papá, por favor. ¿Tengo que recordártelo? —suplicó Antonia. Entre más pronto lo sacara de la casa, más pronto lograría que respondiera a todas sus preguntas.

—Antonia, yo sé lo que pasó. Pero tienes que entender, Nona... Me siento culpable de haberlas traído acá, a tu mamá y a ti. Pensé que al derribar estos muros terminaría nuestro sufrimiento. Tienes que creerme cuando te digo que no sabía que tú y Carmela estaban adentro. ¿Cuánto más tengo que soportar que me hagas sentir culpable por lo que pasó?

Esta vez bajó la voz, y tomó a Antonia por el hombro con más fuerza de la necesaria, alejándola de la multitud eufórica.

Ricardo sonaba más serio, casi amenazante.

—Ya todo eso se acabó. Sé que crees que estoy enfermo, pero no lo estoy. Ya basta.

¿Cómo podía confiar en él después de lo que acababa de leer? Habían encerrado a Estela en su habitación. Ricardo era el único que estaba dentro de la casa. Esa noche... la noche en que murió su madre... él estaba muy cerca. Ricardo pudo haber salvado a Estela, pudo haberla agarrado.

«O pudo haberla empujado...»

—Papá, yo... yo sé que la mataron —se le escapó, sin que pudiera detener las palabras que salían de su boca.

«¡No, no, no! No era así como se suponía que tenía que enfrentarlo. ¿Y si alguien estaba escuchándolos?»

Antonia observó cómo el color desapareció del rostro de su padre, dejando solo una expresión vacía. Ricardo se dio vuelta de manera abrupta, se pasó una mano por el pelo, exasperado.

—Maldita sea, Antonia, estás desvariando—. El rostro se le endureció cuando la miró de nuevo; tenía los ojos ensombrecidos y fríos—. ¿Quién pudo haberla matado? Nosotros estábamos ahí. Eleonora estaba ahí, tú estabas llorando, gritando. Tu mamá estaba frágil, enferma.

Las palabras resonaron en la cabeza de Antonia como una lluvia de platillos, e hicieron que un temblor le bajara hasta los pies. Sí. Ellos habían estado ahí. Pero Antonia podía jurar que solo habían estado ella y su papá. Doña Pereira le había mencionado a Antonia que había visto a Estela el día en que ella... murió. ¿Había querido decir que estuvo junto a ellos todo ese tiempo? ¿No habían sido Carmela y Ricardo quienes se habían apresurado a agarrar a Antonia? ¿Por qué no podía recordarlo con claridad? ¿Por qué parecía que su mente le jugaba una mala pasada?

—A ver... Estás actuando como ella, Nona. Con esa paranoia...

Lo dijo en voz baja, con suavidad, pero sus palabras igual le dolieron.

¿Estaba Antonia tan enferma como supuestamente había estado Estela antes de la caída?

—Ya te dije que no me voy a ir. Puedes quedarte conmigo o irte sin mí —agregó.

—Está bien —murmuró ella, pero no lo decía en serio. Nada había estado bien. No desde que se habían mudado a ese lugar, o incluso después de haberse ido. Antonia le había echado la culpa a esa casa, incluso a el Salto del Tequendama, pero ahora que se habían ido, ¿a quién podía culpar? Quizás su papá tenía razón, la enfermedad estaba en la familia, corría en la sangre que circulaba por cada centímetro de su cuerpo, que contaminaba cada rincón como una plaga.

Los ojos de Antonia se abrieron de golpe y, por un instante, sintió que las paredes se le cerraban encima, que los sonidos a su alrededor se apaciguaban. No podía moverse. No veía nada. No escuchaba nada. No podía respirar. El único pensamiento que atravesaba su mente era una palabra que se repetía sin cesar.

«VETE. VETE. VETE».

◆—·—◆

Antonia había visto varios cadáveres. El primero, cuando tenía catorce años: un joven se había caído del precipicio en el Salto, después de mirar durante mucho tiempo hacia abajo. Antonia había sido la única testigo, o eso era lo que creía. Desde la ventana de su habitación, que tenía una vista de 180 grados de la majestuosa cascada, y muy a su pesar, había visto al joven caer en segundos.

Cuando después de varios intentos, el equipo de rescatistas logró recuperar el cuerpo, Antonia salió a escondidas para verlo. Los ojos del hombre seguían abiertos, como si no hubiera muerto por la caída sino del shock. La piel se le había puesto de un color azul profundo, casi gris oscuro, y a lo largo del cuerpo, cubierto por lo que quedaba de su ropa, tenía heridas abiertas. Pero no eran heridas comunes; era más como si su cuerpo se hubiera devorado a sí mismo de adentro hacia afuera, y hubiera quedado expuesto a la luz del día. Estela le dijo que había sido un accidente, y Antonia por muchos años le creyó, hasta que los cuerpos se empezaron a apilar, y los accidentes se volvieron frecuentes. Hasta ese día, Antonia a veces saltaba de la cama en medio de la noche y veía los ojos verdes del hombre que la miraban de vuelta.

El segundo cuerpo que había visto había sido el de su mamá. Ella... ¿Cómo decirlo? ¿Había saltado? ¿La habían empujado desde el balcón? Antonia ya no sabía nada.

A la policía no le había tomado tanto tiempo recuperar el cuerpo de Estela, a lo mucho unos días, pero Antonia había perdido la noción del tiempo. Había sentido como si hubiera pasado muy despacio y muy rápido a la vez. Pero mentiría si no admitiera que la espera le había dado una pizca de esperanza. Le había permitido aferrarse a la posibilidad de que, por un milagro, su madre regresaría. ¿Qué tal que la policía encontrara a su mamá viva? ¿Qué tal que la caída no hubiera hecho más que dejarla inconsciente, no le hubiera causado más que unos rasguños y moretones? ¿Qué tal que todavía hubiera algo por hacer, ya que su mamá seguía viva?

Sus pensamientos la consolaron un poco a medida que lo inevitable de la despedida se cernía sobre ella. Antonia se había quedado mirando al Salto desde el balcón, rehusándose a moverse un centímetro de ahí, a pesar del pedido del policía, a pesar de la insistencia de Carmela y de su papá.

La esperanza que tenía pendía de un hilo, y una parte de ella sabía que Estela ya se había ido. No había manera de que hubiera sobrevivido a la caída después de golpearse contra la pendiente rocosa.

Cuando trajeron el cuerpo, Antonia sintió como si hubiera vuelto a presenciar la muerte de Estela. Era como si su cerebro buscara vivir y revivir ese momento.

El dolor le cayó encima como un golpe seco, y le tomó un tiempo volver a salir de ahí.

«No, no, no», había llorado sobre el hombro de Carmela. Las rodillas se le habían puesto como de gelatina, estaba a punto de caer desplomada al suelo.

Antonia no estaba lista para decirle adiós a Estela. No hubiera querido despedirse nunca de ella. Y no habría querido verla, ni recordarla con ese cuerpo inmóvil, mojado y lleno de moretones.

Pero doña Pereira había obligado a Antonia a ver el cadáver de su mamá.

Decía que Antonia se lo debía a Estela y, según la anciana, era la única manera de despedirse de quienes uno había amado de verdad.

Antonia, ingenua, había deseado que ese fuera el último cadáver que tendría que ver en la vida. Y había sido así... hasta esa noche.

Esa noche, otro cuerpo yacía tendido en uno de los salones del cuarto piso.

Antonia había subido corriendo por las escaleras después de escuchar los golpes y los gritos que venían de arriba. La voz de un hombre, pero no de cualquier hombre... ¿era su papá?

La respiración se le agitaba a medida que se quedaba sin aire, lo único que pensaba era:

«Diosito, por favor, que papá esté bien. Que no le haya pasado nada, por favor».

Los huesos le flaqueaban, pero logró agarrar la manija de la puerta del estudio con las manos temblorosas, y tropezó con la alfombra.

Lo que vio fue como un golpe seco en el estómago. Se llevó una mano a la boca para no gritar. Al lado del cuerpo yacía Ricardo. Su padre empezó a hablar señalando al otro hombre, pero, incluso después de inclinarse sobre él, Antonia no podía entender lo que decía.

Antonia dirigió la mirada al hombre que estaba tendido de espaldas. El fuerte olor metálico que provenía de los fluidos sangrientos que se acumulaban a su lado le impregnó las fosas nasales. Tenía los ojos desorbitados y la boca torcida en una mueca de dolor. El resto de su rostro estaba destrozado. Tenía el abdomen abierto como si una bestia salvaje lo hubiera atacado con furia, despedazándolo con sus garras. Se le desbordaban las vísceras, que habían quedado retorcidas en ángulos deformes y grotescos.

Antonia retrocedió y se le aceleró la respiración, no podía calmar el violento latido de su corazón.

Reconoció al hombre, había estado hablando con Ricardo en el salón de baile hacía apenas una hora o dos. Era el jefe de gabinete del alcalde, Carlos López.

¿Qué era lo que estaba pasando? Antonia sentía que se desplomaba, derrotada. No podía pensar. No podía respirar. No podía...

La mano del cadáver se extendió y le agarró la muñeca a Antonia, regresándola a la escena que tenía enfrente. Los ojos del hombre giraron rápidamente y se clavaron en los suyos, mientras la boca se le torcía en una mueca burlona. Cuando habló, parecía que la voz le salía de la herida que tenía en la garganta: «Ahora todo vuelve a empezar».

Esto no estaba pasando. ¡No podía estar pasando!

—Antonia, óyeme —dijo una voz que sonó como si no proviniera de un cuerpo.

Antonia la reconoció. Alejandro estaba parado a su izquierda.

—Antonia, la policía ya viene por tu papá.

Antonia se inclinó hacia Ricardo, y extendió la mano intentando tocarlo. Su padre respiraba con dificultad, y estaba bañado en sangre.

—Papá —le susurró al oído—. Papá, despierta, por favor —Y le puso una mano en la nuca. En un instante, se le empapó de sangre. ¿Era esa la sangre de su padre?

Ricardo abrió los ojos, pero en lugar de sentir alivio, a Antonia la sobrecogió el horror. No eran esos los ojos de su padre. Tenía las pupilas enrojecidas y hundidas como un hueco profundo. Vacías.

Se le escapó un grito.

—¿Pa? —La voz le temblaba—. P-p-or favor.

Alejandro se le acercó por detrás e insistió con urgencia:

—Antonia, tenemos que sacarlo de aquí. La policía viene en camino, tenemos que llevarlo a algún lugar.

Pero Antonia no podía mover ni un músculo. Se había quedado paralizada, no podía procesar las palabras que decía Alejandro.

—Antonia, escúchame. Este tipo se acaba de morir aquí, y tú papá es el único testigo. —Alejandro pronunciaba cada palabra despacio—. ¿Entiendes lo que te estoy diciendo? Quien sea que haya hecho esto, va a echarle la culpa. Tu papá está en una situación muy delicada.

—No entiendes, necesito saber qué pasó aquí. Tiene que decirme qué es todo esto... Papá, ¿qué pasó? —le suplicó mirándolo desde arriba, pero otra vez tenía los ojos cerrados—. Papá, por favor, dime algo. Haz algo.

Los labios apenas se le movieron, y la voz le salió con un chillido.

—Nona...

Antonia abrió la boca para contestarle, pero una voz grave a sus espaldas la sobresaltó.

—Señorita, por favor, acompáñeme.

El cuerpo le temblaba. Antonia intentó ponerse de pie con dificultad. Alejandro estiró la mano para ayudarla. Unos hombres vestidos de blanco colocaron una camilla junto a su padre. Lo sacaron acostado, las manos le colgaban a los lados. Uno de ellos le agarró las muñecas dos veces para tomarle el pulso. Estaba tan inconsciente que no se dio cuenta de nada. Y si lo hizo, no dio ninguna señal.

Antonia quedó desencajada, con la mirada perdida, ajena a lo que pasaba a su alrededor.

León, sin que nadie lo notara, se le acercó por detrás, el parloteo de la multitud que se escuchaba afuera había amortiguado el sonido de sus pasos. El tono de su voz, suave pero urgente, sacó a Antonia del aturdimiento en el que estaba.

—Antonia.

Se giró para verlo.

—¿Qué está pasando? —le gritó desesperada— ¿Qué...?

León estiró los brazos hacia ella, y le puso las manos en los hombros.

—Nona, yo...

—¿Qué... fue lo que...? —Antonia no lograba hilar dos palabras con coherencia.

—Tienen que llevárselo. Yo voy a quedarme con él. —León le apretó un hombro suavemente—. No voy a dejarlo solo, pero tenemos que irnos.

Las palabras de León no lograron tranquilizarla, ni aquietar su mente. No lograba pensar, no sentía nada.

Antonia empezó a llorar. No lloraba de tristeza, sino de miedo. Tenía miedo de lo que estaba a punto de enfrentar.

—¿Qué pasó? —insistió de nuevo. Se quedó mirando a León, que seguía con la mirada perdida. Tenía ganas de gritar y sacudirlo con firmeza hasta que le diera alguna respuesta, pero se había quedado sin fuerzas para hacerlo.

Cuando León la soltó, los policías lo tomaron como la señal de que podían proceder, y rápidamente extendieron cintas a través del estudio para delimitar la escena.

Antonia seguía inmóvil.

«Asesino». Una sola palabra resonaba en el interior de las gruesas paredes, arañándole los oídos. «Asesino».

Antonia no tenía ninguna duda de a quién se referían. Sabía la respuesta.

La revelación la dejó sin aliento; su mente entró en un cortocircuito. Cuando Estela murió, lo que alguna vez había estado entero se hizo trizas, y esa noche Antonia sintió como si los pedazos que había logrado recoger a lo largo de los años se hubieran vuelto a caer y derramar por el suelo. Ricardo se había esforzado en hacerle creer la historia de que Estela estaba enferma y había saltado para ponerle fin a su sufrimiento. Pero ella lo había visto ahí, muy cerca de su madre. También estaban las notas que Estela había escrito sobre él en sus diarios. Cómo la había encerrado en su propia habitación. Él siempre había sido un hombre amoroso, ¿en qué momento cambió todo? ¿Sucedió a medida que su mamá empezaba a cambiar también? ¿Será que se había hartado de su obsesión con los muiscas, del aislamiento, de ella?

¿Y qué tal si Ricardo estaba tan enfermo como decía él que estaba Estela, y esa fuera la causa de que hubiera matado a ese hombre...?

Antonia se sentía desorientada y vacía. La vida misma la había obligado a enfrentarse al pasado, al presente, a lo que pensaba que era la verdad sobre la muerte de Estela, sobre Ricardo...

Pero ahora no era el momento de rendirse, ni de sucumbir al miedo o al dolor. Antonia, decidida, logró juntar la fuerza necesaria para salir de la habitación y llegar al pasillo. Tenía que encontrar a Carmela, tenía que regresar a la ciudad.

La gente se apiñaba en la escalera, todos intentaban echar un vistazo al piso de arriba. Antonia sorprendió a doña Pereira y al padre Juan despidiendo con diligencia a los invitados.

Todos venían en busca de fantasmas y, en cambio, se habían encontrado con un asesinato.

Alejandro la abrazó con delicadeza para que no se cayera. Antonia se refugió en su abrazo por unos instantes, pero, cuando vio que Carmela se dirigía hacia ella, corrió a buscar su consuelo.

—Nona, ¿qué pasó? Tenemos que ayudarlo. Tenemos que pensar. —Carmela la acercó para abrazarla.

—«Todo vuelve a empezar» —murmuró Antonia, repitiendo las palabras del hombre muerto, sin poder contenerse.

—Tenemos que irnos, Antonia —dijo Alejandro, ignorando lo que ella acababa de decir.

Sí, tenía que irse. Sin importar cuál fuera la causa de todo esto —sus pesadillas, las cosas siniestras que solían pertenecer al mundo de los sueños y ahora se filtraban en su realidad, acechando en las sombras, un chiste de mal gusto o que su papá fuera realmente capaz de ello—, Antonia sabía que tenía que ponerle fin.

Dejó que Alejandro la guiara hasta la puerta principal.

—León Rivera se fue con él —le dijo—. Tienes que regresar a la ciudad para estar con tu papá. Mira, toma esto. Úsalo si lo necesitas. —Le pasó una servilleta con un número—. Si necesitas algo, no dudes en llamarme. De verdad, cuando quieras. Para lo que sea.

Alejandro la llevó hasta donde Emiro las esperaba a ella y a Carmela, y le abrió la puerta del carro.

—Gracias. Por todo —le dijo antes de subirse.

Aún no estaba lista para contar su historia, y quizás nunca

iba a estarlo, pero tal vez Alejandro era una de las pocas personas capaces de escuchar y entender. No le debía nada, y aun así estaba dispuesto a ayudarla. Le había advertido de que la policía venía a buscar a su papá. No la había juzgado. No le había hecho preguntas. Después de años de reprimir sus emociones, de tragarse todo, la idea de sentirse escuchada por alguien parecía ser lo único que necesitaba con urgencia.

—No confíes en nadie, Antonia —añadió mientras ella lo miraba por la ventana salpicada de gotas de lluvia. El cielo se encapotaba sobre ellos, revelando que una tormenta se avecinaba.

SIETE

Era casi de madrugada cuando Antonia llegó a Bogotá. Había sollozado todo el camino, tanto que creyó que se le rompería una costilla. Las últimas palabras de Alejandro la habían dejado inquieta. «No confíes en nadie, Antonia». El tono de advertencia había acentuado la suavidad de su voz, y el dolor comenzaba a crecer lentamente en el pecho de Antonia.

El viaje del Salto a la ciudad, que solía tomar tres horas, terminó siendo más largo. Las ráfagas de viento y la lluvia inclemente hicieron que fuera casi imposible manejar. Pero no era esta la razón por la que a Antonia el viaje le había parecido particularmente largo e insoportable. Era, más bien, lo que la esperaba en Bogotá.

Antonia no estaba segura de sobrevivir esta vez.

De regreso a la ciudad, tan pronto el sol volvió a iluminar las calles empedradas, Antonia le pidió a Emiro que la llevara a ver a Ricardo. A pesar de que León le había asegurado que se ocuparía de todo, sentía que era ella la que debía encargarse.

¿No era eso lo que había estado haciendo los últimos tres años? ¿No había estado cuidándolo?

Sabía que la cárcel era un sitio peligroso, sobre todo ahora que se extendía una plaga mortal, los calabozos abarrotados de gente ofrecían las condiciones ideales para la propagación de un virus. Si su papá iba a salir de la cárcel, tenía que ser pronto, antes de que la enfermedad se apoderara de él.

Emiro asintió desde su silla y encendió el motor del carro.

—Señorita, sáquelo de ahí. Es imposible que sea un asesino. Su papá es el hombre más bueno que conozco, no merece estar en un sitio así.

Antonia observó a Emiro mientras el hombre se acomodaba en su asiento.

No soportaba la idea de compadecerse a sí misma, pero a veces deseaba que alguien más considerara sus deseos. Ella tampoco se merecía hacer de papá con su propio padre. Estaba cansada. Y si sus sospechas eran ciertas, Ricardo no merecía nada menos que estar en la cárcel.

—Voy a ver qué puedo hacer —dijo con frialdad. No pudo evitarlo. Si su papá era en verdad un asesino, no había manera de que pudiera salvarlo esta vez. Incluso si eso significaba perder lo último que le quedaba de su familia.

—Señorita Nona, hoy todo el mundo estaba hablando de él en la plaza.

Las palabras de Emiro la tomaron por sorpresa.

—¿Cómo así que todo el mundo? —preguntó Antonia. Los rumores, sobre todo los malintencionados, solían difundirse más rápido—. ¿Quién se enteró?

—Señorita, pasó tan tarde que no alcanzó a salir a los

periódicos, pero todo el mundo lo está comentando. Seguro los invitados regaron la noticia. Que la inauguración del hotel se convirtió en una fiesta de sangre es lo que están diciendo.

Si su familia se había vuelto de nuevo la fuente de rumores malintencionados no había nada que Antonia pudiera hacer para salvarles la reputación. Pero, sobre todo, si los rumores habían llegado a la escuela y la madre Asunción había notado su ausencia, cosa que probablemente ya había pasado, Antonia iba a perder su trabajo para siempre.

No podía permitir que las cosas se salieran aun más de control.

—Emiro, ni una sola palabra de lo que pasó ayer. A nadie. No vaya a hablar de esto con nadie excepto conmigo y con Carmela, ¿está claro? —dijo en un tono firme y autoritario.

—Claro que no, señorita. Cuente conmigo.

Pasaron el resto del camino en silencio. Cuando llegaron a la cárcel local, Antonia salió disparada del carro hacia la entrada. El edificio, de siglos de antigüedad, se erigía frente a ella. El viento seguía frío y húmedo tras la tormenta de la noche anterior, y le entumecía los huesos. La estructura cuadrada de la prisión, construida en piedra color marrón, contrastaba con el cielo, que ese día estaba despejado. El olor a tabaco y a agua de lluvia estancada impregnaba el aire.

—¿Señorita Rubiano? —Un guardia a la entrada de la puerta de metal la reconoció. Lo primero que le llamó la atención del hombre fue su altura. Al mirar hacia abajo, el cuerpo del guardia proyectaba una sombra sobre ella.

Antonia estaba tensa.

—Vengo a ver a Ricardo Rubiano. Lo trajeron aquí anoche…

—Me parece que no se va a poder. No es hora de visitas y la única persona autorizada para verlo es su abogado, el señor Rivera.

Antonia apretó los puños.

—Usted no tiene ningún derecho de decirme si puedo verlo o no. Soy su hija, y voy a hacerlo. Si me toca quemar este sitio, lo hago.

El guardia la miró con sospecha y, luego, entró a la cárcel sin decir más. Antonia lo siguió con la mirada, desconfiaba de él.

El hombre regresó al rato, lo seguía de cerca León Rivera. Al verlo, Antonia sintió un leve alivio y, por un momento, su cuerpo se relajó.

—Nona. —León abrió los brazos para abrazarla, pero ella se quedó en su sitio mientras él se le acercaba—. Ya iba a buscarte a tu casa.

—Tengo que verlo —dijo Antonia con firmeza.

—Nona, este no es un buen lugar para ti. Deja que yo me encargue, ¿sí?

A Antonia le hirvió la sangre. Si había algo que detestaba, era que la menospreciaran por ser muy joven, por no tener mamá, por ser mujer. Él insistía en tratarla como una niña, y Antonia no iba a permitirlo. Esta vez no.

León la llevó hacia afuera, y ella lo siguió a regañadientes. Cuando hablaba, su voz se oía por encima de los pitos de los carros y las conversaciones de los transeúntes.

—Déjame encargarme de esto, Nona. Tu papá no quiere que lo veas así, mucho menos en un lugar tan horrible como este... No es un sitio para señoritas.

¿Y dónde debían estar las señoritas? ¿En la casa, ocupándose de los quehaceres, y siendo obedientes y correctas?

No. Antonia no quería ser una señorita. Había sido la hija perfecta, y ¿cómo había terminado? Ya estaba harta de esa vida.

—Si no quiere verme, me lo va a tener que decir en la cara —dijo Antonia, firme.

La manera como León la miraba era indignante. Antonia ya había visto antes esa cara de lástima.

—No me voy a ir hasta que lo vea.

—Nona...

—Lo he visto en sus peores momentos. He estado con él —Antonia se aclaró la garganta— siempre.

—Nona, lo siento, pero no tienes nada que hacer aquí. No eres su abogado, y no tienes un hombre o un marido que te cuide aún. Legalmente, no estás autorizada para estar en un lugar como este sin un hombre que se haga responsable de ti.

El tono cortante de León dejaba claro lo poco que le interesaban las opiniones de Antonia sobre este tema, y sobre cualquier otro. De repente, la sensación de alivio que sintió al verlo se transformó en rencor.

—Yo asumo toda la responsabilidad.

León comenzaba a perder la paciencia.

—Mientras tu padre está tras las rejas, tengo el deber de cuidarte...

—Estoy aquí para verlo —lo interrumpió Antonia—. Además, tu responsabilidad no es cuidarme, es sacarlo de aquí.

—Antonia —insistió, agarrándola del brazo—. Estás haciendo esto más difícil de lo que ya es. Vamos a encontrar una forma de sacarlo de esta, pero que estés aquí no ayuda. Para nada.

Antonia forcejeó hasta zafarse.

—Tu presencia tampoco ayuda. Hasta donde sé, él sigue en la cárcel. ¿Me tocará ponerme a mí a buscar un mejor abogado?

—No es tan fácil —murmuró León—. Tiene la cabeza repleta de ideas que no tienen ningún sentido. Una persona no necesita de un motivo para matar a otra. Puede que haya sido sin intención. Pero alguien fue asesinado, y de la manera más cruel. No hay forma de que esto haya sido un accidente. Tu papá está enfermo, y los dos lo sabemos. La casa le trae muchos recuerdos.

Antonia no estaba en desacuerdo con León, sabía que tenía razón. Pero nunca lo admitiría en voz alta, o al menos no se lo admitiría a él. Necesitaba oír la verdad de la boca de Ricardo.

—Y, aun así, insististe en que fuera a la fiesta. —Antonia esquivó rápidamente a León, y atravesó la puerta principal.

No iba a dejar que nadie se le atravesara en su búsqueda de la verdad.

Adentro, la prisión carecía de color. Las paredes de piedra, pintadas hace muchos años de gris, cargaban con el peso de los recuerdos de los reclusos que las habían rayado.

El poco oxígeno que lograba entrar al lugar no podía competir con el olor a fluidos corporales y a descomposición. Los reclusos estaban hacinados en las celdas, tan apretadas que con frecuencia los hombres se rozaban unos con otros. El único sonido que se escuchaba, además de los rítmicos golpes de los prisioneros contra las paredes, venía de lo que Antonia dedujo eran las salas de tortura. Los gritos se superponían entre sí, creando un coro adolorido que resultaba ensordecedor.

El pabellón era tan lúgubre y oscuro que parecía que ya hubiera anochecido, a pesar de que apenas empezaba el día. Mientras caminaba, alzó la vista y vio que una de las lámparas de queroseno parpadeaba, rodeada de una nube de polillas.

Antonia no pasó desapercibida. Algunos presos se agolparon contra los barrotes de hierro oxidado, la miraron con lascivia y le soltaron comentarios obscenos.

«¿Se te perdió alguien, muñeca? Cómo estás de rica. Acércate. Tengo una cosita para ti».

«Ja, solo las putas vienen solas a la cárcel. Yo sé lo que está buscando esta».

«Qué buena que estás, mi amor».

Antonia esquivó las miradas e intentó esconderse entre los pliegues de su ropa, y caminar más deprisa. El guardia que la escoltaba tampoco la hacía sentir más segura, pero lo único que quería Antonia era ver a Ricardo.

Aunque el pabellón era enorme, Antonia sentía que las paredes y el techo se le cerraban encima. La sangre le latía en las muñecas, y le pulsaba en la cien como si tuviera una migraña muy fuerte. Escuchaba a lo lejos el sonido del agua que goteaba de una tubería vieja y sucia, y que caía formando un charco. León había gestionado para que pusieran a Ricardo en un lugar más seguro, y que al menos tuviera una celda para él solo, pero pronto las influencias de León no servirían para nada. Si sentenciaban a Ricardo, lo condenarían para siempre.

«¿No es eso lo que se merece un asesino?».

El dolor la invadió apenas lo vio.

—Papá —logró decir—. Soy yo.

Él se incorporó en silencio, tenía la mirada perdida y desenfocada, como si intentara ver varias cosas al mismo tiempo. La celda de la prisión tenía apenas dos metros por cuatro, y una estructura parecida a la de un cubo de piedra hueco. La cama consistía en una tabla de madera sin patas, sin colchón ni almohada, y una sola manta delgada y gastada estaba cubierta de lo que a Antonia le parecía eran viejas manchas de sangre.

Le devolvió la mirada con una expresión vacía que Antonia nunca le había visto antes. Por un momento, la amargura en su rostro se transformó en tristeza.

Tenía el pelo revuelto, y Antonia nunca lo había visto tan cansado. Las sombras acentuaban la delgadez extrema de su rostro, le daban un aire sombrío a su expresión, como si se hubiera marchitado de la noche a la mañana.

—Yo no lo maté —dijo buscando la mano de su hija. Su piel estaba tan fría como los barrotes de hierro que lo encerraban.

—Papá, necesito que me digas que pasó de verdad. Toda la verdad —dijo decidida. Las sospechas que tenía eran como agujas que se le clavaban en la piel. ¿Y si confirmaba su teoría? ¿Estaba lista para afrontar la verdad?

Ricardo alzó la vista y dirigió la mirada a otro lugar, un lugar al que Antonia no podía acceder. La decepción se le veía en la cara.

—Es que la casa... La casa... —dijo con la voz entrecortada.

—Ya no más —lo interrumpió Antonia. Las heridas que le habían hecho al jefe de gabinete hacían que fuera difícil echarle la culpa a la casa. Ricardo tenía que haber visto algo.

Haber escuchado, o haber sentido algo. Había sido el único testigo—. Ya para —insistió—. Tú estabas ahí. ¿Qué fue lo que te pasó? Estabas tirado en el piso al lado de un cadáver. De un muerto, papá.

¿Cómo habían pasado de asistir como invitados a la inauguración de un hotel a que su padre estuviera ahora en la cárcel por asesinato? Y ella, ¿cómo había llegado a considerar que él podía haber matado a Estela?

Ricardo se inclinó sobre ella, y cuando le habló lo hizo en un susurro.

—Antonia, cometimos un error. Hay que cerrar el hotel, o si no las muertes van a continuar. No debimos haberlo rentado. Hay que mantener a la gente alejada. ¿Me entiendes? Nunca debimos estar ahí. Debí haberla escuchado antes.

Antonia abrió los ojos, alarmada. «¿Haberla escuchado? ¿A quién? ¿De quién estaba hablando?».

Respiró hondo. Podía oír el latido lento y arrastrado de su corazón mientras intentaba concentrarse. Necesitaba que él le diera alguna información, y no podía irse hasta obtenerla.

—Papá, ¿qué fue lo que pasó anoche? No quiero tener que volver a preguntarte, así que respóndeme de una vez —insistió, como si no hubiera escuchado lo que él acababa de decir, a pesar de que las últimas palabras de su padre aún le retumbaban en la cabeza.

—Tienes que creerme lo que te digo —soltó Ricardo con una franqueza que la dejó desconcertada.

—No puedo creerte si no me dices lo que pasó...

Ricardo se aferró con fuerza a los barrotes de hierro, sacudiéndolos como si fuera a lanzarse encima de Antonia. El metal chirrió con la presión de sus manos: un eco siniestro de su propia furia.

—La casa, Antonia, por dios. Lo que pasó fue que llegamos a esa casa. A esa tierra. ¿Qué más quieres que te diga?

A Antonia se le aceleró la respiración, y dio un paso atrás. Sus zapatos rasparon el suelo.

—Papá —logró decir. La entereza que lograba mantener era un escudo frágil contra la furia de Ricardo—. El juez espera una declaración más coherente.

Y lo que Antonia esperaba de él era que al menos le dijera la verdad. Al fin y al cabo, se lo debía.

Ricardo soltó los barrotes de hierro, y permaneció en una postura rígida, con el rostro empapado de sudor.

—Hay algo malvado en esa casa. Estela también lo sabía. Fue por eso que terminó muerta.

—¿Qué fue lo que pasó esa mañana?

El rostro de Ricardo se contorsionó en una mueca de odio. Los ojos se le movían, inquietos, como si fuera incapaz de concentrarse en nada, como si estuviera buscando escapar de su encierro, o quizás del tormento de su propia mente.

—Estaba enferma. Angustiada. No tuvo otra opción que...

—No más, papá. Dime la verdad. Yo sé que fuiste tú el que la encerró en su santuario —lo acusó Antonia. No iba a revelar que había leído los diarios de Estela, pero seguramente él se estaría preguntando cómo lo sabía—. Además, te vi ahí. Estabas furioso, y ella estaba de pie en el borde. Pudiste haberla agarrado y haber evitado que se cayera —gruñó Antonia—. Pudiste haberla salvado.

Ricardo frunció el ceño, y una risita leve, gutural, se le escapó de los labios resecos.

—Antonia... no fue eso... tú estabas... ¿tú crees que yo hice eso? ¿De verdad crees que yo, que no hice sino amarla, la maté? —Subía la voz, resentido, sonaba más duro e irritado con cada palabra que pronunciaba—. Me dediqué a ella como no me dediqué a nada en la vida, como nunca me dediqué a nadie. Estás confundida. Estás dolida.

Algo se quebró en Antonia cuando escuchó esas palabras. «¿Confundida? ¿Dolida?». ¿Cómo podía despreciarla así? ¿Qué era lo que intentaba ocultar?

Antonia frunció el ceño con rabia. No iba a permitir que volviera a barrer todo debajo de la alfombra.

—No, papá. Deja de tratarme como si fuera mamá. Ya estoy grande. Y si no me quieres contar sobre ella, sobre lo que pasó ese día, entonces, al menos me puedes decir qué fue lo que pasó ayer. Te juro que, si no lo haces, no voy a hacer nada para sacarte de aquí.

Una tristeza la invadió, sentía al mismo tiempo muchas emociones incómodas. ¿Iba a dejar que se pudriera en la cárcel? ¿Tenía suficiente fuerza como para soportar verlo así? Ya no podía fingir que no había algo malo en él. No podía hacerlo más.

Ricardo se desplomó sobre la cama; se veía derrotado, vacío.

—No te puedo contar más porque yo no estaba ahí cuando pasó —exclamó—. Al jefe de gabinete lo encontramos muerto.

—¿Lo encontramos...? —Antonia se sobresaltó—. ¿Cómo así que lo encontramos? —¿No era que estaba solo?

—Sí. Lo encontramos Alejandro, el reportero, y yo... él quería una entrevista y yo...

—¿Alejandro? —«Dios mío». Antonia sintió un nudo en el estómago—. ¿Entonces por qué no dijo ni una sola palabra cuando llegó la policía a arrestarte? «¿Por qué se quedó en silencio?».

—Es un reportero joven, Antonia. La policía no le hubiera creído, le habrían echado la culpa también. Estaría tan jodido como yo ahora, y no tendríamos a nadie que nos ayudara.

Antonia negó con la cabeza, confundida.

—No entiendo...

Ricardo se puso de pie de nuevo y miró fijamente a Antonia.

—Acepté encontrarme con él en el cuarto piso para la entrevista, en un lugar donde pudiéramos charlar sin tanto ruido. Cuando llegamos allí la puerta estaba cerrada con llave, pero escuchábamos unas voces adentro, murmullos, así que tocamos a la puerta. Varias veces. La habitación se quedó en silencio por un momento, y ya estábamos a punto de irnos cuando escuchamos algo, a alguien, que gritaba. El ruido se hizo más fuerte, más salvaje, ya no parecían gritos sino chillidos, alaridos. Como si fueran de un animal.

El horror se apoderaba de Antonia con cada palabra que pronunciaba Ricardo, y algo dentro de ella le decía que lo peor todavía no había ocurrido.

Ricardo apretó la mano de su hija entre las suyas, y la acercó.

—Alejandro fue a revisar las otras habitaciones, y yo me

quedé intentando abrir la puerta. La empujé varias veces con fuerza, hasta que finalmente se abrió de golpe y pude ver lo que había dentro —dijo e hizo una pausa.

—¿Cómo terminaste cubierto de sangre? —La cabeza le daba vueltas a Antonia. Había algo macabro en su voz—. ¿Cómo fue que terminaste aquí?

Antonia dudaba cada vez más de las palabras de su padre. ¿Por qué iba a creerle esta vez?

Ricardo negó con la cabeza.

—No me acuerdo. Me desperté entre tus brazos y el resto son recuerdos borrosos.

Antonia deslizó la mano para sacarla de entre las de su padre. Abrió los ojos alarmada. No sabía si el pánico que de repente sentía en la garganta la iba a hacer llorar o vomitar.

—Necesito que recuerdes. Tienes que recordar.

—Antonia —gruñó—. Algo pasó en ese estudio y yo no tuve nada que ver. ¡Te estoy diciendo la verdad!

—Papá, tienes que entender que el fiscal no se va a creer este cuento...

Su padre le sostuvo la mirada. Un atisbo de decepción se reflejó en sus ojos, pero Antonia no podía permitir que la carcomiera la culpa.

—Me parece que a ti también te cuesta creerlo.

—No es eso... —pero sí era eso. Sabía que algo faltaba en esa historia, pero no sabía exactamente qué. Tampoco si él era el indicado para darle más información, o si debía averiguarlo por sí misma.

—Bueno, pues no sé qué es lo que quieres escuchar, pero esa es la verdad.

Había una tristeza cargada de resignación en sus ojos. No le iba a contar a quién o a qué estaba protegiendo.

Detrás de ella se oyeron unos pasos y, luego, el tintineo metálico de un llavero.

—Se acabó la visita —anunció el mismo guardia que la había acompañado hace unos minutos.

Antonia intentó recostarse contra la celda, pero el hombre la agarró del hombro con fuerza.

—Te veo pronto, papá.

Ahora era a Antonia a quien le tocaba mentir, sobre todo, si las sospechas que tenía resultaban ciertas. Si ese era el caso, no estaba segura de querer volver a verlo.

OCHO

La madre Asunción estaba sentada en su silla con forma de trono. Sus ojos profundos seguían a Antonia mientras cruzaba la puerta de caoba. Cuadros de santos adornaban la oficina de la madre Asunción y, al fondo de la amplia sala, había un altar dorado e imponente tallado durante la conquista española. Un leve aroma a incienso flotaba en el aire, mezclándose con el olor tostado de los cigarros, y el humo se elevaba hasta el techo, empapelado con un falso Miguel Ángel.

Antonia apoyó el peso de su cuerpo en la otra pierna, de repente se sentía atrapada bajo la mirada escrutadora de la madre Asunción.

Las imágenes de Ricardo, que seguía en la cárcel, se agolpaban en su mente. La posibilidad de que lo declararan culpable, de que se lo llevaran para siempre, de perderlo también a él, la mareaba y hacía que le doliera el pecho, un dolor intenso que no había sentido desde la muerte de Estela. Pero lo que en verdad la aterrorizaba era la posibilidad de que él pudiera ser el asesino de su mamá.

Antonia se concentró en la madre Asunción, en lo que había ido a hacer ahí. Sabía que tenía que darle alguna justificación de sus ausencias a la monja si no quería sumar el desempleo a sus demás preocupaciones.

La anciana hizo un gesto para que se sentara.

Antonia arrastró una silla ornamentada color dorado, con un cojín de terciopelo escarlata. Se sentía como si el salón no perteneciera al resto de la escuela. La suntuosidad del lugar contrastaba con el desgastado edificio, que era apagado y sombrío.

—Eh... Quería disculparme por no cumplir mi horario esta semana—. Antonia no solía trabajar los fines de semana, pero a veces aceptaba más clases para ganarse unos pesos extra—. Es que he tenido algunos inconvenientes en la casa, con mi papá.

Los ojos de la madre Asunción se deslizaron por la estrecha mesa de cedro y se clavaron en Antonia; eran de un negro tan profundo que parecía azul oscuro.

—¿Inconvenientes? —dijo la monja con sequedad, y apagó el cigarro que tenía entre los dedos huesudos y manchados de nicotina en el cenicero de cristal—. Don Ricardo está en la cárcel por asesinato. Yo no diría que son simples inconvenientes. —La madre Asunción hizo una pausa—. Para serle honesta, señorita Rubiano, creo que es una excusa perfectamente válida como para faltar a trabajar.

Las palabras de la madre Asunción cortaron el aire, sonaban lejanas, casi que desentonaban. ¿Había oído bien Antonia? ¿O se lo había imaginado? Estaba segura de que eso era lo que había dicho la monja, pero no esperaba que la madre Asunción fuera tan comprensiva. Quizás, después de lo frenéticas que habían sido las últimas veinticuatro horas, tenía la mente nublada, y era incapaz de procesar cualquier información con claridad.

—Discúlpeme, ¿qué dijo?

La madre Asunción volteó a mirarla, y le dijo con franqueza:

—Lo que escuchó. Ya sabemos lo que le pasó a su padre, supuse que por eso no llegó a trabajar esa mañana. Para serle honesta, de haber estado en su lugar, yo tampoco habría venido... No me gustaría que nadie me viera pasar por una situación tan vergonzosa. Me darían ganas de meterme debajo de una piedra. Su reputación, querida. Pobrecita, se me parte el corazón —dijo, sarcástica—. Pero usted ha sido una hija ejemplar. Quizás algún día sea también una esposa y una madre maravillosa.

Antonia se sintió humillada, las mejillas se le encendieron. El estómago se le hizo un nudo, como el de una madeja de lana, pero no iba a permitir que las palabras de la madre Asunción la derrumbaran.

—Voy a retomar mi horario habitual la próxima semana, lo prometo —dijo Antonia, forzando un entusiasmo en su voz que en la intimidad del salón resultaba innecesario—. Y voy a aceptar más clases si es necesario.

La madre Asunción cambió su expresión, pareció recomponerse. La tensión se sentía en el ambiente, y cuando volvió a hablar las palabras cortaron el aire como un cuchillo.

—Pues, para serle honesta, hemos recibido decenas de llamadas de padres de familia preocupados...

Antonia levantó la cabeza, miró a la vieja monja a los ojos. Abrió la boca para responderle, pero la madre Asunción habló primero.

—Los rumores se riegan rápido, sobre todo, entre familias con dinero, como ya sabe, y muchos padres se están preguntando si usted es la persona indicada para enseñarles a sus niñas.

Antonia se mordió la lengua, la imagen de la madre Asunción se volvió borrosa, a medida que las lágrimas se asomaban. La madre Asunción tenía razón. Si Antonia estuviera en su lugar, también estaría preocupada. Pero a su papá no lo habían sentenciado todavía. Nadie había probado que fuera culpable de lo que lo acusaban.

—Él no es ningún asesino —dijo Antonia finalmente. Si era necesario, iba a mentir descaradamente, con tal de conservar este trabajo.

A la monja le cambió la expresión de inmediato, de serena pasó a verse molesta, pero Antonia no se contuvo.

—Usted lo conoce. Durante años ha fingido que es su amiga, que es amiga de nuestra familia... pero estoy segura de que solo lo ha hecho por las generosas donaciones que él, desinteresadamente, le ha hecho a usted y a su congregación. Ahora sé exactamente a dónde fueron a parar esas donaciones... —dijo, señalando a su alrededor. La perra tenía que enterarse de que Antonia lo sabía.

La madre Asunción volteó la mirada, no podía creerlo.

—Yo solo le transmito las quejas de los padres —replicó con dureza—. Si don Ricardo es culpable o no, no lo sé. Él único que puede juzgarlo es nuestro Señor. Su papá parece un buen hombre, un poco perturbado, sí, con razón, pero un hombre bueno. No lo culpo. Pero quizás después de todo lo que pasó perdió la cabeza. Se casó con su mamá, y mire cómo terminaron ustedes. Ambos están pagando el precio de los pecados de Estela.

A Antonia le dolió el comentario, la tomó por sorpresa. Las monjas nunca estuvieron de acuerdo con el estilo de vida de su madre. Ni con sus creencias. Desde el punto de vista de la madre Asunción, Estela no era más que una hereje. Una que merecía arder en la hoguera, aunque, para desgracia de Antonia, la sociedad tenía hoy en día otras formas de vengarse. No involucraban fuego, pero quemaban igual, o incluso más. Su mamá había sido condenada a una eternidad en el infierno, y el resto de la familia Rubiano a un purgatorio en vida. Lo que Antonia nunca pudo entender era cómo una persona como doña Pereira, que no era exactamente el arquetipo del buen cristiano, podía tener como su mano derecha a alguien que pertenecía a la congregación de la madre Asunción, a alguien como el padre Juan.

—No importa lo que yo piense. Estos padres están preocupados y no van a descansar hasta que se haya ido de aquí, lo más lejos posible de sus hijas. Dígame, Antonia, ¿yo qué puedo hacer?

Antonia se levantó de golpe de la silla, el odio le hervía en la sangre mientras miraba a la madre Asunción desde arriba.

—Despídame. Renuncio, si eso es lo que quiere que haga.

Antonia se arrepintió por un instante de sus palabras. Estaba dispuesta a soportar a la madre Asunción si eso le aseguraba que llegaría a tener la vida que había anhelado durante tanto tiempo, una vida libre.

Pero, en ese momento, más que nunca, se sentía atrapada intentando salvar a su familia. A su padre, de nuevo.

La madre Asunción se quedó quieta por un minuto y, luego, dijo con firmeza:

—Podría despedirla si me lo piden, pero no me puedo dar el lujo de perderla ahora. Usted es una de nuestras mejores maestras, aunque no apruebe sus métodos de enseñanza.

«Va a quedarse aquí. Pero necesito que resuelva sus problemas antes de que sigan escalando. Si está de acuerdo, se puede quedar, y yo me encargo de los padres —dijo cortante—. Búsquese un buen abogado y evite hablar con la prensa. La gente es chismosa —agregó con un tono más sereno—. Deles plata si los quiere mantenerlos callados. No solo están en juego su trabajo y su futuro, también su reputación.

Por más que Antonia no quería darle la razón, la monja estaba en lo correcto. El futuro de Antonia estaba en peligro. Si la madre Asunción estaba dispuesta a permitir que Antonia se quedara, ella no se iba a negar. Tenía problemas más graves de los que ocuparse.

—Voy a resolverlo —dijo Antonia, aunque ya estaba cansada de prometer cosas que no sabía si iba a poder cumplir.

Había prometido mantener a su familia a salvo, había jurado que, al irse del Castillo de Bochica, la miseria terminaría, que su papá estaría bien. Y aquí estaba. Con frecuencia pensaba que esa última década que pasó en la casa había sido un sueño largo, una bruma oscura que la había consumido. Pero el sueño pronto se había vuelto una pesadilla recurrente que amenazaba con acabar con ella para siempre. No descansaba, no cedía. Y ahora se había convertido en su realidad.

Por más que anhelaba escapar, había demostrado que no era capaz de huir. No sin antes dar la pelea.

Iba a cruzar de nuevo esas puertas, incluso, si ponía en riesgo su vida.

◆———◆

León Rivera estaba parado frente a la puerta de la escuela. Antonia lo miraba desde la colina mientras bajaba por el camino de grava rodeado de delicadas bromelias en flor y matorrales frondosos que contrastaban con el fondo de nogales envejecidos, que se inclinaban sobre el camino de tierra bajo los tenues rayos del sol vespertino.

—Te puedo llevar a la casa si quieres —se ofreció.

Lo último que quería Antonia era la compañía de León.

Negó con la cabeza.

—¿Qué estás haciendo aquí? —dijo y siguió caminando, sin detenerse.

Él no se quedó quieto.

—Me dijo Carmela que vendrías aquí después de ir a ver a tu papá. Como estabas tan alterada esta mañana, se me ocurrió que podríamos hablar de manera más civilizada ahora que estás más tranquila. Necesito que me escuches.

¿Escucharlo? Ya lo había escuchado mucho.

Antonia le volteó la cara.

—Nona, he estado muy preocupado desde que hablamos… por ti, por tu papá. Quiero ayudarlos. Tienes que prometerme que no te vas a meter en esto. Las cosas están muy delicadas, tenemos que hacerlo bien. Ricardo ha pasado por momentos muy difíciles. Primero, la muerte de Estela; luego, cuando intentó… —León se detuvo.

«¿Cuando intentó destruir lo que creía que le estaba haciendo daño a su familia?». Antonia había estado ahí, no necesitaba que nadie se lo recordara.

El primer instinto de Antonia había sido defender a Ricardo, pero, a diferencia de la madre Asunción, con León no tenía que aparentar nada. Y lo cierto es que ella estaba de acuerdo con gran parte de lo que había dicho León. Ricardo no estaba bien, quizás sí era capaz de cometer actos violentos que ella no había querido reconocer hasta ahora.

—No tienes que recordármelo.

—Lo que te estoy proponiendo es que... —León dudó por un momento—. Que declares que no está en pleno uso de sus facultades. Así podemos sacarlo de la cárcel y llevarlo a algún lugar más seguro, a una institución...

Antonia no había considerado esta posibilidad y León tenía razón en que esto podía sacarlo de la prisión. Aunque no necesariamente recuperaría la libertad, al menos, estaría en un lugar mejor, uno más seguro.

Pero si lo declaraban culpable, ¿estaría ella tranquila con el crimen que Ricardo había cometido? ¿No se merecía cadena perpetua? ¿Los asesinos no debían estar en la cárcel? Y el asesino de su madre, ¿en qué lugar debía estar?

Una sensación de inquietud se apoderó de ella.

—¿Un lugar más seguro? ¿Cuál? ¿Un manicomio?

Esa era otra forma de prisión. Una prisión para el alma. Quizás un asesino también merecía estar en un lugar así.

—Antonia, tú estuviste ahí. Logré que le dieran una buena celda, relativamente segura, donde estuviera menos expuesto a otros, a las plagas y las enfermedades... pero cuando el juez lo sentencie, no voy a poder protegerlo. A partir de ese momento, estará solo, y tú misma viste cómo son de horribles las condiciones en ese lugar. Esta es la única solución.

Antonia respiró hondo, impaciente.

—¿Tú sí crees que fue él?

—Mira, Antonia, las cosas están complicadas ahora, así que lo que yo opine no va a alcanzar para sacarlo. La prensa ha estado muy involucrada: mataron a alguien del gobierno local. La comunidad está presionando mucho para que lo resuelvan.

—Respóndeme, León. ¿Tú crees que fue él?

—Nona, quién sabe. Yo no estaba ahí. Parecía estar bien anoche en la fiesta. Habló con los inversores, cafeteros que buscan expandir su negocio. Tuvieron una conversación buenísima. Parecía que tu papá volvía a ser el mismo. Se veía como él, como solía ser antes. Hasta le concedió una entrevista a Alejandro.

Antonia frunció el ceño.

—¿Cómo sabes lo de la entrevista?

—Pues es que hablé con Alejandro, lo interrogué, más bien. Quería ver qué sabía... ya sabes, para ayudar a tu papá, podría ser un testigo. —León empezaba a divagar. Parecía nervioso, inquieto. —Me dijo que había estado en el cuarto piso con él, y que dejó a tu papá un momento para ir a revisar el cuarto de al lado, para buscar ayuda; no habían pasado ni cinco minutos y de repente Ricardo estaba tirado en el piso al lado de un cuerpo. Así que no podemos usarlo como testigo, tu papá estaba completamente solo, y eso lo incrimina aún más.

Un momento. ¿Cinco minutos? Al hombre lo habían destrozado, casi que lo habían desmembrado. No había manera de que su papá le hubiera podido causar tanto daño en menos de cinco minutos.

¿Será que era inocente? ¿Será que simplemente había estado en el lugar equivocado en el momento equivocado, o que alguien, el verdadero asesino, lo estaba incriminando?

—Él es inocente —se le escapó a Antonia, en voz baja—. No lo hizo.

—Antonia... —dijo León confundido.

—No, tú sabes que no pudo haber sido él. Tú viste el cuerpo. No es posible que haya matado a alguien en tan poco tiempo. El tipo tenía el doble de su tamaño. Y no hay manera de que Alejandro no se hubiera dado cuenta, no hubiera escuchado algo si estaba cerca.

Pero otra idea le vino a la mente. Todo había ocurrido en el cuarto piso. Antonia había estado ahí dos veces. Mientras todos bailaban y tomaban, Antonia había subido para intentar llegar a su habitación. Había escuchado voces y pasos que se le acercaban.

¿Podría haber sido que, mientras ella se escondía, mientras buscaba respuestas, un crimen ocurría en el cuarto de al lado?

—Antonia. —León la agarró del brazo, sacándola de su ensimismamiento. Tenía la mandíbula tensa—. El juicio es el martes. O sea, en menos de cuatro días. No es lo usual, pero en este caso la presión es mayor. Aunque creamos que es inocente, toda la evidencia apunta hacia él: la gente lo vio tirado junto al cuerpo, cubierto de sangre, y no tenemos tiempo suficiente como para encontrar toda la evidencia o llegar a una solución mejor.

A Antonia se le hundió el corazón. Quería hablar, pero las

palabras se le atragantaban. Debía haber algo que pudieran hacer. Tenía que encontrar la manera de sacar a Ricardo. Si no había sido él, ¿qué había ocurrido en verdad esa noche? ¿Será que la verdad se escondía en algún lugar entre las paredes del hotel?

—Es la única opción que tenemos ahora.

—No, en verdad, tú podrías salvarlo. Este no es el momento para que lo apuñales por la espalda. ¿Un manicomio? Tú puedes sacarlo de la cárcel.

—No tengo tiempo para encontrar evidencia lo suficientemente sólida, y tú tampoco. Pero este plan... nos ayuda a ganar tiempo. Puede que sea solo por un rato... hasta que resolvamos las cosas —propuso León—. Antonia, es la única manera de sacarlo de ahí.

—No. No voy a aceptar esto hasta que no sea la última opción. Voy a encontrar la manera. Yo sé que no fue él. Y tú también lo sabes.

Sintió un ramalazo de culpa por haber pensado que Ricardo había sido capaz de matar a ese hombre. ¿Pero y su mamá? ¿Qué tal que sí fuera culpable de matarla a ella?

Cuando León volvió a hablar, su voz sonó de repente más suave.

—Piénsalo —dijo con una sonrisa—. Al fin y al cabo, ambos queremos lo mejor para él. No solo el tiempo está en nuestra contra. Tú sabes que él estaría mejor en un hospital siquiátrico, al menos, por un tiempo. Lo van a cuidar mejor de lo que tú jamás podrás hacerlo. En verdad podría mejorar.

Antonia observó un momento a León y, luego, regresó a sus pensamientos. ¿Será que el plan de León era realmente la única opción para sacar a su papá? ¿Y si, llegado el momento del juicio, no tenía pruebas, nada que pudiera demostrar su evidencia? ¿Dejaría que se pudriera en la cárcel? Sería como sentenciarlo a pena de muerte. No sobreviviría, nadie lo hacía.

Pero ¿será que alguno sobreviviría si ella no lograba que la casa revelara sus secretos?

NUEVE

Antonia entró corriendo a su casa, y sintió que volvía a respirar. La conversación con León la había dejado exhausta. Había algo en su comportamiento, en su reticencia, que le impedía confiar en él. Pero León le había dado un ultimátum: si para el martes temprano ella no tenía pruebas lo suficientemente sólidas como para defender a Ricardo, tendría que aceptar su propuesta. Lo único que tenía ahora era el testimonio de Ricardo. Un testimonio que el juez o el fiscal tampoco se iban a creer.

«El testimonio de un lunático», susurró una voz sibilante en su cabeza.

Pero León le había dado todas las pruebas que ella necesitaba para creerle a su papá. Quizás solo había tenido mala suerte, o era la víctima de una evidencia circunstancial. O de algo aún más siniestro. Alguien había querido culpabilizarlo, alguien buscaba incriminarlo. En cualquier caso, si quería descubrir qué era lo que estaba pasando, tenía que idear un plan.

Antonia se agachó sobre la mesa de caoba de la cocina y

hundió un pedazo de roscón con arequipe en el tinto recién hecho. La dulzura del amasijo esponjoso, junto con las capas densas de arequipe, disiparon el sabor amargo que había tenido en la boca durante todo el día.

Antonia le contó a Carmela todo lo que había pasado.

—Es que tengo la sensación de que León está escondiendo algo. Trato de entenderlo, pero no puedo.

Carmela la observaba desde una esquina, mientras Antonia sorbía lo que quedaba de su café. Le hizo un gesto para que le sirviera más.

—No más tinto, señorita. A estas alturas ningún café va a despertarte. Tienes que descansar, Antonia.

—Ay, Carme, porfa. Si no es el café, toda está mierda igual me va a desvelar.

Carmela alzó las cejas y, luego, obediente, se inclinó sobre la mesa y le sirvió a Antonia lo que quedaba en la cafetera.

Antonia sonrió al ver el líquido humeante que le servían en la taza. Se lo tomó y volvió a animarse. No tenía tiempo para descansar, así que metió la mano en el bolsillo derecho de su chaqueta y buscó la servilleta arrugada que había guardado. Se levantó de la silla, caminó al teléfono gris que colgaba de los azulejos debajo del mueble de la cocina. Giró con los dedos el disco de metal y se puso el auricular en la oreja.

Carmela la miraba con curiosidad desde la esquina, pero Antonia no le dio ninguna pista.

La voz de Alejandro se escuchó nítida, clara y fuerte cuando contestó el teléfono.

Antonia pasó saliva.

—¿Alejandro? Te habla Antonia Rubiano.

—Antonia, por dios. ¿Cómo está tu padre? ¿Está bien?

—Me temo que no. Para nada. Pero ahora no te puedo dar detalles. Mira, necesito tu ayuda... —Alejandro se quedó en silencio, así que ella continuó—. Sé que estabas con él.

La confesión que le hizo debió haberle provocado algo a Alejandro, y Antonia sintió casi como si hubiera visto su reacción.

—Antonia, yo...

—No me tienes que explicar nada. No me importa saber por qué te quedaste callado anoche, no necesito tus explicaciones. No ahora. Lo que necesito es tu ayuda, y rápido.

—Antonia, no sé si me puedo involucrar en nada que tenga que ver con lo que pasó ayer o con tu papá. Mi trabajo está en juego. Si me meto en un caso como este, si alguien siquiera sospecha de mí, mi carrera podría acabarse para siempre.

—Entiendo, pero necesito que...

—Espérate, déjame terminar. Necesito que entiendas lo que está en juego para mí. Pero hay algo por lo que sí estaría dispuesto a hacerlo.

Antonia apretó los dientes. Claro. Debió haber empezado por ahí.

—¿Cuánto quieres?

Alejandro soltó una risa.

—Quiero una historia. Fui a la fiesta de inauguración en busca de una. Necesito algo lo suficientemente bueno como para proponérselo a mi jefe. Algo que no sean chismes o una leyenda urbana, eso no le sirve. Necesito algo real. Algo bueno. Que me cuentes tu historia...

¿Su historia? Ni siquiera ella misma la conocía. Al menos

no con la certeza que se supone que debe tener una protagonista. Todo lo que conocía eran destellos de recuerdos, e imágenes dispersas y confusas del Salto y de su antiguo hogar que amenazaban con devorarla si se entregaba a ellos. Entre esas imágenes se hallaba la verdad sobre sus pesadillas, sobre Estela. También tenía muchas lagunas, espacios en blanco que había intentado llenar. Tenía algunos de los diarios de su mamá, pero lo que había en ellos contradecía las historias que Antonia se había contado a sí misma durante los últimos años. Y quizás todo se debía al duelo de Antonia. ¿Acaso el cerebro no inventa historias para protegernos del dolor?

«No confíes en nadie, Antonia», había dicho Alejandro. Pero ahora ella no estaba segura de poder confiar en sí misma.

—Está bien, haré la entrevista —aceptó finalmente. No había manera de que Alejandro supiera si ella mentía.

—¿Estás segura?

—Sí, estoy dispuesta a hacer lo que sea con tal de ayudarlo.

Alejandro buscaba con tal desespero una historia que cualquier anécdota que Antonia le diera sería suficiente. Su verdadera historia, sin embargo, estaba guardada en algún lugar de su cerebro, en un lugar tan recóndito que le costaba llegar a él.

—Si papá no mató a ese hombre —continuó—, ¿se te ocurre qué pudo haber pasado?

—Se me ocurren muchas cosas. Creo que dimos con un ritual de sangre.

—¿Cómo así?

—No es un secreto que el lugar donde está la mansión se ha usado para todo tipo de... prácticas. Rituales, sacrificios, hechizos, magia blanca y negra... —hizo una pausa—. Esta tierra es sagrada para los muiscas, pero todo el mundo la ha usado con otros propósitos. Sean muiscas o no, la gente cree que esta tierra tiene algo... especial. Algo a lo que vale la pena sacarle energía, por decirlo así.

Alejandro tenía razón. Había visto personas que se metían a escondidas en la propiedad. La construcción de la casa, y que se mudaran a ella, no impidió que la gente siguiera entrando y dejara su rastro por doquier.

¿Pero un ritual? ¿Qué tipo de ritual? ¿Durante la fiesta de inauguración?

Antonia no tenía idea de cómo Alejandro sabía todo esto. Pero quizás había más información que no le estaba contando.

No tenía otra opción más que regresar. Todas las respuestas que buscaba estaban entre esas paredes: lo que quedaba de los diarios de Estela, la evidencia de la inocencia de Ricardo, lo que en realidad le había pasado a su mamá...

Volvió a recordar las notas escritas en muisca. Era una de las últimas piezas del rompecabezas que encontró mientras rondaba por la casa, pero aún no lograba descifrar si era relevante o no.

—¿Tú hablas chibcha?

—No, pero puedo leerlo.

Con esto alcanzaría para descubrir qué era lo que Antonia había escrito en ese pedazo de papel.

—¿Por qué?

—Luego te explico... Mira, tenemos que infiltrarnos en el hotel.

—¿Qué?

—Tengo un plan. Pero para que funcione, tenemos que volver. Es la única forma.

El tiempo ya jugaba en su contra, así que tenían que actuar rápido.

Por fortuna, Antonia era buena para improvisar.

—Hay una fiesta de disfraces esta noche...

—¿La fiesta del Día de las Brujas?

—Sí, pero no vamos a ir, al menos, no como nosotros.

—Estoy confundido.

Antonia resopló.

—Es la ocasión perfecta para un buen disfraz.

Vio cómo los ojos cafés oscuros de Carmela se abrían del miedo. Antonia pasó saliva, esperando una respuesta del otro lado del teléfono, y deseando que esta vez la idea que tenía no acabara con ella.

Alejandro soltó una risa, y Antonia escuchó su voz vibrante y profunda:

—Eres buena.

—Ya sé.

—Y modesta también.

—Eso ni un poquito. —No sabía si lo que sentía en ese momento recorriendo su cuerpo era miedo o emoción. Quizás una combinación de ambas—. Alejandro, confío en ti.

—Vamos a sacarlo de ahí —dijo él enfatizando cada palabra. Algo en el tono de su voz tranquilizaba a Antonia.

—Nos vemos en mi casa al final de la tarde. No le vayas a decir nada a nadie, sobre todo, a tu jefe.

Alejandro aceptó antes de que ella colgara el teléfono.

Una expresión de terror se dibujó en el rostro de Carmela, y se le cortó un poco la voz al decir:

—Nona, ¿qué vas a hacer?

—Resulta que, para sacar a mi papá del infierno, primero tengo que pasar yo por ahí.

¿Será que, al final, no le saldría demasiado caro?

DIEZ

Antonia no solía recordar sus sueños; últimamente, sus pesadillas no eran más que fragmentos de una imagen incompleta. Pero hoy sí se había acordado.

En el sueño estaba de pie en el balcón y un viento espantoso le recorría el cuerpo, el frío le calaba hasta los huesos. La niebla se había metido en la casa y se enroscaba en círculos alrededor de ella. El impulso de correr le hizo dar un paso hacia adelante, pero de repente sintió un dolor agudo en el cuerpo que le impidió huir. El corazón se le salía del pecho, casi que podía verse la sangre latiéndole en las venas.

Observó horrorizada: la pared amarilla que había frente a ella estaba cubierta con manchas de sangre. Un olor metálico flotaba en el pasillo vacío. Sintió ganas de vomitar, que se desvanecieron apenas escuchó el eco de unos pasos retumbando detrás de ella. Pánico. Terror. Se giró sobre sus talones y soltó un grito desgarrador al encontrarse cara a cara con lo más horrendo que había visto en su vida.

Era una figura cadavérica, casi en los huesos, cubierta con

lo que alguna vez fue túnica gris. El cuerpo casi desollado de la criatura parecía retorcerse como si la oscuridad que la rodeaba estuviera viva. Sus ojos rojos y brillantes miraban a Antonia con una intensidad inquietante, y le impedían atreverse a apartar la mirada. Debajo, un tajo irregular y cosido burdamente con gruesos puntos de hilo negro le cruzaba el rostro. Con cada movimiento lento de la boca se escuchaba un sonido perturbador, como el de una tela rasgándose, pero la boca no se le abría del todo, apenas dejaba ver el atisbo de un interior oscuro y vacío.

La masa enredada de mechones negros y erizados que le cubría la cabeza parecía retorcerse y moverse como si tuviera vida propia. Los pelos le temblaban y se agitaban como tentáculos de sombra en busca de algún rayo de luz.

Un grito se le atoró a Antonia en la garganta, pegó un brinco en la cama y se despertó desorientada, con su bata de seda empapada en sudor.

No había sido más que un sueño. Pero en el sueño había reconocido algo. Había visto esa imagen pesadillesca en algún lugar, recientemente. Necesitaba saber por qué.

Se quedó tendida en la cama de Ricardo, inquieta. Sabía que tenía que levantarse y empezar a prepararse para el viaje que le esperaba, pero las sábanas blancas, impregnadas del aroma almendrado de la colonia de su papá, de algún modo la reconfortaban. Todo estaba en silencio. El único sonido que escuchaba era el de su propia respiración.

Dirigió su mirada al tocador hecho en madera de pino al otro lado de la habitación. Ahí estaban los tunjos de Estela. Antonia los miró fijamente, concentrada, e intentó encontrar alguna conexión con ellos más allá de las palabras que le había dicho su madre. Los tunjos hacían parte de las tradiciones muiscas: las figuritas se usaban para diversos fines, desde rituales hasta ofrendas. Estela había coleccionado cientos de ellos. La mayoría estaban en la casa, guardados en su cuarto bajo llave.

Enseguida, la mirada de Antonia se desvío hacia el espejo redondo enmarcado en oro. En el tocador ya no estaban los perfumes ni las cremas de Estela; en su lugar, se amontonaban portarretratos decorados de color dorado. Mostraban fotos de los tres juntos: el primer día en la casa; su mamá, de pie en el balcón, con su vestido rojo de gamuza favorito; el papá de Antonia mientras aplicaba la primera capa de pintura en las paredes del primer piso. En todas las fotos, sonreían ampliamente: se veían felices. Y por un tiempo lo habían sido. Los primeros años que pasaron en la casa no tenían nada que ver con el tormento en el que se convirtieron después. Pero a medida que pasaba el tiempo, las fotos se volvían engañosas. Carecían del matiz de las emociones reales y en la mayoría, si no en todas, habían posado. Como en la que tomaron un año antes de la muerte de Estela.

Estela acababa de enterarse de que su prima Celeste y su hija habían muerto en un trágico accidente. Las habían visitado ese mismo día, unas horas antes, y Estela nunca se imaginó que esa sería la última vez que las vería. Que tan solo unas horas después, ambas estarían muertas. La bebé tenía apenas unos meses, y Celeste había perdido a su esposo poco antes de que naciera su hija.

El dolor se había apoderado de Estela al escuchar la noticia, lágrimas incesantes corrían por sus mejillas, el rostro se le veía descompuesto por la tristeza. El papá de Antonia comentó que había sido una tragedia, que «esas cosas pasan», pero sus palabras no lograron consolarla, si es que lo habían intentado. Más allá de la tristeza, Antonia también había notado un atisbo de miedo en los ojos de su mamá, una especie de ansiedad que la carcomía por dentro.

Ricardo había insistido en que de todos modos se tomaran las fotos, ya que se avecinaban las fiestas. Allí parecían una alegre familia de tres, una fachada de felicidad.

Escuchó un golpe en la puerta, seguido por el crujido de las bisagras oxidadas. Carmela asomó la cabeza.

—Nona, ¿puedo?

Antonia asintió y le hizo un gesto para que entrara. El olor a chocolate caliente le llegó de inmediato a la nariz. Carmela llevaba una bandeja de plata con chocolate caliente, quesos y pancitos recién horneados. La deslizó con cuidado sobre la cama hacia Antonia, que se sentó contra el respaldo de madera, aun envuelta en las sábanas blancas de Ricardo. Un mechón de cabello castaño le cayó sobre la frente delgada y ella volvió a ponerlo en su sitio con una pinza.

—No pude dormir la siesta, no me cogía el sueño —dijo Carmela. Tenía la piel debajo de los ojos teñida de gris y sus trenzas, por lo general impecables, estaban ahora deshechas en la parte de arriba.

—Yo dormí un ratico, pero me dormía y me despertaba —dijo Antonia levantando la mirada del chocolate caliente.

—¿Volviste a tener pesadillas?

Antonia asintió.

—Vi... no importa. Estaba mirando los tunjos de mamá antes de que entraras y me acordé de algo que vi anoche, el collar de doña Pereira, ¿lo viste?

Antonia no pudo evitar preguntarse si la imagen del dije se había colado en sus pesadillas.

Carmela dudó, como si las palabras se le agolparan en los labios y no pudieran salir.

—Un svetyba.

«Un svetyba es un espíritu oscuro en la tradición muisca», le había explicado su mamá incluso antes de que se mudaran a la mansión. Estaban sentadas junto a la chimenea, cada una con un libro en las manos, mientras que afuera arreciaba una tormenta.

«Bochica es luz, era la diosa de la luna. Pero donde hay luz, siempre hay oscuridad. Eso es un svetyba».

«Pero Bochica nos protege de los svet...», la voz de Antonia sonó chillona. Tenía ocho años en ese momento. Dudar de si Bochica o esa entidad malvada eran reales estaba fuera de sus capacidades en ese entonces.

Estela buscó las manos de su hija, escondidas bajo las cobijas de lana. Su rostro relucía bajo la luz cálida de la vela. Una leve sonrisa se dibujó en sus labios, ladeó la cabeza con ternura.

«Nunca voy a permitir que algo te haga daño, Nona», había dicho, tranquilizándola. «Los svetybas no pueden entrar a esta casa. Ni a nuestra familia. Los svetybas son malignos, pero solo vienen cuando se los invoca. Hay que llamarlos y solo las personas malas llaman cosas malas, ¿verdad?».

«¿Por qué los llaman?», insistió Antonia.

Estela suspiró y se recostó sobre el sofá de terciopelo.

«Creen que los svetybas les pueden traer felicidad, buena suerte, mejor dicho, todo lo que siempre han deseado. Pero todo tiene su precio».

Mientras sorbía el chocolate caliente, Antonia pensó por un momento en las últimas palabras de su mamá. Quizás Bochica y los svetybas eran lo mismo. Al fin y al cabo, ambos prometían traerle cosas buenas a su gente.

El recuerdo de esa noche seguía presente en su cabeza, y el miedo la invadió. Si doña Pereira había adorado a Bochica tanto como Estela, ¿no era una especie de sacrilegio usar un collar con forma de svetyba? ¿No era una forma de traicionar a su diosa?

Antonia se puso tensa y se obligó a volver al presente.

—Sí, yo... —Aunque trataba de convencerse de que probablemente no significaba nada y que las historias que había escuchado durante tantos años estaban empezando a afectarla, había algo en todo esto que no podía pasar por alto—. ¿No te parece raro?

Carmela se quedó atónita. Bajó la mirada, antes de volver a mirar a Antonia.

—Es una mujer malvada. Hasta le cuadra ese dije —soltó finalmente Carmela—. Aunque no creo que sea nada más que vanidad. Es ostentosa y, a veces, hasta ordinaria. Tal vez le gusta cómo se le ve. Tiene mal gusto, al fin y al cabo.

—Pero esa cosa... —intentó decir, pero se detuvo de inmediato. Sabía que doña Pereira solía usar el mismo dije que usaba su mamá, el de la serpiente muisca. Ahora le pertenecía a Antonia y, aunque no lo usaba, lo tenía guardado.

—Me parece que deberías dejar de pensar en doña Pereira y en todo eso —agregó Carmela.

Antonia se sirvió más chocolate caliente, le echó unos trozos de queso fresco y revolvió. En otras circunstancias, Carmela habría tenido razón. Pero los últimos días, las últimas horas de hecho, habían sido vertiginosas. Los recuerdos de Antonia, sus descubrimientos recientes, se habían vuelto borrosos. No podía ignorarlos tal como había hecho en el pasado. Las respuestas, al fin y al cabo, podían estar en cualquier lugar. Incluso en su interior.

—¿Puedes ir a verlo más tarde? No me quiero cruzar con León, pero tampoco quiero que papá piense que nos olvidamos de él. —Antonia se llevó la taza a los labios, el vapor caliente se sentía bien en su rostro.

—No va a pensar eso. Pero sí, más tarde voy a visitarlo.

Antonia volvió a poner el chocolate caliente en la bandeja.

—Gracias —sonrió—. Apenas llegue Alejandro, nos vamos.

Carmela asintió.

—Tan raro verlos a ti y a Alejandro otra vez juntos. Después de tanto tiempo.

Antonia alzó una ceja.

—¿Cómo así que otra vez?

—Probablemente no te acuerdas, eras una niña. Pero ustedes ya se conocían. Su mamá y doña Estela eran muy cercanas, hasta que se le murió la mamá.

«Eso explicaba por qué su papá había reconocido a Alejandro en la fiesta de inauguración».

—Alejandro pasaba mucho tiempo con nosotros cuando ustedes dos eran niños —continuó Carmela—. Pero cuando perdió a su mamá, se mudó a Tunja con una de sus tías, y dejamos de verlo. Ya no tenía razón para venir a visitarnos, ¿y qué más iba a hacer?

Antonia ladeó la cabeza.

—No... no me acuerdo. Cuando lo vi en la fiesta, tenía algo que se me hacía conocido, pero no sabía qué era.

Las preguntas crecían en su interior como maleza, se le enraizaban con firmeza en las costillas, pero tenía asuntos más importantes que resolver que ahondar en el pasado de Alejandro.

—Nona, cuídate por favor —dijo Carmela y le dio unas palmaditas en la mano al pasar, con afecto maternal. Al fin y al cabo, era como una madre para Antonia. Pero, en la voz suave de Carmela, podía rastrearse la advertencia de un peligro. No tenía que decir nada, Antonia sabía lo que ese gesto significaba.

—Voy a estar bien. Tengo un plan y va a funcionar —le aseguró Antonia, intentando convencerse a sí misma más de lo que podía convencer a Carmela—. Pero nadie puede enterarse de que estamos allá. Especialmente doña Pereira y León. Si la embarramos, mi papá nunca va a salir de la cárcel.

—Claro, Nona. No voy a decir nada. Pero cuéntame más sobre ese plan tuyo.

—Carmela, si te cuento, te vas a preocupar. Pero prometo que te llamo si las cosas no salen como lo planeamos.

—Nona...

—Carmela, en serio, te lo prometo, ¿sí? Voy a estar bien. Alejandro va a estar ahí. Y si de verdad quieres ayudar, tal vez me puedes decir cuáles crees tú que eran los objetos más preciados de mi mamá. —La pregunta se le ocurrió en ese momento, y Antonia no estaba segura de si serviría para algo. Pero Carmela conocía a Estela muy bien, quizás podía orientar a Antonia.

Carmela frunció el ceño por un momento y luego relajó el rostro.

—Pues, todo lo que había en su santuario. Sus libros, sus diarios. Especialmente sus tunjos... —dijo y señaló los que estaban en el tocador al frente de ellas—. ¿Por qué?

—Por nada. Me gustaría que estuviera aquí. La extraño mucho, ¿sabes? Estoy pensando si traerme a la casa todas sus cosas. Deberían estar aquí.

Carmela miró a Antonia incrédula, pero no dijo nada; luego, recogió la bandeja de plata y salió de la habitación.

Cuando Antonia dejó de escuchar los pasos de Carmela, se quitó las sábanas blancas de encima y saltó de la cama. Al avanzar hacia el tocador, notó el piso frío bajo sus pies descalzos. Frente a ella, una de las figuritas de oro y cobre del tamaño del puño de un bebé brillaba con un resplandor tenue y etéreo. La tomó en sus manos, hizo girar el tunjo entre sus dedos intentando descifrar si contenía alguna respuesta. Estela había mencionado que Antonia solía robárselos, así que tal vez había otra razón por la que Antonia los cogía, más allá de querer jugar con ellos. Después de todo, se consideraba que eran instrumentos de fe y poder.

El tunjo que Antonia tenía entre las manos era un chamán, en el rostro le habían tallado un gesto sereno. Tomó otro —la urgencia del momento la impulsaba a actuar—: un ave majestuosa con las alas extendidas como si estuviera a punto de alzar el vuelo. Un cóndor, el pájaro favorito de su mamá.

El que agarró después era más grande. Antonia lo examinó con cuidado, pasándole los dedos sobre los restos de polvo y las marcas de desgaste. Era una rana, capturada en un momento de quietud contenida, entre las patas tenía una vasija y, dentro de esta, había un trozo de papel enrollado como un pergamino.

Algo se encendió en Antonia, quizás los tunjos contenían algo más que simple poder.

16 de agosto de 1931

Extraño los días en que Antonia y yo nos sentábamos bajo su hermoso nogal, y yo le enseñaba todo sobre los muiscas. La última vez que lo hicimos, Antonia llevaba un vestido de lino grueso hasta la rodilla. Tenía todos los tonos de un jardín de rosas, como el mío, que contrastaban con su tez clara. Llevaba el cabello castaño recogido en una cola de caballo, y unos mechones ondulados le enmarcaban el rostro.

«Le recé a Bachué para que me diera una niña», le dije, «y me dio la hija perfecta». Le pasé un libro sobre Bachué, Chía y Huitaca, tres de las deidades muiscas más legendarias. Todas mujeres. A Antonia eso le fascinaba de la cultura muisca. En la mayoría de los casos, sus sociedades eran igualitarias, las mujeres participaban en casi todos los asuntos importantes. Y le conté con orgullo que, incluso después de la colonización española, muchas sociedades se habían mantenido así.

Cuando le hablé de Bachué, escuchó con atención. Bachué era conocida como la madre de la humanidad y la diosa de la fertilidad. Se decía que después de cumplir su misión —poblar el mundo— había regresado a su laguna sagrada, transformada en serpiente. Después, le regalé a Antonia un collar de oro con un dije. Para muchos, es un amuleto de protección, pero también puede usarse de otras maneras.

Luego, pasamos a Chía, nuestra diosa de la luna, y a Huitaca, la diosa de la liberación sexual, de un carácter fuerte y la que se rebelaría contra Bochica. Antonia escuchó, pero una leve sensación me erizó la nuca.

Algo en Antonia se resistía.

Busqué su mano y se la apreté. «Las tres viven en ti, Nona. No lo olvides».

¿Pero en verdad era así? Su comportamiento durante las últimas semanas me ha hecho dudar de que algún día Antonia esté lista.

Ha estado rebelde y obstinada, muy distinta a como actuaba ese día. Cada vez que me oye hablar sobre la tradición muisca, repite como una lora todos los datos. A veces incluso llega a despertarme en la mitad de la noche vestida como un guerrero muisca. Muy tranquilamente se burla de mí, de mis creencias. Me da miedo estar perdiendo el control sobre ella, tanto como ella está perdiendo el control de sí misma. Y me da miedo que una vez lo pierda por completo, no podamos traerla de vuelta.

Podría ser demasiado tarde.

¿Habrá invocado ya a la oscuridad?

Porque la oscuridad se propaga. Te enferma, te pudre. Te condena.

Hace unos meses intentamos hacerle una limpia al pie del Salto. Era una manera de calmar sus emociones. El agua fría, especialmente la que fluye de un lugar sagrado, hace maravillas en el cuerpo y el espíritu. Todo lo que necesitaba era una inmersión de dos minutos. Tenía que dejarlo ir todo, dejar que saliera de ella.

No fue fácil llevarla allí. Pero con el tiempo accedió, aceptó a regañadientes visitar el pie de la cascada con Eleonora y conmigo.

Con mis propias manos le hundí la cabeza en el agua. Se retorció toda, intentando volver a la superficie y, aunque estábamos en la parte panda de la cascada, vi miedo en sus ojos cuando salió del agua.

A veces me pregunto si tomé la decisión correcta. Si hice bien en traerla aquí y ayudarla a cumplir su destino.

Ya es hora de otra limpia. Tengo que indagar un poco más. Tiene que entender lo que está en juego.

◆———◆

Antonia apretó los puños, arrugando el papel. Tenía la respiración entrecortada, cada inhalación se hacía más superficial e irregular al pensar en las palabras de Estela.

«Y me da miedo que, una vez lo pierda por completo, no podamos traerla de vuelta».

«Podría ser demasiado tarde».

«¿Habrá ya invocado a la oscuridad?».

Se llevó las manos a las sienes intentando estabilizar el mundo, su mundo, que de repente se había salido de su eje.

¿Qué era exactamente lo que su mamá había visto en ella?

¿Qué era lo que había «invocado»?

Antonia se puso pálida, abrió la boca en un grito mudo y desesperado.

«Un svetyba».

Los ojos rojos que había visto afuera de su casa. Los mismos ojos que la habían perseguido, que habían infestado sus sueños. La criatura que había visto ese día...

El pánico se apoderó de ella, y un torrente de culpa y desconcierto la invadió. Estela pensaba que había una oscuridad en Antonia y, después de todo, quizás estaba en lo correcto. Tal vez Antonia había perdido el control y había invitado al mal a la casa.

¿Podría haber tenido algo que ver con la desgracia que cayó sobre su familia? ¿Con la muerte de su madre? ¿Acaso todo ese tiempo se había dedicado a acusar a otros, juzgarlos y culparlos en un intento por protegerse de la verdad, porque sabía que no le iba a gustar averiguarla? ¿Sus pesadillas estaban ahí simplemente para obligarla a enfrentar la verdad?

«No. No. No».

Antonia jamás habría... Había visto a Estela a solo unos pasos de distancia. Se había caído por voluntad propia. Incluso si no hubiera ocurrido así, Antonia estaba segura de que no había sido ella quien la había empujado por el balcón.

¿Verdad?

Su rostro se contrajo por la angustia, y Antonia se tambaleó hasta llegar al borde de la cama, intentando recuperar la compostura. Se obligó a concentrarse. Iba a ir al hotel. Si de alguna manera era culpable, si un svetyba la estaba atormentando o si ella misma lo había invitado a entrar, tenía que ir al santuario de su madre. Allí no solo iba a poder enfrentar la verdad, también encontraría una manera de librarse de ella. De la oscuridad. Tenía que haber algún modo de librarse de aquello, ¿no? A menos de que ya fuera demasiado tarde.

ONCE

Les tomó varias horas llegar al Salto del Tequendama. Cuando Alejandro la ayudó a salir del carro, le sorprendió lo concurrida que estaba la entrada, como si un hombre no hubiera sido asesinado ahí la noche anterior.

Antonia tenía todo preparado: Alejandro y ella se harían pasar por una pareja de recién casados que había llegado al pueblo en busca de la experiencia más lujosa, de una noche en el hotel más caro y suntuoso en la historia de Colombia.

Había empacado una maleta con vestidos caros hasta la rodilla, de corte bajo y con lentejuelas, que no se había puesto ni una sola vez, junto con un par de los mejores trajes de Ricardo, que le quedarían perfectos a Alejandro. También había llevado un par de máscaras de carnaval —grises y adornadas con detalles de cobre—, que les cubrían la mitad del rostro. Al fin y al cabo, era una fiesta de disfraces, y para ellos lo era aún más. No podía darse el lujo de que la reconocieran; y, en el caso de cruzarse con doña Pereira o León, tenía la certeza de que estarían más seguros bajo una máscara.

—Entonces, somos Lina y Manuel Ospina —dijo Alejandro despacio, como si tratara de no equivocarse. Luego, se volteó hacia Antonia y le ofreció su brazo derecho.

Ella vaciló por un momento, pero luego se agarró con cuidado del bíceps fornido de Alejandro, que se tensaba bajo el traje negro.

—Sí —respondió ella—. Igual no creo que nadie vaya a preguntarnos; mientras mantengamos un perfil bajo, vamos a estar bien.

—Solo quería asegurarme de no embarrarla. —Se burló—. Cuando supe que íbamos a disfrazarnos, no me imaginé que fuera literal. Y menos que iba a ser de una pareja forrada en plata.

Antonia alzó una ceja.

—Bueno, soy yo el que se tiene que meter en el papel. Tú naciste aristócrata. Te va a salir natural.

La miró de arriba a abajo y Antonia sintió una oleada de calor en sus mejillas. Ahí estaba de nuevo esa mirada suya tan intensa, una mirada que atrapaba a Antonia, que se rehusaba a dejarla ir. Y no se había equivocado: a Alejandro el frac de su papá le quedaba como si hubiera sido hecho a su medida. Alejandro no era demasiado musculoso, pero su estatura lo hacía sobresalir entre la multitud. Además, había algo en la manera como se movía; tenía una confianza, un encanto y el aire levemente seductor de un casanova.

—Te ves muy bien. Disfrazada y todo.

Antonia sintió un ardor en todo el cuerpo. No lo diría en voz alta, pero le gustaba que él la mirara así. Antonia se sentía como una persona distinta con su vestido negro de lentejuelas, talle bajo y falda con flecos. Después de haber pasado los últimos años cuidando a su papá y siendo cabeza de su desvencijada familia, casi no tenía tiempo para irse de fiesta. Y trabajando con las monjas, aun menos. Y lo extrañaba. Le gustaba salir y mostrar un poco de piel en medio del frío de la ciudad.

—Si lo de cazar de fantasmas no te sale, podrías volverte payaso. —Soltó una risa—. Es una fiesta por el Día de las Brujas, ¿recuerdas? Obvio que íbamos a disfrazarnos —dijo y cruzó los brazos—. Pensé que eras un experto en este tipo de fiestas...

—Me interesa más el día siguiente, el Día de los Muertos. Pero ustedes los ricos hacen lo que sea para enrumbarse, ¿no?

Antonia movió la cabeza de lado a lado en un gesto de burla. Le hizo una mueca burlona.

—Podría habernos conseguido pases de prensa, ¿sabes? —bromeó Alejandro, provocándola.

—Pues yo nos conseguí una de las mejores suites... —replicó Antonia, devolviendo el dardo—. Se ajustó la máscara en la mitad del rostro.

Alejandro la miró a los ojos.

—Vamos. Si seguimos aquí parados como dos estatuas, la gente va a empezar a mirarnos.

Había muchos lugares donde una persona con dinero podía pasar la noche. El Refugio del Salto no era uno de ellos. El hotel proporcionaba alojamiento de lujo solo para quienes tenían la suerte y la rapidez para reservar una habitación.

Antonia se cubrió los hombros con su chal de seda y tomó a Alejandro del brazo mientras cruzaban el umbral arqueado del hotel, que había sido decorado con cuidado con rosas blancas y negras, como si estuvieran llegando a un funeral y no a una fiesta. Había seis mesas de cedro, largas y estrechas, para acomodar a los huéspedes, cada una repleta de una variedad de bandejas y platos: sopa de auyama, guiso de cordero con carne braseada y chicharrón, papas y yucas asadas, merengón de piña, y bocadillos para los golosos y amantes de la guayaba.

La multitud que había asistido a la fiesta les echó un vistazo rápido y los saludó mientras se movía al ritmo de los últimos éxitos. El público entusiasmado lo había dado todo: la mitad de los asistentes había optado por la elegancia y el glamour en lugar del verdadero espíritu del Día de las Brujas; la otra mitad se había esforzado para la ocasión. Un disfraz atrajo de inmediato la atención de Antonia: el de La Llorona. Aunque no era un mito que se hubiera originado en Bogotá sino que provenía de la costa Caribe, al norte del país, su creciente popularidad hacía muy fácil reconocer al personaje. El pasillo, tallado con figuras muiscas en forma de serpiente, proyectaba una sombra sobre la mujer que la hacía ver casi siniestra mientras bailaba.

Tenía un velo que le caía sobre el rostro, y el cabello negro y despeinado hasta la cintura. Llevaba los labios pintados de rojo, y una capa de sombra negra y gruesa debajo de los ojos, que la hacía ver demacrada. Tenía los hombros descubiertos, y el torso envuelto en unos harapos color beige, cosidos con una lana que simulaba un corsé. En la parte inferior, tenía una falda blanca de seda, y sus pies renegridos se asomaban debajo de la tela. Cargaba un muñeco azulado, regordete como un bebé de verdad, con los brazos en el aire como si estuviera soñando o buscando a su madre. La mujer tocó con el meñique la palma de la mano del muñeco y, por un momento, Antonia juró haber visto que le agarraba el dedo.

Antonia dio un paso atrás, tambaleándose. Los labios del bebé se abrieron, mientras el rostro redondo se le movía deformándose. Los ojos rojos se le abrieron más y la boca diminuta se torció en una mueca.

Antonia se puso pálida, y una voz melodiosa le retumbó en los oídos.

«BIENVENIDA A CASA».

Antonia, temblorosa, se llevó las manos a la cara y se apretó los ojos. Había algo que le resultaba familiar de la escena . . . «¡Era un svetyba!».

«Me da miedo estar perdiendo el control sobre ella, tanto como está perdiendo el control de sí misma».

Antonia no pudo evitar preguntarse una vez más si su madre tenía razón, y algo oscuro habitaba en ella.

«Es solo una fiesta del Día de Brujas, solo un disfraz. ¡Reacciona!».

Respiró profundo varias veces, intentando no pensar. No podía perder el control.

Alejandro la sacó de su trance con un jalón suave pero firme, que Antonia agradeció de inmediato.

—¿Estás bien?

«¿Que si estoy bien?». Hacía mucho que no estaba bien.

Él la miró fijamente, con el ceño fruncido entre sus gruesas cejas oscuras.

—Sí— logró decir—. No . . . puedo creer que estemos aquí

—agregó acercándose a Alejandro. Volvió a mirar al lugar donde hasta hace unos momentos había estado La Llorona, pero la mujer había desaparecido.

¿Estaba perdiendo finalmente la noción de la realidad?

El olor a podrido parecía haberse intensificado desde la última vez que estuvo ahí, veinticuatro horas antes, sobre todo dentro del hotel.

Antonia examinó el vestíbulo. Algunos criados circulaban, asegurándose de que no faltaran bebidas. Doña Pereira había transformado a los indígenas muiscas en empleados al servicio de los miembros más ruines de la elite bogotana. Hombres y mujeres llevaban túnicas de fique ajustadas firmemente en los hombros, hechas de una gruesa tela de algodón color mostaza, y adornadas con bordados naranja en la cintura y el dobladillo. En la frente llevaban plumas vistosas, amarradas a la cabeza con cuentas con los colores del arcoíris. Alrededor del cuello y en los brazos tenían pulseras y collares de oro falso.

Pero doña Pereira sufría de esas mismas ínfulas de superioridad que Antonia algunas veces le había reprochado a Estela.

—Creo que necesitas un trago. Va a ser una noche larga —dijo Alejandro.

—Encantada, mi amor —bromeó Antonia, con una sonrisita en los labios.

Alejandro sonrió antes de llevarla más allá del vestíbulo y arriba de la escalera, donde había un bar antes de llegar al cuarto piso.

En el bar, Alejandro pidió dos tragos de aguardiente y dos copas con jugo de limón. Antonia se recostó sobre la barra de mármol, tarareando el bolero viejo que sonaba en el salón. Los flecos de su vestido se mecían suavemente con el viento que se colaba por las ventanas de techo a piso, que estaban entreabiertas.

Una voz aguda, que no parecía provenir de un cuerpo, se escuchó a su derecha. Ella volteó a mirar.

—¿Antonia? Has cambiado un montón desde la última vez que te vi.

La mirada de Antonia se cruzó con la de una mujer de mediana edad, de cabello crespo que llevaba recogido con un peine de plata, decorado con perlas que brillaban bajo la luz cálida del techo. Usaba un vestido vino tinto entallado hasta la rodilla, con bordados florales en las mangas, y tenía la cabeza levemente inclinada hacia un lado. Aunque no usaba máscara, Antonia no la reconoció.

—Creo que me está confundiendo con alguien. Yo me llamo Lina —dijo Antonia, con una sonrisa.

El brazo de Alejandro reposaba sobre sus hombros, y hasta entonces Antonia no lo había notado.

Los labios de la mujer, pintados de rojo escarlata, se curvaron levemente hacia arriba.

—Tan raro. Te pareces muchísimo a ella.

El corazón le dio un vuelco. Si esta mujer se lo decía a alguien más, sería su fin.

—Me estás confundiendo con otra persona. Lo siento.

La mujer sonrió y se disculpó. Pero, a pesar de que se había ido, seguía dirigiéndoles miradas furtivas y por encima del hombro cada vez que podía.

Antonia entró en pánico. No podía permitir que nada arruinara su plan. Pero tampoco podía llamar la atención innecesariamente. Así que se obligó a dejarlo pasar y se tomó el aguardiente de un sorbo.

—Gracias por venir conmigo, en serio.

—Sabes, no eres la mujer que creía...

Antonia ya había escuchado esas palabras y, aunque Alejandro y ella no estaban en una cita, le dolieron un poco. Tenía que contraatacar.

—¿Aburrida? ¿Abnegada? ¿Una mujer que no hace más que cuidar a su papá? ¿Te decepciona mucho?

En varios sentidos, esa era la mujer en la que Antonia creía haberse convertido. Pero, por otro lado, estaba ella, la verdadera Antonia, pensó, anhelando ser libre. Quizá haber llegado hasta allí no era más que un intento por recuperar su libertad.

Alejandro sonrió.

—Para nada. Más bien, creo que eres fascinante. —Se le acercó al oído. Su aliento, con un toque de aguardiente, le rozó el cuello, haciéndole sentir escalofríos—. Quiero conocerte. De verdad. Ver qué hay debajo de esa máscara.

Antonia le clavó la mirada, no podía apartarla de él. Sentía cómo aumentaba la temperatura de su cuerpo a medida que él volvía a acortar la distancia entre ellos. ¿Acaso Alejandro estaba coqueteando con ella? Empezó a sentirse culpable.

—Te mentí —soltó sin pensarlo dos veces—. Te dije que te iba a contar mi historia, pero no puedo... —dijo Antonia en voz baja, sintiendo que empezaba a abrirse con él—. Pasa que la mayoría de mis recuerdos están revueltos en mi cabeza, y no tienen mucho sentido. Intento armar el rompecabezas en mi mente, pero por alguna razón las piezas ya no encajan.

Alejandro se tomó otro trago, como si necesitara más tiempo antes de responder.

Con esa confesión, Antonia podía haber arruinado la posibilidad de que él la ayudara. Si Alejandro quería echarse para atrás, lo entendería.

—Yo diría que esos recuerdos borrosos son una parte fundamental de la historia. —Su voz era suave, como una caricia en sus oídos, y en la bondad de sus palabras Antonia sintió un abrazo cálido.

—Me alegra que digas eso porque necesito tu ayuda con algo que me puede servir para recordar. Necesito que me traduzcas una cosa.

Antonia sacó un pedazo de papel doblado de su abrigo y se lo entregó. Estaba lista para poner en marcha su plan: irían a su habitación en el cuarto piso, y desde ahí se meterían en el santuario de su mamá. No había un lugar más seguro que el cuarto adorado de Estela, y Antonia tenía la certeza de que las respuestas que buscaba estarían ahí. Pero, por el momento, tenían que esperar a que la fiesta se terminara de armar.

Alejandro examinó la nota. Una vez, dos veces. Tres veces. Frunció los labios, y Antonia vio cómo los músculos del cuello se le tensaban y aflojaban.

—¿Esto es...?

—Lo escribí yo —confesó Antonia—. Pero yo no sé hablar chibcha, mucho menos escribir.

Él iba a creerle, ¿verdad?

—Tú... lo escribiste.

—Sí, y no tengo idea de qué dice, pero necesito averiguarlo. Algo me dice que...

—¿Dónde encontraste esto?

—No importa dónde lo encontré. Es viejo. Sé que lo escribí porque es mi letra. No sé cuándo, pero pudo haber sido hace unos seis años. No lo sé. Y ese es el tema, justo eso es lo que me preocupa. Hay muchas cosas de las que no me acuerdo. Y lo que recuerdo, no sé si pasó de verdad...

—Esto es una oración antigua. Un conjuro... Una invocación. Pudiste haberlo copiado de algún lugar. No tiene que significar algo. Unas notas garabateadas en un papel no tienen ningún poder. Quiero decir, para invocar algo, probablemente tendrías que haber hecho un ritual o alguna cosa así.

«¿Invocar al mal para que entrara en su vida? No». La cabeza le daba vueltas.

Ante el silencio de Antonia, Alejandro abrió la boca como si fuera a decir algo. Antonia volvió a concentrar su atención en él y rápidamente agregó:

—Tienes razón. Seguro lo saqué de uno de los libros de mi mamá... Necesito otro trago —dijo, con la esperanza de que su mente se aclarara, pero seguía con la cabeza revuelta.

Alejandro le hizo un gesto a uno de los meseros, que se acercó a ellos. Agarró dos tragos de la bandeja y le puso uno a Antonia en la mano que tenía libre.

Ella tomó un sorbo, y luego preguntó:

—¿Qué tanto sabes sobre los svetybas?

Alejandro abrió los ojos de par en par, no se esperaba el cambio de tema.

—Esas cosas...

—Svetybas —Antonia le susurró al oído, y sintió cómo se sobresaltaba un poco—. No te va a caer una maldición por decir el nombre.

—Los svetybas eran... son unas de las criaturas más temidas, no solo por los muiscas, sino por muchas otras comunidades indígenas que viven en los Andes colombianos. Es la antítesis de lo que Bochica representa para ellos. Ver uno es una mala señal, el símbolo de una maldición o de un pacto con algún ser demoniaco.

»No son como otros seres malignos de la tradición católica y cristiana. No se apoderan del cuerpo. En cambio, se aferran a un lugar o atormentan a una persona. Te persiguen... En el día, en la noche. No estás a salvo ni dormido. Es el opuesto a la pquihiza, a la luz. Pueden ser invocados a través de un ritual de sangre, un sacrificio, pero la mayoría de las veces tienes que ofrecer un alma a cambio de un favor.

»Si te involucras de algún modo con un svetyba, dejas de ver la luz. Estás maldita. Algunas veces para siempre.

«Ni al dormir estás a salvo».

Antonia se quedó sin aliento. Lo había leído en el diario de su mamá, cómo la limpia no le había funcionado a ella. Y ahora, un svetyba parecía estar siguiéndola, la acechaba en las sombras a cada momento, se abría paso con sus garras entre sus pesadillas... quizás no era la primera vez que pasaba. Pero ¿por qué? O mejor, ¿qué tal que hubiera sido Antonia la que lo había invocado? ¿Qué tal que esa cosa hubiera matado a su mamá?

Según Estela, a Antonia le gustaba confrontar a los demás, era de carácter fuerte, desafiante y problemática. Había tomado los tunjos que estaban en la habitación de Estela esa vez que creyó que su mamá no la estaba mirando. ¿Era esa la razón por la que había escrito el conjuro? Y su papá . . . Que Antonia matara a su mamá le daba a Ricardo un motivo para quemar la casa e intentar encubrir la verdad. Había querido protegerla.

«No. ¿Ponerse en contra de su mamá? No. No tenía ningún sentido».

Antonia jamás la lastimaría, ¿o sí? Se acercó a Alejandro y dijo en voz baja:

—Creo que . . . Creo que pude haber invocado uno. —Antonia oyó salir las palabras de sus labios, pero sonaban distorsionadas, como si las hubiera dicho alguien más, y no ella—. Creo que está relacionado con todo lo que ha pasado. Al menos con lo de mi mamá y la casa.

—Espérate, me perdí. ¿Cómo?

—No estoy totalmente segura.

¿Cómo podría estarlo? Si los svetybas tenían algo que ver con esto, si se permitía creer en ellos de nuevo, ¿no les estaría dando el poder para destruirla, para consumirla?

—He estado leyendo los diarios de mamá y he vuelto a tener pesadillas. Me llegan recuerdos del día que murió, sobre todo de cuando volvimos a la casa. Mi papá no quiere contarme qué fue lo que le pasó a ella de verdad, y tengo la sospecha cada vez mayor de que no saltó, de que la mataron. No sé qué tiene que ver con lo que pasó en la inauguración del hotel, tengo que averiguarlo si quiero sacarlo de la cárcel, pero, te lo juro, tengo esta sensación . . . de que de alguna manera todo está conectado.

«Y que soy la pieza central».

Antonia esperó a que Alejandro respondiera algo, pero sabía que necesitaba un momento para digerir lo que acababa de decirle. Así que le hizo un gesto al joven que estaba del otro lado de la barra. Él asintió y le deslizó otra copa de aguardiente.

—Alejandro, qué sorpresa —dijo una voz aguda desde atrás, interrumpiendo su conversación. Antonia se sobresaltó y giró la cabeza. Una mujer menuda, de cabello claro, con un vestido amarillo y ancho, no mucho mayor que ella, se acercaba.

—Ah, mierda —susurró ella bruscamente.

Pero antes de que la mujer pudiera alcanzarlos, Alejandro jaló a Antonia y le dio un beso en la boca. Sus labios eran suaves y cálidos, tenían un leve gusto a alcohol.

El gesto la tomó por sorpresa. Hace mucho tiempo que no la besaban.

La mujer soltó un bufido, decepcionada. A medida que se alejaba, Antonia se apartó con cierta reticencia, arrepentida de lo que acababa de ocurrir y con el aroma de él todavía a su alrededor.

—¿Qué fue eso?

—¿El beso? Disculpa...

—No, el beso no. —Aunque quizás también se refería a eso—. Quiero decir, ella. ¿Quién es ella? ¿Qué tal que vaya por ahí diciendo que te vio?

—Ella... nosotros... antes... ¿sí sabes? Pero... no es ella la que me preocupa —logró decir, y Antonia siguió la mirada de Alejandro hasta encontrarse con los arcos de la entrada.

Antonia se sonrojó, las venas le palpitaban en la sien.

Justo debajo de los arcos, estaba doña Pereira.

DOCE

Se mantuvieron lejos de doña Pereira, decididos a permanecer fuera del campo de visión de la anciana. Lo último que necesitaban ahora era que los atraparan, en especial ella. Así que cuando cruzó el umbral hacia el bar, ya habían salido de ahí; bajaban por las escaleras en espiral hacia el balcón del gran salón de baile, con vistas a la cascada.

El cabello castaño de Antonia se agitaba con la brisa nocturna. Una llovizna ligera caía del cielo encapotado, mientras ella se agarraba de las barandas de hierro.

—No pensé que fuera a estar aquí.

Alejandro fumaba el último de sus cigarros. Antonia le dio una calada, y se lo devolvió. Cambió de postura, sentía de repente que la mirada de él la atrapaba.

—¿Tú crees que nos vio? —preguntó Alejandro finalmente.

—No, no creo —respondió ella, con más esperanza que certeza. No había manera de que doña Pereira se imaginara que Antonia había ido a la fiesta, sobre todo, mientras Ricardo se pudriría en la cárcel.

Antonia volvió a pensar en su papá. El recuerdo de él tras las rejas la llevaba en una espiral de ansiedad. El plan de esa noche tenía que funcionar. Había que ponerlo en marcha.

—La presencia de doña Pereira nos complica las cosas. Tenemos que asegurarnos de mantenernos alejados de ella si queremos encontrar la evidencia para liberar a mi papá.

—¿Se sabe algo más sobre el caso?

—Nada, excepto que su mejor amigo quiere meterlo en un hospital psiquiátrico. Por no decir que no quiere ayudar, a pesar de que él sabe que no hay manera de que mi papá sea culpable.

Alejandro tenía la mandíbula tensionada.

—Tú papá no está loco —dijo exasperado—. Él no mató a ese tipo.

Alejandro tenía razón. Ricardo no podía haberlo hecho. En términos logísticos, no tenía sentido. El duelo y el arrepentimiento atormentaban a su papá, y habían empezado a afectar su salud mental. Pero eso no lo convertía en un lunático, mucho menos en un asesino. Y respecto a Estela, según sus teorías, Antonia ya se consideraba la primera sospechosa.

—Ya sé, pero tengo solo unos días para probar su inocencia y, si no lo logro, me va a tocar aceptar su propuesta...

—Me interrogó, vino a preguntarme si había visto o había escuchado algo. Si sabía algo que pudiera ayudarlo, parecía preocupado. Yo le dije la verdad.

—Yo sé, sí me dijo.

—Pero no entiendo por qué meterlo en un hospital psiquiátrico es la mejor opción —dijo Alejandro, y desplazó la mirada hacia otro lugar. Era como si ya no estuviera viendo algo en este plano, y tuviera que concentrarse mucho en lo que miraba.

Antonia luchó contra el impulso de voltearse a mirar y, en cambio, continuó hablando.

—Las cárceles están plagadas de enfermedades. Prefiero que esté en un lugar donde pueda visitarlo, donde no tenga que estar preocupada todo el tiempo de si pasó la noche o no...

—¿Entonces lo estás contemplando?

—No... o sea, no por ahora —soltó—. Por eso, estoy aquí contigo. Quiero sacarlo. Y tengo un plan, ¿te acuerdas?

—Yo también tengo uno —dijo Alejandro, sin una pizca de duda—. Pero tenemos que esperar el momento adecuado. Todavía está muy temprano.

—Con tal de que sea esta noche. Nunca pensé que mi papá y yo volveríamos a pisar esta casa. Pero, luego, volvimos anoche para la inauguración, y vine aquí indefensa, creyendo que esa vez iba a ser diferente. Y mira cómo terminó todo —dijo riendo—. Esta vez vine preparada, y no voy a dejar que esta mierda de casa... o que lo que sea que viva aquí, o que yo misma haya traído, siga arruinando nuestras vidas.

—Tengo que decirte que no me sorprende. Tu padre me ha dicho lo terca que eres. No esperaba menos de ti.

Antonia sonrió. Sus palabras de alguna manera la aliviaban. La manera juguetona que tenía de expresarse hacía que su corazón acelerado latiera más despacio

—No paro hasta conseguir lo que quiero.

—Me gusta una mujer que sabe lo que quiere... y lo consigue.

Las mejillas de Antonia se tiñeron de un rosa suave al escuchar sus palabras. En un mundo que despreciaba las ambiciones de las mujeres, le reconfortaba saber que alguien valoraba su determinación.

Se sentía agradecida por la presencia de Alejandro, no solo porque había accedido a ayudarla, sino también porque en realidad... le empezaba a gustar tenerlo cerca. Aunque fuera por un momento y en las circunstancias más turbias, deseaba de manera egoísta que se quedara un rato más con ella.

Le picó la curiosidad. ¿Podía estar sintiendo él lo mismo? No podía ser que simplemente estuviera detrás de una historia. Debía haber algo más. O al menos ella esperaba que hubiera algo más.

—¿Qué estás haciendo aquí? En serio —le preguntó, llevándolo dentro—. Quiero decir, dices que quieres ayudar a mi papá y te creo... ¿pero por qué? No tienes que hacerlo. Tú mismo lo dijiste: estás poniendo en riesgo tu trabajo...

¿Estaba siendo egoísta o lo suficientemente ingenua como para pensar que Alejandro estaba ahí por ella?

—Ya te dije. Estoy buscando una historia. Quiero que mi jefe me tome en serio. Que a mis historias las tomen en serio. He estado en la emisora desde que tenía veintidós; han sido seis años de quedarme hasta tarde, de trabajar duro. Quiero que me asciendan, tener mi propia columna. Quiero que mis reportajes lleven mi nombre.

Era ambicioso, igual que ella. Antonia lo apreciaba. Incluso a pesar de sentirse ligeramente decepcionada con su respuesta. Tal vez el sentimiento no era mutuo. Quizás lo que ella interpretaba como un coqueteo era simplemente amabilidad.

—Pero si soy más específico... Me asignaron una historia cuando murió tu mamá —añadió.

«Murió». Esa no era la palabra que habían usado los policías para describir lo que había sucedido. O quizás sí sabían que la habían asesinado, pero el papá de Antonia había tenido suficiente dinero e influencia para encubrirlo. Sobre todo, si Antonia era la culpable.

—Fue justo después de que me dieran mi primer puesto oficial en la emisora. Estaba contentísimo, sabía que era una gran oportunidad. La única para mí. Sabíamos que su muerte no había sido un accidente... —Hizo una pausa cuando se encontró con la mirada de Antonia—. Que había algo más, pero nunca tuvimos la oportunidad de probarlo, y supongo que eso todavía me molesta. Tenía la esperanza de encontrar alguna respuesta contigo y con Ricardo.

Antonia sintió que se le hacía un nudo en el estómago, los pulmones se le encogían en el pecho, y por un momento le costó respirar. Durante los meses que siguieron a la muerte de Estela, Antonia había anhelado encontrar alguna explicación de lo que había pasado, algo que pudiera traer de regreso a su mamá. Había anhelado tener una esperanza. Pero las esperanzas, junto con las lágrimas, se le habían acabado. Y muy pronto, en lugar de lidiar con el duelo, Antonia se había obligado a sí misma a creer que de todos modos había sido inevitable.

Pero la explicación que había encontrado ya no la satisfacía. Sobre todo, porque según la información que había reunido en los últimos días, Antonia había jugado un papel importante en todo lo que ocurrió.

Solo los diarios de su mamá podían explicar qué era lo que

había pasado exactamente o, al menos, le permitirían reconstruir la verdad desde cero. Después de haber encontrado un par de entradas, Antonia sabía que Estela no las había botado. No estaba segura de por qué... pero eso no importaba ahora. Las encontraría. Necesitaba esa claridad. Ya no podía obligarse a creer en palabras que estaban lejos de ser la verdad.

—Puede que tengas razón. Tal vez yo puedo ayudar. En el cuarto de mi mamá, en su santuario... —comenzó a decir Antonia—. Bueno, ahí abajo están todas las respuestas. Ella guardó muchos de sus diarios, pero, cuando nos fuimos, logré salvar uno al que todavía le quedaban algunas páginas. Es el lugar más importante de esta casa, el más especial. Y si tienes razón en que no fue un accidente y si mis sospechas de que los svetybas tienen algo que ver con todo esto son ciertas, la prueba va a estar allá abajo.

A Antonia el cuarto siempre le había dado curiosidad. Se había metido a altas horas de la noche esperando poder ver algo de lo que había adentro. Era el lugar más seguro para Estela, donde se reunía con sus amigos más cercanos. Su refugio. Era algo que se le había quedado grabado en la cabeza después de que Carmela le dijera que Estela guardaba todo lo que era importante para ella en su santuario.

No fue sino hasta después de la muerte de Estela que Antonia pudo entrar. Doña Pereira le dijo que si en verdad quería saber quién había sido su mamá, tenía que ir allí. A Antonia le daba muchísimo miedo la posibilidad de descubrir que Estela era una persona completamente diferente, así que se había resistido a la idea hasta que fueron con Carmela en busca de unos papeles.

—Alejandro, para mí esto va más allá de probar la inocencia de mi papá. Puede que sea egoísta, pero también quiero absolverme a mí misma. Quiero estar segura de que lo que le pasó a nuestra familia, a mi mamá, no fue mi culpa. Quiero comprobarme a mí misma que no fui yo, que no tuve que ver ni directa ni indirectamente. No fui yo quien trajo la maldición, ni al svetyba, a esta casa. Quiero sacarme la culpa de encima antes de que se apodere de mí. Y si resulta que soy culpable, también quiero enfrentarlo.

»Ahí tienes tu historia de terror. Eso es lo que me atormenta. La culpa. La posibilidad. ¿Qué tal sea yo la razón por la que mi propia madre está muerta?

◆——◆

Antonia y Alejandro salieron del salón, ahora repleto de gente, y atravesaron el pasillo principal rumbo al salón de baile. Las ráfagas de viento que entraban por las ventanas abiertas del balcón la despeinaban el frío le oprimía el pecho.

Alejandro suspiró y se frotó el mentón.

—Tenemos que dar una vuelta. Bailar o algo así. Si no, vamos a levantar sospechas.

Antonia lo observó por un momento.

—¿Sí? ¿O es que quieres bailar conmigo?

Él se encogió de hombros, su camisa blanca se arrugó.

—También.

Antonia sabía que tenían cosas más importantes que hacer que ponerse a bailar, pero los boleros eran la música que más le gustaba. Y, para su sorpresa, descubrió que tenía ganas de bailar, sobre todo con él. Esa sensación nueva la desconcertó; hasta hace unos días la idea le habría parecido impensable. Nunca había dependido de un hombre, pero no podía negar que la presencia de Alejandro se estaba convirtiendo en una distracción agradable. Además, necesitaba aliviar sus temores y preocupaciones, aunque fuera solo por unos minutos. No podía ser tan grave entregarse a sus deseos por el tiempo que duraba una canción.

—¿Me concedes esta pieza? —Alejandro le extendió la mano tal como ella esperaba que lo hiciera. Antonia asintió y la agarró entre sus dedos, sintió que emanaba el mismo calor que la primera noche que se conocieron y se estrecharon la mano.

Alejandro la condujo con rapidez hasta la pista de baile y, luego, la atrajo hacia él presionando su cuerpo suavemente contra el de ella; y Antonia se dejó llevar. Él apoyó la mano izquierda en la parte baja de su espalda y la guio con una firmeza delicada. Antonia se inclinó hacia él, su aliento se mezclaba con el de Alejandro mientras deslizaban sus cuerpos por la pista de baile al ritmo sensual del bolero, y sus miradas se entrelazaban en un diálogo íntimo y silencioso.

Un calor le recorría el cuerpo, le aceleraba el pulso a cada paso. En el ambiente se sentía el deseo contenido de los cuerpos, y Antonia reconoció esa sensación de cercanía e intimidad que iba más allá del contacto físico, como si ya hubieran bailado antes.

Cada paso que daban y cada giro los acercaba aún más; la música tejía una química indiscutible entre ambos.

Antonia sintió el aliento de Alejandro que le rozaba el cuello. A cada exhalación, el corazón le latía más rápido. Cerró los ojos y, por un momento, se permitió perderse en la melodía, en la dulzura de los acordes de guitarra, seguidos por la voz profunda del cantante principal.

—Bailas muy bien... —le susurró Alejandro con voz grave en el oído y un escalofrío le recorrió la espalda.

—Tomé clases de danza hasta los dieciocho. Es algo de gente vanidosa —bromeó Antonia.

Sus ojos se encontraron de nuevo despertando una mezcla excitante de intriga y conexión que agudizaba los sentidos de Antonia.

—Creo que te gustó besarme —le susurró en el oído—. Más de lo que estás dispuesto a admitir.

—¿Y a ti? ¿Te gustó?

Sentía una mezcla de nerviosismo y ganas de saborear cada segundo de esa intimidad que compartían, que la hacía sentir viva.

Le sostuvo la mirada.

—Quería darte un beso.

—Te lo dije, me gustan las mujeres que consiguen lo que quieren.

Antonia pasó saliva.

Alejandro soltó una risa y le susurró algo al oído que no le llegó, ya no estaba escuchándolo.

En medio de la multitud que bailaba, alguien había captado su atención. Al lado de la banda, una figura permanecía inmóvil, sus dedos huesudos se aferraban a una guadaña falsa, oxidada y cubierta de manchas rojas. «Sangre». Antonia tembló al verla. El rostro deformado de la criatura estaba cubierto en parte con un velo. En lugar de ojos, tenía unos huecos hundidos y rojos, y desde el mentón puntiagudo le colgaba una barba larga y desgreñada. Un líquido que parecía sangre le brotaba, como si la criatura se estuviera ahogando en sus propias entrañas.

Antonia se llevó la mano a la boca para no vomitar y contuvo un grito que la desgarró por dentro.

El piso temblaba bajo sus pies como si los cimientos de la casa se tambalearan.

Alejandro, al igual que los demás invitados, había desaparecido; su mano ya no la guiaba por la pista de baile. Lo único que quedaba era la casa, su casa, y el Salto del Tequendama rugiendo afuera.

No podía moverse. Se sentía paralizada bajo la mirada del svetyba, que se acercaba hacia ella. Arrastraba los pies por el suelo, dejando a su paso un rastro de baba verdosa y tierra.

«¡CORRE!».

Tropezó hacia atrás, buscando mantenerse en pie. El sudor le corría por la nuca y sentía que las rodillas le flaqueaban.

Pero justo antes de desplomarse en el suelo, los brazos de Alejandro la agarraron por la cintura. Y pronto estuvo de vuelta en la pista de baile. El ambiente estaba tan animado como hasta hace unos momentos.

—¿Qué demo... estás bien? —preguntó.

Antonia tenía los ojos abiertos de par en par, presa del miedo. Sacudió la cabeza, frenética.

—No, no, es que, esa cosa... —La voz le temblaba. Rastreó con la mirada el lugar donde lo había visto hace apenas unos momentos.

Alejandro se giró de inmediato. Siguió la mirada de Antonia, desconcertado.

—¿Qué cosa?

—Ne-necesito un poco de aire —logró decir Antonia antes de salir corriendo una vez más del salón de baile. Alejandro salió detrás de ella.

Esa cosa, el disfraz, los harapos, la guadaña... todo parecía tan real.

«Había sido real».

Y no tenía adónde huir.

—¿Qué fue eso? —preguntó de nuevo Alejandro una vez afuera, algo preocupado.

Antonia le soltó la mano.

—¿Qué cosa?

—¿Qué cosa? ¿Cómo así que qué cosa? —exclamó, llevándola lejos de los curiosos y los fumadores que se habían reunido en el balcón—. Te quedaste paralizada y, luego, parecía que te ibas a ir de cabeza contra el suelo, que te ibas a desmayar. A ver, no puedes decirme que no pasó nada. ¿Qué fue lo que viste?

«Un svetyba», susurró una voz dentro de ella.

No había sido una alucinación, aunque quisiera creer lo contrario. Las piezas, poco a poco, empezaban a encajar.

Todo había comenzado varios años después de que se mudaran a la casa. Antonia se despertaba en mitad de la noche sudando, gritando, pidiendo auxilio. Aunque estaba poseída por el miedo, atravesaba la casa corriendo para llegar al cuarto de sus papás, en busca de algo de compañía y del consuelo que la ayudaría a volver a la cama tranquila. Les decía que algo malo la estaba persiguiendo: un ser con una guadaña en la mano, vestido con una bata oscura que le cubría casi toda la cara y con unos ojos rojos que no dejaban de mirarla.

Al principio, sus padres parecían preocupados, dejaban que durmiera en la habitación con ellos, y Estela le cantaba hasta que se durmiera. Con el tiempo, Ricardo empezó a dar explicaciones sobre sus pesadillas arguyendo que eran un acto de rebeldía para que regresaran a Bogotá, e intentó convencerla de que todo estaba en su cabeza, seguramente por todas las novelas góticas que leía.

«No pasa nada, Nona. Últimamente estás leyendo muchos libros de terror. Sé buena y vete a la cama. Todo va a estar bien, te lo prometo».

Y así, obligaban a Antonia a volver a la cama, que regresaba con lágrimas en los ojos.

Carmela y Estela tampoco ayudaban. Carmela le pedía a Antonia que rezara y a veces dormía con ella. Su mamá la escuchaba en silencio, la observaba por unos momentos, le daba un beso en la frente y, luego, simplemente volvía a arroparla para que durmiera.

«No te va a pasar nada», le decía Estela.

Pero nada funcionaba. Antonia solo se sentía segura mientras estuviera despierta. Y no fue sino poco tiempo después, quizás por la falta de sueño, que empezó a ver, a sentir esa presencia también durante el día, cuando estaba completamente despierta.

Y así de fácil... todo lo que podía salirle mal, a ella y a su familia, les había salido terriblemente mal.

Antonia se trajo de regreso al presente.

—Nada.

No tenía tiempo para compartirle todos los detalles, a pesar de que sentía, muy dentro de ella, que, si había alguien que podría escucharla, sin juzgarla, y que le creería, sería él.

Alejandro la recorrió con la mirada, evaluando la situación, como si supiera que había algo más, pero lo dejó pasar y dijo más bien:

—Doña Pereira salió del salón de baile.

Antonia se encogió de hombros y se pasó unos mechones sueltos detrás de las orejas.

—Bueno, mejor para nosotros.

—No, es nuestra señal. El plan está en marcha. Al menos el mío.

Se paró justo enfrente de Antonia, impidiendo casi por completo que alguien pudiera verla. Miró por encima del hombro dos veces y, luego, metió la mano derecha en el bolsillo. Sacó una navaja. La hoja estaba hecha de acero cubierto en baño de oro, y tenía grabados complejos de círculos y líneas que representaban al dios sol que adoraban los muiscas. Más abajo, habían tallado otras figuras y objetos ceremoniosos que incluían la balsa muisca, una balsa de oro y tunjos ceremoniales. La luz que se reflejaba en los relieves le daba a los grabados vida propia.

Antonia se acercó.

—¿Qué es esto? —preguntó, moviendo la navaja hacia un lado.

Alejandro la sujetó con firmeza.

—Es el arma homicida, no la verdadera, pero es idéntica.

Antonia respiró profundo varias veces.

—¿Por qué la tienes? ¿Cómo así?

—La policía tiene la verdadera. O al menos deberían tenerla. Estaba en la escena del crimen esa noche. Le tomé una foto.

—¿Cómo? ¿Y entonces esta qué?

—Es una historia larga, pero como esta hay muchas por ahí. Con el mismo mango, el mismo grabado. Antonia... —Esta vez le tomó la mano—, esta es una de las claves para liberar a tu papá.

Después, Alejandro la condujo hacia el patio.

◆──────◆

El jardín estaba vacío, salvo por unos búhos que descansaban en las copas de los encenillos silvestres y de los nogales. La brisa sacudía las ramas y acompañaba el estruendo del agua que caía de la cascada. Alejandro la llevó adentro del bosque, no tan lejos como para salirse de la enorme propiedad, pero sí lo suficiente como para que la casa se viera como un paisaje impresionante. Al poco tiempo, se encontraban a tan solo unos metros del Salto del Tequendama.

Antonia pisaba firme mientras caminaba por el sendero embarrado y con restos de pasto. Cuando escuchó un canto tenue, Alejandro le indicó que se agachara detrás de un matorral frondoso, para así poder espiar la escena que ocurría del otro lado. Había una docena de personas reunidas, dándoles la espalda, cantando al unísono. La única luz que se veía provenía de unas velas negras, dispuestas a su alrededor en un círculo. Llevaban abrigos negros, tan largos que cuando se movían arrastraban la tela por el pasto húmedo, y tenían las cabezas cubiertas por unas capuchas que terminaban en punta.

Antonia quedó petrificada al ver que, al separarse, las personas dejaban ver una estructura de madera con forma de estaca.

Alguien —un alguien bien muerto, y completamente desnudo— colgaba boca abajo de lo alto de la estructura frente a sus ojos. Tenía la cabeza bañada en la sangre que le brotaba de la garganta.

Antonia dejó escapar un grito ahogado y se volteó hacia Alejandro, que se veía tan horrorizado y sorprendido como ella.

Mientras Antonia observaba la sombría escena, el canto se hacía más fuerte, cambiaba a un tono menor, casi siniestro.

—¿Qué es esto?

Alejandro permaneció en silencio, con la mirada fija en los eventos que se desarrollaban frente a ellos, como si a él también le costara apartar la vista.

—¿Un ritual? ¿Un sacrificio? ¿Una secta?

A Antonia le secó la boca al pronunciar esa palabra. ¿Una secta? ¿Una secta asesina?

Antes de que pudiera perderse en la confusión de sus pensamientos, Alejandro habló:

—Fíjate. Mira más de cerca.

Antonia obedeció cautelosa, procurando que no la vieran moverse detrás del matorral. Dirigió la mirada hacia la parte superior de la estructura de madera, cuya punta tallada en oro tenía la misma espiral, las mismas figuras con forma de serpiente del arma homicida.

El sudor le empapaba la espalda, el aire alrededor estaba demasiado caliente, demasiado denso, como para poder respirar. Antonia bajó la mirada, las manos le temblaban del miedo.

A su lado, Alejandro sacó la cámara del interior de su

abrigo. Apuntó el lente a la multitud que tenía adelante, escondiendo la cámara con cuidado entre los arbustos.

El coro, que se escuchaba cada vez más severo y más fuerte, llamó su atención.

«Svetyba ic phiz aka za huichy. Svetyba ic phiz aka za huichy. Svetyba ic phiz aka za huichy».

Antonia no entendía el rezo, pero reconoció la lengua en que cantaban. Era chibcha, la lengua muisca. Pero había una palabra que identificaba perfectamente. Svetyba. El demonio.

Una noche como esa era el escenario perfecto para la siega... La noche de la fiesta de inauguración también lo había sido.

Se le escapó un gemido.

¿Estaban invocando un svetyba?

Antonia se forzó a mirar más de cerca y vio que una figura se acercaba al grupo, envuelta en una túnica negra muy parecida a la que llevaban los demás participantes. Antonia entrecerró los ojos, temblando y esforzándose por ver algo con la escasa luz que había en el sitio. Fue entonces que se dio cuenta: era doña Pereira. La anciana movía los labios, pero hablaba tan bajo que desde donde estaban escondidos no alcanzaba a escuchar nada. En la mano derecha, doña Pereira sostenía una guadaña, cuya hoja casi que refulgía. La blandió con firmeza junto al cadáver, cerca pero no tan cerca como para tocarlo, como queriendo amenazar.

Antonia sentía que los músculos se le acalambraban, que las articulaciones se le entumecían, como si algo la mantuviera clavada en su sitio. La escena le daba ganas de gritar, de apartar la mirada, pero no podía hacerlo. Tampoco Alejandro.

Observó mientras doña Pereira se inclinaba aún más hacia el cadáver. Era una mujer. Esta vez doña Pereira no dudó: blandió la guadaña y el acero hizo un corte limpio en el cuello. Pronto, el cuerpo que habían visto no era más que una figura decapitada, desprovista por completo de sangre. Doña Pereira recogió la cabeza y la tiró como una bola de fuego por la cascada.

TRECE

◆━━•━━◆

Antonia permaneció inmóvil mientras el grupo de personas seguía a doña Pereira y se perdía en la espesura del bosque. Los latidos de su corazón, retumbándole en los oídos, ahogaron por un instante las risas de los asistentes.

«Svetyba ic phiz aka za huichy. Svetyba ic phiz aka za huichy. Svetyba ic phiz aka za huichy».

Pronto el bosque se tragó los cantos, y la única melodía que se escuchaba era la de los nogales que azotaba el viento.

Antonia miró a Alejandro, que estaba en silencio, arrodillado junto a ella, con la mirada fija en el grupo de personas que desaparecía en el bosque. Antonia se desplomó sobre el pasto, agotada; un dolor agudo le atravesaba el vientre. Se llevó las manos temblorosas al rostro; se apretó los ojos, como si la oscuridad fuera suficiente para mantener a raya lo que acababan de presenciar. Pero seguía atormentándola.

Una mujer acababa de ser asesinada. Doña Pereira le había cortado la puta cabeza.

Antonia no podía respirar.

Doña Pereira adoraba al svetyba. Tenía el mundo a sus pies. Era libre.

¿No era justo eso lo que Antonia quería también?

«¿Seré como ella? Puede que no haya invocado al svetyba, ¿pero hay tanta oscuridad dentro de mí como para llegar a quitarle la vida a alguien? ¿Si eso supone poder hacer lo que me venga en gana?».

Antonia yacía aturdida en el suelo, sobrepasada por el salvajismo del que acababa de ser testigo, y de todo lo que implicaba.

Creía que el poder consistía en tomar sus propias decisiones. En escapar de las responsabilidades familiares, de las expectativas sociales, y escribir su propia historia. Pero quizás el verdadero poder exigía más. ¿Y si implicaba obligar a otros a seguirte, a escucharte, dirigirlos?

—Sabes lo que significa esto, ¿no? —preguntó Alejandro.

Sí. Le había caído un golpe de realidad en el instante en que vio a doña Pereira levantar la guadaña.

—Está involucrada en los asesinatos. Su dije. *Esto*. No es ninguna coincidencia.

Alejandro asintió.

—De alguna manera esto es más oscuro que todas las posibilidades a las que les he estado dando vueltas en mi cabeza.

Antonia se había quedado sin palabras. El peso de la traición le había caído sobre los hombros.

—¿Por qué haría algo así? ¿Por qué le tendería una trampa a mi papá para incriminarlo? Él no hizo nada, y ella lo sabe.

—Tú papá no necesita que lo incriminen. Estaba ahí. Lo encontraron con la ropa llena de sangre... Fue una coincidencia, pero les funcionó.

Antonia siempre había tenido sus reservas con doña Pereira, con su ambición, algo que Antonia a veces había admirado en secreto pero que nunca había reconocido en voz alta. Antonia sabía que doña Pereira estaba obsesionada con el Salto y con la cultura muisca, ¿pero un asesinato a sangre fría? ¿Hacía parte doña Pereira, la mujer que había criado a Estela, de una secta asesina? ¿Y quién había sido realmente la mamá de Antonia? ¿Había sido parte también de esta secta?

—¿Antonia...?

—Quieren incriminarlo. —De repente tuvo la certeza. El encarcelamiento de Ricardo era parte de un plan—. Lo que no entiendo es por qué lo hicieron en el hotel. Podrían comprar una ciudad entera si quisieran. Están forrados en plata...

—No es por el hotel, es por la tierra —dijo Alejandro con firmeza, sosteniéndole la mirada.

Antonia se aferró con las manos a la tela de su vestido, como si intentara prepararse para lo que estaba a punto de ser revelado.

—Creo que es hora de que sepas algo más sobre tu madre.

Los ojos de Antonia se abrieron de golpe, necesitaba un faro en medio de la tormenta diabólica que habían presenciado.

—¿Saber qué? ¿Qué estás diciendo?

—Ella asumió una gran responsabilidad. Era la protectora de este lugar. No de la casa sino del Salto.

El rostro de Antonia palideció, los labios le temblaban mientras intentaba procesar la información que Alejandro le estaba confiando. ¿La protectora? Antonia sabía de la obsesión de Estela, pero, francamente, nunca pensó que fuera más allá de eso.

El temor y el desconcierto hacían que la cabeza le diera vueltas. Intentaba juntar todas las piezas en su mente.

«A veces me pregunto si tomé la decisión correcta. Si hice bien en traerla aquí y ayudarla a cumplir su destino».

Antonia empezó a caminar, buscaba algo, cualquier cosa, que pudiera anclarla a la tierra en medio del caos de su mente y de sus emociones.

—¿Responsabilidad?

Alejandro se veía arrepentido, como si se estuviera guardando algo.

—Sí, como que prometió cuidar la tierra, pero con el tiempo empezó a contaminarse demasiado... y puede que sus esfuerzos no hayan sido suficientes.

La respiración de Antonia se aceleró, con cada inhalación intentaba recuperar la calma.

Sí, Estela estaba apegada al lugar. A la tradición muisca, a su cultura. La tierra sobre la que se había construido la casa era sagrada. Y Ricardo había invadido territorio muisca para complacerla. Pero Antonia nunca pensó que lo hubiera hecho por una cuestión de responsabilidad o, al menos, no en serio. ¿Por qué lo había hecho? ¿Había sido porque sentirse responsable del lugar le había dado a la mamá de Antonia una sensación de poder? ¿De tener el control? ¿Como si pudiera gobernar el lugar, perdida en el delirio de que adoraba a Bochica? ¿De qué era su servidora y estaba en una misión sagrada?

Mientras Antonia ahondaba en todas estas preguntas, algo

empezó a tomar forma. Algo más oscuro, más espeluznante, pero que, después de lo que acababan de presenciar, no parecía descabellado. Doña Pereira le había revelado a Antonia que había visto a su mamá el día que había muerto. El papá de Antonia había mencionado que doña Pereira estaba ahí. ¿Podría haber sido doña Pereira quien había matado a Estela? El svetyba era una entidad maligna que se alimentaba de almas. Doña Pereira parecía haber invocado uno hace apenas unos minutos. Además, había quedado claro que era capaz de matar. ¿Había sido doña Pereira la que invitó al svetyba a la casa?

Antonia intentó articular algo, pero las palabras le salieron como susurros casi inaudibles, una prueba del caos que había en su interior.

—¿Tú... sabías de todo esto, de doña Pereira? —logró decir finalmente.

Alejandro se puso de pie. Sus zapatos de cuero negro ya no relucían, estaban cubiertos de pasto húmedo y barro.

—Mira, sé muchas cosas sobre ella, pero esta no la sabía. Llevo un tiempo investigando estas prácticas tipo secta. Así fue como me dieron el trabajo en la emisora, y a veces la policía nos tira pistas, o personas que han sido testigos o que creen haber visto algo...

—Mataron a alguien —lo interrumpió Antonia, su voz sonaba grave—. Tenemos que llamar a la policía, tenemos que pedirle ayuda a alguien...

—Antonia, ¿tú crees que la policía va a creer que una de las mujeres más ricas de la ciudad es capaz de hacer esto?

Por supuesto que no. Era ingenuo de su parte sugerirlo, pero Antonia estaba desesperada, y se les estaba acabando el tiempo.

—Además, la policía tiene el arma homicida, pero claro, un montón de tallas raras en el mango de una navaja no significa nada para ellos. Lo que tenemos que hacer es relacionar esto con lo que pasó esa noche. —Y sacó el cuchillo de su bolsillo—. Quiero decir, sigamos con nuestro plan. Es la única manera de liberar a tu padre y de sacar a la luz todo lo que está pasando aquí.

—¿En serio? ¿Y cómo vamos a hacer eso? Lo que tenemos que hacer es regresar al hotel antes de que nos pillen aquí; luego, vemos qué hacemos. —Antonia miró a su alrededor, presa del miedo y comenzó a dar pasos cortos de regreso a la mansión. La luz de la luna les iluminaba el camino.

Un chillido animal se escuchó en el campo y la detuvo en seco. Hubo una pausa, y luego se escuchó otro. ¿Y si doña Pereira estaba matando a alguien más?

Alejandro se le adelantó y avanzaron rápidamente entre la hierba. Hubo otro grito, pero esta vez se escuchó más como un quejido profundo que como un alarido. Ni Antonia ni Alejandro miraron atrás; los dos tenían la mirada clavada en el hotel, que ya se asomaba en frente.

Subieron corriendo las escaleras hacia el piso principal, donde la fiesta estaba en su mejor momento. Antonia había perdido la noción del tiempo. No sabía cuánto tiempo habían estado afuera y esperaba que nadie hubiera notado su ausencia. Su atuendo ya no estaba impecable, pero bajo el tenue resplandor de los candelabros no se notaba mucho.

Antonia y Alejandro se quedaron en silencio mientras

observaban a la multitud. Antonia recorrió con la mirada el salón de baile abarrotado de gente buscando a doña Pereira.

—No está aquí. —Eso la aliviaba y le molestaba al mismo tiempo. ¿Y si estaban asesinando a más personas? Esperaba que ella y Alejandro no se hubieran equivocado al no acudir directamente a la policía.

Antonia se volteó hacia Alejandro, que tenía una mancha de barro en medio del rostro como si fuese una cicatriz. Le puso la mano en la mejilla, tenía la piel fría. A Alejandro el gesto lo tomó por sorpresa. Antonia sonrió y, con toda la suavidad que pudo, le limpió el barro con la mano, borrando cualquier rastro.

—¿Tengo la cara limpia?

—No te preocupes. Ya estás presentable.

—Si tú lo dices, mejor —respondió él con una leve sonrisa en los labios.

Antonia seguía alerta, sus ojos buscaban alguna cara familiar. Si Alejandro y ella tenían razón y doña Pereira hacía parte o era la líder de una secta, ¿cuáles eran las posibilidades de que otros invitados fueran también miembros del culto?

—¿Y León? Tiene que hacer parte de la secta también, ¿no? —le preguntó Antonia a Alejandro—. Por alguna razón, quiere que mi papá siga en la cárcel. Dijiste que sabías muchas cosas sobre ella, pero que esto no lo sabías.

—No, no lo sabía.

—¿Qué más sabes?

Alejandro abrió la boca, pero no dijo nada. En cambio, se quedó mirando algo detrás de ella. Antonia tenía que girarse para verlo.

Se dio la vuelta, justo a tiempo para ver a doña Pereira que se desplazaba por la pista de baile, con la soltura que solo puede tener alguien que sabe que siempre se va a salir con la suya. Como si no acabara de matar a alguien.

La alegría se le notaba en la cara. Si Antonia no supiera la verdad, pensaría que la felicidad de doña Pereira se debía simplemente a que estaba disfrutando de la fiesta... o de la compañía del hombre que estaba ahora a su lado. Era mucho más joven que ella, al menos un par de décadas, y al observar con un poco más de atención, Antonia se dio cuenta de que era uno de los meseros. Llevaba una túnica bordada con colores vivos, cruzada en medio del pecho y atada con firmeza al hombro derecho. Estaba descalzo, y en la cabeza lucía una especie de bandana en forma de corona, hecha con las plumas más coloridas que Antonia había visto en su vida. Doña Pereira le sonrió y acercó su cuerpo al de él, soltando una risita ahogada. Ahí estaba ella, queriendo usar a los meseros como objetos para su entretenimiento, y, a juzgar por las miradas de los curiosos a su alrededor, lo estaba consiguiendo.

Antonia apartó la vista de doña Pereira —era evidente que no los había visto ni a ella ni a Alejandro, de lo contrario, no estaría bailando con tanta alegría— y se percató entonces de la presencia del padre Juan. El hombre, de mediana edad, estaba junto a la banda. Esta vez llevaba puesta su sotana; de otro modo, Antonia no lo habría reconocido desde tan lejos. Antonia lo miró de reojo y el padre asintió y le sonrió a medias. Ella apartó la vista, temerosa de volver a cruzar la mirada con él. ¿Qué hacía él ahí? ¿Cuántas veces tenía que bendecir ese tipo la casa? Esta no era una fiesta para un sacerdote como él. Pero, sobre todo, ¿habría reconocido a Antonia?

Tomó la mano de Alejandro, sus dedos se entrelazaron.

—Tenemos que salir de aquí antes de que alguien nos reconozca. Tengo las llaves de nuestra habitación, está en el cuarto piso.

Lo apartó de la baranda de hierro y lo llevó de vuelta adentro pasando por los arcos. Alejandro apretó su mano con fuerza mientras ella se abría paso entre los invitados que bailaban deslizándose por el salón.

Arriba, frente a una gruesa puerta de cedro, una placa dorada en la que se leía «Habitación 417» brillaba como si la hubieran tallado el día anterior. Además de los números relucientes, las placas tenían unas delicadas figuras doradas en forma de serpiente con cabeza de felino, un diseño que se repetía en toda la casa.

Antonia retrocedió tambaleándose. Era su cuarto. Extendió la mano, y acarició con suavidad la superficie dorada y lisa donde estaban las figuras entrelazadas, justo donde las cabezas se juntaban. Era un ritual que solía hacer para atraer la fortuna cada vez que entraba o salía de su habitación. Ahora necesitaba un poco de esa buena suerte, algo que pudiera garantizarle que esta vez también sobreviviría.

Pero al observar esas figuras, que antes le parecían familiares y ahora le resultaban aterradoras, sintió como si la sangre abandonaba su cuerpo; tenía miedo de seguir adentrándose en su antigua vida. No encontraba ningún consuelo en su pasado. Nada que pudiera reconfortarla.

Antonia se quedó inmóvil mientras Alejandro giraba la manija dorada que tenían enfrente. Empujó la gruesa puerta de cedro hacia un lado, y entró. Se volteó para mirarla.

—¿Todo bien?

A Antonia le temblaban las piernas y, cuando habló, la voz le salió aguda.

—Este... este era mi cuarto.

Cuando Antonia lo había reservado, no había pedido detalles. No había considerado la posibilidad de tener que dormir en su antigua habitación. La sospecha de que alguien lo hubiera hecho a propósito la mortificaba, pero de inmediato desechó su teoría.

No. Nadie sabía que estaban en el hotel. No tenían cómo enterarse.

Alejandro quedó boquiabierto.

—¿Este era tu...? —dudó en terminar la frase. No tenía que hacerlo. Nada de lo que dijera podría calmarla. Antonia no podía sacarse de encima la sensación de que, detrás de los aparentes lujos, la misma estructura de la casa estaba de nuevo dándole la bienvenida a su propio infierno.

Antonia examinó cada rincón del cuarto. En lugar de la calidez que esperaba sentir, la invadió una sensación fría e inquietante. A ambos lados, colgaban de las paredes blancas un par de lámparas plateadas, que formaban sombras oscuras, amorfas, e inmóviles en los rincones, como si la habitación misma estuviera conteniendo la respiración, y anticipara cada uno de sus movimientos.

Nada de ojos rojos... ningún svetyba. Todo estaba en orden. Estaba segura ahí.

Las llamas parpadeaban con esa fragilidad propia del fuego, empujadas por el viento que se colaba por la puerta que seguía abierta.

A Antonia nunca le había gustado su cuarto, con sus grandes ventanales de cedro blanco de piso a techo, y el pequeño balcón que daba a la cascada. La vista no era tan única como la del balcón de su mamá, pero se acercaba. El agua que salpicaba de la cascada golpeaba con fuerza el cristal de la ventana. Se había acostumbrado a escuchar el *tac-tac* todas las noches; había renunciado a la idea de poder escapar de ese sonido, sin importar qué tan arriba estuviera. Se había acostumbrado tanto que lo oía con claridad junto con el repiqueteo constante del agua que caía. Ese sonido hacía que el Salto del Tequendama se sintiera aún más cerca de lo que estaba, como si sus tentáculos pudieran alcanzar a Antonia, agarrarla y no soltarla más. El *tac-tac* seguía ahí, pero ese ya no era su cuarto. Apenas quedaban algunos rastros de Antonia.

Las estanterías con sus libros ya no estaban alrededor de la cama. Sus libros de tapa dura ya no eran víctimas de la humedad que se filtraba por tener a la cascada enfrente. Las novelas góticas que aún no había leído ya no se apilaban sobre la mesita de noche acumulando polvo. Las melodías de Chopin y Bach ya no se escuchaban en el piano de madera oscura que sus padres le habían regalado cuando cumplió quince años. Tampoco es que se hubieran escuchado antes. (Antonia odiaba ese piano. Carmela le había enseñado pacientemente, pero Antonia nunca sintió que sus dedos pudieran moverse tan rápido.) La vieja muñeca de trapo que solía apretar en las noches cuando no podía dormir tampoco estaba por ningún lado.

Ahora, la cama doble de madera blanca casi rozaba las paredes y si dejaba apenas espacio para las mesitas de noche, mucho menos para las estanterías. Habían puesto las maletas de Alejandro y Antonia junto a un banco de madera al lado del armario, donde solía estar la silla de lectura de terciopelo verde de Antonia, y sobre el banco descansaba su morral de cuero color mostaza. Todo era nuevo, excepto por una cosa. En la esquina derecha estaba su viejo armario de cedro, tallado con figuras que hacían juego con el resto de la casa. Pasó los dedos por la superficie del mueble, y de inmediato un cosquilleo le recorrió los brazos, como si el pasado estuviera intentando alcanzarla.

El corazón le latió con fuerza, y la invadió una mezcla de melancolía y miedo. Las sombras fantasmagóricas de lo que ese espacio alguna vez fue distorsionaban la vaga familiaridad que este le producía; eran un recordatorio inquietante de cómo el tiempo había cambiado todo de forma irreversible.

Cuando la familia se fue, todo se había quedado allí. No podían perder el tiempo empacando, sobre todo, después de que Ricardo intentara incendiar la casa. Aferrarse a sus pertenencias en ese momento solo habría hecho que todo fuese más doloroso, además de complicado, dadas las condiciones de salud de su papá.

Antonia había encontrado sus posesiones más preciadas revueltas en un caos. La misma casa se había convertido en un recordatorio monstruoso de las acciones de Ricardo, de lo que ella había perdido: su colección de libros, las fotografías que le permitían volver al pasado (a los breves momentos de felicidad), las pinturas al óleo de su mamá que colgaban en las paredes a lo largo y ancho de los cinco pisos, el estudio de su papá con maquetas y planos, los muebles caros y hechos a medida.

Sus cosas quedaron abandonadas bajo los techos altos de la casa durante meses. La quietud se había apoderado del lugar por primera vez en años. Algunas de las pinturas de Estela comenzaron a deteriorarse, víctimas de la humedad del aire. El matorral frondoso se secó, y la maleza se trepaba por las paredes y se enredaba entre las baldosas naranjas. Cuando finalmente Antonia reunió las fuerzas para volver, evitó poner un pie en la casa. Contrató a una empresa de mudanzas para que empacara todas sus cosas y las llevara de vuelta a la ciudad. Se llevaron casi todo lo que había en la casa, a excepción de la mayoría de las pertenencias de su mamá.

Pero el pasado era simplemente eso, pasado. No valía la pena quedarse rumiando en lo que alguna vez había sido. Estaban en esa habitación por una razón, una razón muy importante, un hecho que recordó al notar que Alejandro revisaba con atención cada detalle en la habitación, calculando fríamente el siguiente paso.

La fiesta iba a durar al menos una o dos horas más, hasta después de la medianoche, y aunque ella quería poner su plan en marcha, sabía que lo mejor era esperar. Sobre todo, porque doña Pereira todavía rondaba por los pasillos.

—Tenemos que quedarnos acá un rato más antes de ir al cuarto de mi mamá —dijo—. Doña Pereira no se va a ir hasta que se acabe la fiesta. Puede que sea más seguro entonces. Sé cómo llegar allá abajo, pero no podemos arriesgarnos a que nos pillen. Nadie puede vernos. En especial ella.

Él asintió.

—Y, entonces, ¿qué hacemos mientras? —dijo él.

—¿Acostarnos?

La sonrisa burlona que se dibujó en el rostro de Alejandro la hizo caer en cuenta de que podía haber sonado como si quisiera irse a la cama con él.

—Qui-i-ero decir, deberíamos descansar, al menos un ratico, ¿no?

Alejandro sonrió.

—Claro.

Antonia se sentó en el borde de la cama y lo observó: cada movimiento de su cuerpo parecía deliberado, casi lánguido. Él se quitó la chaqueta y la luz tenue de la habitación dejó ver la forma de su cuerpo. Sus hombros fuertes y la manera sutil como se le enmarcaban los músculos bajo la piel capturaron aún más la atención de Antonia, que no pudo evitar admirar cómo las sombras acentuaban su figura.

La mirada Alejandro se cruzó con la de Antonia en el espejo del armario, y una leve sonrisa se dibujó en sus labios. Avergonzada, se acomodó un poco; aferrada a los pliegues de su vestido, intentó calmar el fuego que sentía por dentro.

Antonia se dio cuenta de que, aunque fuera solo por un momento, iba a compartir la habitación con un hombre. Un hombre muy guapo, además. Hacía años que no compartía la cama con nadie. Si se enteraran las monjas, la despedirían sin dudarlo en un santiamén. No sería propio de una señorita compartir la cama con un desconocido. Y, aun así, su corazón lo anhelaba de tal modo que le producía tanta emoción como tormento; era un deseo oculto que solo podía abrigar en el silencio de la noche. ¿Y si, por una vez, dejaba de ser la jovencita de bien que todos esperaban que fuera?

Antonia no tenía ningún reparo con las relaciones sexuales. La parte física no le molestaba, le interesaba la intimidad y la manera en que podía entregarse por completo a otra persona. Bien fuera un desconocido o alguien con quien había salido un par de veces. Le gustaba que era algo que le permitía abrirse a otro sin reservas. Por un instante, se sentía liberada, salvaje, como una fuerza que nadie podía controlar.

Pero a pesar de que deseaba explorar su conexión con Alejandro más a fondo, se obligó a salir de la cama e ir hasta el banco que estaba junto al armario.

Antonia quitó su bolso de cuero y se sentó en la silla. Volvió la mirada hacia la cascada al otro lado de la ventana, intentando distraerse, y el recuerdo de su papá se le vino a la mente. Sintió el aguijonazo de la culpa. Llegó a pensar que lo había hecho él. No podía creer cuán confundida había estado, cómo la habían traicionado sus propios recuerdos.

Iba a enmendarlo. Era una promesa.

El sonido de las sábanas revolviéndose la hizo voltearse hacia Alejandro, que estaba acostado cómodamente de lado, con los ojos cerrados, y había sucumbido al sueño. Tal vez debía hacer lo mismo, si tan solo su mente le permitiera entregarse al cansancio que sentía su cuerpo.

Rechazó la tentación y volvió a deambular por el cuarto, hasta terminar una vez más frente al armario.

Le picó la curiosidad y lo abrió con cuidado. Dentro, un aroma a sábanas viejas y a perfume se mezclaba con el olor a humedad. Al apartar una pila de cobijas, su mano rozó algo: una caja de madera pintada a mano, oculta en parte bajo una gruesa capa de polvo.

Una chispa de esperanza iluminó sus ojos y, después de respirar hondo, Antonia levantó la tapa. En el interior, entre un montón de bufandas y guantes viejos, estaba la pequeña casa de muñecas que Estela le había regalado meses antes de que se mudaran al Salto.

Por un instante, la habitación pareció difuminarse hasta desaparecer; su mente la transportó a aquella tarde de domingo soleada cuando su mamá le dio la noticia de que se irían de Bogotá.

Antonia estaba sentada en el piso de su cuarto, rodeada de sus muñecas de porcelana y una estructura con forma de castillo que había construido con libros. Podía oler el aroma a pintura fresca y virutas de madera, que se mezclaba con el del chocolate caliente que preparaba Carmela.

Estela, que sonreía y llevaba un delantal, trabajaba en una mesita, pintando con cuidado el exterior de la casa de muñecas. La diminuta estructura era una réplica de la que pronto sería su nuevo hogar. Una lujosa mansión de cinco pisos, rodeada de naturaleza; un refugio lejos de la vida urbana. Un nuevo comienzo para su familia.

—Nona, mira —había dicho su mamá con dulzura—. Espero que esta casa te haga tan feliz como me haces tú a mí.

Los ojos de Antonia se llenaron de emoción.

—¡Ya quiero jugar con ella!

—Es una casita tan especial como tú —dijo Estela, con una sonrisa amplia y la voz cargada de amor—. Y ahora tenemos dos. Ambas son tuyas y tienes que cuidarlas.

Antonia volvió a concentrarse en la casa de muñecas. La pintura estaba descascarada, las ventanas empañadas de mugre, y colgaban telarañas de la estructura diminuta, lo que le daba un aspecto fantasmal. Las manos le temblaban mientras la sacaba con cuidado de la caja y la ponía en el suelo. Era más pesada de lo que recordaba.

Se arrodilló junto a ella, y observó los delicados muebles

en miniatura, ahora maltrechos: el papel tapiz descolorido; las minúsculas muñecas de porcelana, moldeadas a semejanza de su familia cuando todavía estaba completa, agrietadas; el salón decorado con muebles de terciopelo cubiertos de polvo y adornado con las pinturas muiscas de Estela; una chimenea grandiosa; el dormitorio, con un cubrelecho desteñido que cubría la cama en miniatura; la estantería que la rodeaba; el santuario de su mamá, con pilas de libros y tunjos.

Al abrir la puerta principal de la casita de muñecas, un escalofrío le recorrió la espalda. Sintió que el aire a su alrededor se enfriaba y la oprimía, como si la casita hubiera estado esperando su regreso. Le dolía el corazón, y una mezcla de nostalgia e inquietud se le arrastraba lentamente por el pecho.

Esta casa de muñecas había sido, en su momento, uno de sus juguetes más queridos. Pero ahora parecía la ventana a un pasado oscuro y lejano.

Las lágrimas se le empezaron a acumular en los ojos y un nudo se le formó en la garganta. Deseaba que todos hubieran sobrevivido como lo había hecho esa casa.

Antonia siguió explorando el interior pasando los dedos por las paredes diminutas hasta que dio con un compartimento oculto en la parte de atrás del salón, un espacio minúsculo que no recordaba haber visto nunca.

Se despertó en ella una enorme curiosidad y lo abrió. Dentro había un pedacito de papel amarillento con la letra de su mamá garabateada en él.

La emoción fue apoderándose de ella. ¿Podría ser que en esta casita le aguardaran también algunas respuestas?

5 de septiembre de 1931

Los encuentros se están saliendo de control. Se ha filtrado una sensación de desconfianza, que envenena los lazos inquebrantables que nos conectan unas a otras. Somos pájaros obligados a compartir la misma jaula estrecha. ¿Depende de mí tomar una decisión? ¿Me equivoqué al pensar que el propósito nos mantendría unidas? ¿Sanas? No. Y en cambio, nos acusamos unas a otras, dispuestas a clavarnos el puñal por la garganta. Hemos perdido el horizonte. Hemos olvidado dónde comienza todo, y dónde termina.

No estamos aquí por nosotras. Estamos para servirle a Ella.

Pero me cuesta liderar cuando el rebaño está disperso, cuando algunas se escapan con el zorro.

Quizás traje a las ovejas equivocadas. Tal vez soy yo la culpable de las grietas que se abrieron en la fortaleza. Podría repararlas. Podría sanarlas.

Pero tal vez el costo sería demasiado alto. Quizás ya perdimos la oportunidad de enmendarlo. Y lo único que me queda es abrazar al rebaño, obligarlas a que permanezcan juntas como un escudo, y anticipar el golpe que viene de frente.

◆——◆

Antonia dejó caer el papel chamuscado al piso. Miró a su alrededor, los objetos familiares estaban teñidos ahora de un horror inquietante.

¿Las ovejas? ¿El rebaño que se escapa con el zorro?

El miedo le oprimió el pecho, y empezó a respirar entrecortado. Le sudaba cada centímetro del cuerpo.

Las palabras que Estela había escrito con tanto miedo parecían haber quedado flotando en la habitación. Antonia releyó la nota en busca de algo, cualquier cosa que le hiciera contrapeso a los aterradores efectos del mensaje.

«Pero me cuesta liderar cuando el rebaño está disperso, cuando algunas se escapan con el zorro».

¿El zorro, podría ser un svetyba? ¿Y si alguien, una oveja cercana, que hacía parte del rebaño de Estela, se hubiera escapado con él?

Antonia repasó una y otra vez cada uno de los extraños acontecimientos que habían ocurrido esa noche, hasta que se detuvo en lo que había sucedido ahí afuera...

«Doña Pereira».

Antonia tenía razón. Doña Pereira estaba invocando svetybas. ¿Pero quién había empujado a su mamá? ¿O acaso era un acto que doña Pereira se había reservado para sí?

Las sombras en las esquinas de la habitación parecían moverse y estirarse, como si respondieran al miedo que se acomodaba en el pecho de Antonia.

Por el rabillo del ojo, captó algo, quizás una sombra o una luz tenue que la engañaba, y quedó paralizada. Se giró rápidamente mientras el corazón se le aceleraba, pero no había nada, salvo la habitación de siempre, imbuida ahora de una inquietante sensación de maldad.

La entrada del diario era un oscuro presagio del mal al que

su mamá tanto había temido. Estela había visto quién era de verdad doña Pereira, en quién se había convertido. Y Antonia también lo había presenciado hace apenas unos minutos.

Antonia se sintió atrapada por una inquietud que la condenaba a una noche de insomnio, enfrentada a una oscuridad que ya no podía ignorar más.

CATORCE

Antonia se recostó contra el respaldo blanco y aterciopelado de la cama, los párpados se le caían del sueño. Echó un vistazo al viejo reloj de péndulo que descansaba junto al armario: indicaba que solo había pasado una hora desde que habían entrado en la habitación 417. A su lado, Alejandro seguía acostado de lado, hacia la ventana, con la espalda desnuda y expuesta al viento que se colaba por la puerta de cedro, aunque eso no parecía molestarle. Su pecho subía y bajaba en silencio.

La luz que parpadeaba sobre la mesita de noche captó la atención de Antonia, los destellos amarillentos se sincronizaban con los golpes del agua contra el cristal de la ventana. Antonia sintió el cuerpo pesado, la cabeza y los hombros se le iban hacia adelante. Bajó la mirada hacia su regazo. Estaba envuelta en una larga bata blanca, manchada con pequeñas gotas brillantes de sangre. La nota que había escrito a mano, dirigida al svetyba, yacía arrugada sobre sus piernas. Veía las palabras desfilar ante sus ojos, una tras otra. Ahora podía leerlas, entenderlas, pronunciarlas. La boca se le movía, como si no pudiera controlarla; escuchaba el sonido de su propia voz.

Antonia, desesperada, intentó limpiar las manchas en la tela blanca con las manos y deshacerse de la nota.

Afuera, el agua golpeaba el vidrio cada vez con más fuerza, hasta que logró colarse en la habitación. Chorros de agua sucia comenzaron a deslizarse por las paredes, el agua se escurría por la habitación como si alguien hubiera invitado al Salto del Tequendama a entrar.

Intentó salir de la cama, pero algo la jaló de regreso y la clavó contra la cabecera. Presa del pánico, presionó las manos contra el colchón; arañando las sábanas, no podía hacer nada. Antonia giró la cabeza con esfuerzo, intentando mirar a Alejandro, temblaba desesperada. ¿Cómo podía seguir tan quieto?

Sintió que sus músculos se contraían cuando vio que el vestido se le empapaba de sangre. Su espina dorsal, aplastada contra la cabecera de la cama, enviaba punzadas de dolor desde el coxis hasta la base del cráneo. Al intentar liberarse, sintió que varias manos huesudas la agarraron, poniéndola en su sitio. Se retorció y gritó con fuerza...

Antonia se incorporó de golpe, jadeaba como si hubiera estado corriendo y luchando por su vida. Los resabios de la pesadilla se aferraban a su cabeza como una niebla espesa, mientras la escena de horror seguía repitiéndose en su mente.

Cruzó las piernas por el borde de la cama y se estremeció al sentir el piso frío; la temperatura contrastaba con el calor de su pesadilla.

Volvió a recorrer la habitación con la mirada: las ventanas estaban bien cerradas, el piso seco e impecable, ni rastro de las manos sucias que la empujaban y jalaban. Ninguna bata blanca. ¿Algo de eso había sido real? No recordaba haberse quedado dormida. El sueño, si es que eso había sido, la había llevado de regreso a ese lugar oscuro que visitaba últimamente en sus pesadillas.

Antonia sintió un deseo, una urgencia, algo que hervía dentro de ella. Más que libertad, lo que quería era venganza. Eso lo sabía. Con o sin svetyba. Haría que doña Pereira pagara por lo que había hecho.

Alejandro respiraba profundamente a su lado. Pensó en contarle lo que acababa de pasar. Hablarle de su nueva revelación. ¿Pero no sería mejor guardársela para sí misma?

No tuvo tiempo de meditarlo más. Un teléfono que no había notado antes, colgado detrás de la mesita de noche, sonó tan fuerte que hizo que Alejandro se parara de golpe.

Antonia quedó tiesa al escuchar el repiqueteo del teléfono; se planteó si debía contestar. ¿Los habían atrapado? Pero el sonido agudo y chirriante del teléfono le iba a romper los tímpanos si no contestaba. Así que estiró la mano, temblorosa; y se puso el auricular negro en la oreja. La música estruendosa amortiguaba la voz del otro lado.

Era alguien de la recepción.

—Señora Ospina, tiene una llamada. ¿Quiere que la transfiera?

Antonia se tardó un momento en responder. Había olvidado que Lina Ospina era el nombre falso que había usado para reservar la habitación.

—Sí, por favor. —Logró responder con la voz más clara y firme de la que era capaz. No podían arriesgarse a ser descubiertos.

Se obligó a calmarse y espero oír la voz del otro lado antes de decir algo más. Miró por un momento a Alejandro, que tenía los ojos puestos en ella, y se encogió de hombros.

—Aló, Nona...

La cabeza empezó a darle vueltas. Si Carmela la estaba llamando era porque algo había pasado. No la iba a llamar al hotel solo para saludarla.

En lo primero que pensó fue en su papá.

—¿Qué pasó?

—Vino León —murmuró Carmela—. Te está buscando como un loco.

De nuevo volvió a pensar en su papá. ¿Por qué otra razón la estaría buscando León?

A menos que...

—¿Qu-é-e pasó? —Antonia titubeó—. ¿Está bien mi papá?

—Tu papá está bien, pero León te está buscando. Pasó por la casa hace un rato y está que llama para ver si ya llegaste. Nona, dijo que tenía que hablar contigo para asegurarse de que no la estés embarrando. Está furioso. Dijo que tu papá no iba a volver a ver la luz del día a menos que lo dejes hacer su trabajo y metas a tu papá en un hospital. Cree que estás armando un escándalo y actuando como una niñita, y quiere verte antes de que hagas algo de lo que te puedas arrepentir para siempre...

Antonia sintió que se le hacía un nudo tenso en el estómago, un malestar se empezaba a acomodar en su interior.

—No le dije nada. Le dije que habías salido y no habías vuelto, pero no creo que se haya comido el cuento. Nona, creo que sabe que estás tramando algo...

Esas últimas palabras de Carmela le quedaron sonando. Si

León sabía o se imaginaba que estaban en la fiesta, Antonia y Alejandro estarían en serios problemas. Y no habría dónde esconderse.

—Te llamo porque tengo el presentimiento de que está yendo al hotel a buscarte. Vuelvan pronto por favor. Estoy preocupada por ustedes dos.

Antonia no podía regresar, por más que quisiera. Estaban atrapados en el Salto del Tequendama al menos hasta la madrugada.

—No podemos irnos, al menos todavía no. Si viene, me voy a asegurar de que ni él ni doña Pereira nos vean. Si regresa a la casa, dile por favor que no he vuelto todavía y que no tienes idea de dónde esté. Gracias por llamarme.

Luego, Antonia colgó el teléfono y se giró hacia Alejandro. No tenía que explicarle nada, ya sabía que estaban en serios problemas.

A León le iba a tomar al menos tres horas llegar al hotel, pero una vez ahí le contaría a su madre si es que ella no lo descubría antes, y no iba a ser muy difícil que encontraran a Antonia. Era hora de bajar al sótano de la casa. Era hora de enfrentar aquello por lo que había venido.

QUINCE

※───•───※

Antonia puso la oreja contra la puerta. Si querían evitar que los descubrieran, debían ser tan ágiles como un gato; aunque fueran casi las tres de la mañana y no esperaba que los otros huéspedes siguieran rondando por ahí.

Alejandro la observaba de pie, esperando instrucciones de su parte.

Justo en ese momento, se escuchó el estruendo de algo pesado que se estrellaba contra la pared, como si una repisa se hubiera caído al piso. Antonia tenía la sensación de que había algo grande en medio del pasillo, algo que provenía de los sótanos del infierno mismo, y que se dirigía directamente hacia ellos.

Sintió alivio en el cuerpo cuando cesaron los golpes, pero no duró mucho; de repente, empezó a oír susurros. Alguien estaba cerca. Volvió a poner la oreja contra la puerta. El sonido de su respiración le parecía ensordecedor, más fuerte incluso que los rugidos del Salto allá afuera.

Cuando Alejandro habló al fin, en su cara se dibujó un gesto de malestar.

—¿Qué fue eso? —dijo y se precipitó a su lado.

El ruido, fuese lo que fuese, cesó por completo.

—No sé —dijo ella—. Pero si hay algo seguro es que no podemos seguir aquí, tenemos que ir al cuarto de mi mamá.

Como si fuera una señal, volvió a escucharse el ruido, esta vez más fuerte. Venía de la puerta de al lado. Antonia podía oír con claridad las pisadas de algo que subía y bajaba la escalera de caracol, a paso decidido.

A Antonia y a Alejandro se les acababa el tiempo. Tenían que llegar al santuario de Estela de inmediato, ¡y encontrar lo que necesitaban para detener a doña Pereira! Antonia sabía que era ahí donde hallaría las páginas que faltaban de los diarios de su mamá. El lugar estaba lleno de referencias a los muiscas, a Bochica. Todas las entradas que Antonia había descubierto desde que había llegado a la casa tenían alguna relación con ellos.

Pensar en la anciana le hacía hervir la sangre. Volvió a prometerse que la haría pagar por llevar el svetyba a la casa... por contaminar la tierra... por matar a toda esa gente... por matar a Estela. Por sellar la desgracia de su familia. Solo esperaba que sus presentimientos sobre las entradas que faltaban fueran ciertos... y que allí estuviera la clave para matar al svetyba y expulsarlo para siempre.

Agarró a Alejandro del brazo, y lo acercó hacia ella.

—Escúchame, al final del pasillo hay una ventana. Creo que podemos salir por ahí. Es la que está más cerca a la escalera de afuera. La usaba todo el tiempo cuando era niña para intentar averiguar qué era lo que hacía mi mamá todo el día en su habitación...

Alejandro asintió y tomó un candelabro de hierro que estaba sobre el armario. Señaló las lámparas que colgaban detrás de ella, y Antonia extendió el brazo para alcanzar la llama y encender la vela blanca que tenía en la mano. Él agarró la otra vela y la encendió también.

No tenían tiempo que perder, así que Antonia abrió la puerta con cuidado. La luz de las velas era lo único que iluminaba el pasillo.

Sintió una oleada de náuseas. Gotas de sudor le cubrían la frente y la nariz, y una voz melodiosa resonó entre los arcos de piedra que había arriba.

Algo la llamaba por su nombre.

«Nona».

Por un momento se quedó paralizada.

—¿Oíste eso? —susurró.

—¿Qué cosa? —dijo Alejandro sin voltearse.

Antonia tragó saliva.

—Nada, sigamos.

«Nona», dijo la voz de nuevo, y esta vez se escuchó tan fuerte que resonó en cada centímetro de su cuerpo, y tuvo que detenerse.

«Nona».

«¡NONA!»

Ya no solo se escuchaba fuerte, la voz sonaba como un animal estrangulado. Antonia se llevó una mano a la boca y ahogó un grito, junto con la bilis que amenazaba con subírsele por la garganta.

Se sentía inestable y desorientada, le flaqueaban las piernas. Pero tenían que seguir caminando, tenían que llegar al piso de abajo. No podían atraparlos deambulando por ahí.

Alzó la mirada, pero Alejandro no estaba por ningún lado. Parecía que el pasillo se había estrechado a cada paso, y ahora la aprisionaba de manera ominosa. De las gruesas paredes, salían brazos huesudos cubiertos de barro seco, que amenazaban con agarrarla por ambos lados.

Antonia intentó agacharse para esquivarlos, pero no tenía adónde huir. Intentó correr, pero bajo sus pies descalzos se extendía ahora un camino de lodo espeso que cubría todo el suelo, y cada paso que daba era más pesado y lento que el anterior. Trató de taparse con su abrigo, pero un dolor agudo le recorrió todo el cuerpo, como si la estuvieran electrocutando. Pegó un grito, se sentía derrotada y desesperada a medida que la baba viscosa se deslizaba hacia ella.

«¡NONA! ¡NONA! ¡NONA!».

Era una voz dura y carrasposa.

Antonia pasó del shock al miedo y del miedo al horror.

Lo siguiente que escuchó fue la voz de Estela. Ligera, suave, como un abrazo cálido.

«Nona, ¡bienvenida a casa!».

—¿Mamá? —se le quebró la voz. No pudo contener las lágrimas que corrían por sus mejillas.

Pero no obtuvo respuesta.

Antonia cerró los ojos y en ese instante, le cayó encima una tristeza que obturó todo a su alrededor.

La voz de Alejandro se colaba desde lejos, pero no lograba determinar si era verdad que lo escuchaba; si él había estado ahí todo este tiempo.

—Antonia —la llamó—. Antonia, por favor, ¿qué está pasando?

Antonia forzó la vista, intentando recuperarse y distinguir el rostro de Alejandro, que estaba tan solo a unos centímetros del suyo. ¿De verdad estaba él ahí con ella? ¿Estaba a salvo?

—Antonia, por dios, di algo. Aquí estoy. —La sacudió de los hombros. La voz de Alejandro sonaba extraña, como si ya no fuera suya.

Antonia todavía tenía la cabeza revuelta, sentía como si estuviera ahí y al mismo tiempo en otro lugar.

«Nona».

«¡QUÉDATE!».

De nuevo, Antonia se detuvo en seco. La voz que la llamaba se acercaba cada vez más y se hacía más fuerte; se rehusaba a dejarla ir. Por instinto, se puso las manos en los oídos, intentando silenciarla. Ahora escuchaba varias voces, y todas ellas pertenecían a una sola persona: su mamá.

¿Podía quedarse en ese lugar? La casa no la soltaba y el svetyba seguía persiguiéndola, ¿por qué mejor no entregarse y ya? Estaba cansada de sacrificarse a sí misma. Cansada de no recibir nada a cambio. De buscar la luz cuando lo único que había a su alrededor era una oscuridad cegadora. Una oscuridad contra la que ya no estaba segura de poder luchar. Quizás, después de todo, ahí era adonde pertenecía. Y respecto al poder, haría cualquier cosa por conseguirlo. Era algo que un svetyba podría concederle.

«¡No! ¡Resiste, Antonia! Esto no es lo que quieres. ¡Te está engañando! Controla tu mente. No la dejes entrar».

Antonia escuchaba voces, murmullos, en su cabeza. El svetyba la estaba manipulando, jugando con sus emociones y deseos. Antonia no iba a permitirlo. Lo expulsaría, aunque fuera lo último que hiciera en la vida.

Alejandro debió notar sus ojos vidriosos, su mirada perdida, porque dijo:

—Oye, no lo escuches. Lo que sea que estés viendo o escuchando no es real. Estoy aquí contigo. Tenemos que irnos.

Antonia dejó que Alejandro la rodeara por la cintura y no opuso resistencia cuando él la atrajo hacia sí, de vuelta a la seguridad que les ofrecía el pasillo desierto.

Luego, una voz familiar, una muy real, les llegó desde abajo.

—Es hora. Encuéntrala y tráemela. —La orden de doña Pereira sonó fuerte y clara, quebrando el silencio alrededor.

Antonia volteó a mirar a Alejandro, que se quedó tan quieto como ella.

Ahora que los buscaban, no había manera de que lograran atravesar la ventana y llegar hasta el cuarto de Estela.

—Antonia, ella...

—Vamos por el ascensor.

El ascensor estaba fuera de servicio para los huéspedes, sobre todo, por seguridad, pero Antonia lo había usado antes sin problema.

Rápidamente, Antonia agarró a Alejandro del brazo y lo jaló para que la siguiera. Tendrían que salir por la ventana e ir hasta el viejo ascensor que estaba afuera. Si aún funcionaba, en cuestión de minutos llegarían al sótano, al único lugar donde nadie los encontraría.

El santuario de su mamá.

DIECISÉIS

◆——•——◆

El ascensor estaba exactamente igual a como Antonia lo había visto la última vez. Las manijas de hierro estaban oxidadas, y la vegetación había entrado y amenazaba con devorar la estructura en forma de caja. Los azulejos blancos del interior, ahora ennegrecidos, estaban cubiertos de musgo y polvo.

El viento sacudía a los encenillos silvestres que se extendían por las montañas de los Andes e intentaban alcanzar con sus ramas el cielo encapotado.

Antonia se acercó un poco más, agarró la manija y deslizó la puerta de hierro hacia un lado; se escuchó un chirrido. Se apretujaron dentro, y Antonia movió la polea que había en el suelo hacia un lado. Se sintió aliviada cuando el ascensor comenzó a descender. El agua seguía golpeando las rocas, y agradeció que el sonido de la cascada amortiguara los chirridos agudos que emitía el ascensor al bajar.

Cuando el ascensor se detuvo, Antonia reconoció el paisaje. Estaban en lo profundo de la montaña. El santuario de

Estela estaba a tan solo unos pasos. Si alguien quería encontrarlos, tendría que descender por la roca hasta llegar al piso de abajo.

En medio de la oscuridad, entrecerró los ojos; lo único que se veía era la luz tenue de las velas que parpadeaban. Con un movimiento rápido, sacó las llaves del bolsillo derecho de su abrigo mientras su mano izquierda buscaba a tientas el candado.

Finalmente lo encontró, y le dio vuelta a la manija de la puerta, que emitió un satisfactorio «clic». La puerta era pesada, y con ayuda de Alejandro, la empujaron para abrirla.

Los recibió un aire helado que les atravesó la ropa y les caló hasta los huesos. Antonia dio un paso dentro antes de que pudiera cambiar de opinión. Cada rincón de la habitación estaba impregnado con el aroma de su mamá, y Antonia sintió cómo la presencia de Estela envolvía el espacio.

La amplia habitación estaba adornada con lámparas de pared decoradas con intrincados diseños muiscas y figuras de Bachué. Una larga mesa de cedro, con diez sillas alrededor, se extendía casi hasta ambos extremos del cuarto, y en todas las paredes colgaban pinturas de su mamá. Encima de la silla con forma de trono que había al final del cuarto había unas repisas en las que descansaba una parte de su colección de tunjos dorados, lo que creaba una atmósfera majestuosa y serena.

Ese espacio, que Estela había cuidado con tanto amor, resultaba para Antonia reconfortante y doloroso a la vez.

Al sentarse en la silla de Estela, los ojos se le llenaron de lágrimas. La manta que estaba ahí, tan suave y calientita, conservaba todavía un leve aroma a los aceites esenciales que usaba su mamá. Antonia la apretó contra su pecho, y dejó que las lágrimas corrieran libremente.

Pero después de unos minutos, la tristeza y el dolor que sentía se transformaron en algo más complejo. Un pensamiento se arraigó en su cabeza: el cuarto, construido de una manera tan meticulosa y cuidado con tanto cariño, era la prueba de que su mamá prefería la soledad; prefería este refugio silencioso y puro, mientras descuidaba, al parecer, las necesidades de Antonia.

Se paró de golpe, y empezó a caminar por el cuarto cada vez más agitada, hasta llegar la estantería de la entrada. Estaba hecha de una madera de nogal oscura, y los estantes estaban adornados con grabados dorados y delicados de la serpiente muisca y el bastón de Bochica. Quizás podía encontrar más diarios de Estela ahí, tal como había sucedido el día de la inauguración en una de las habitaciones de arriba.

Al inspeccionarla más de cerca, Antonia pudo verle unas rayas: la madera de nogal era un poco más clara donde estaba abollada. Pasó los dedos por la superficie rugosa, y pensó que esa aspereza hacía que la estructura fuera más interesante. Las marcas eran como las cicatrices de las personas: pistas para una historia más amplia.

Le llegaba un olor a madera con un toque a vainilla, y sus ojos recorrían los lomos de cuero de los libros que estaban en las repisas. La colección era bastante variada: había desde unas primeras ediciones de Jane Austen hasta libros sobre la cultura y mitología muisca, ocultismo y sectas.

Antonia se dio la vuelta para alcanzar el candelabro, y notó que Alejandro examinaba los tunjos.

—Mi mamá los coleccionaba —le dijo—. Eran caros. Nunca supe de dónde los sacaba.

—No creo que simplemente los coleccionara...

Antonia se sintió intrigada de repente.

—¿Cómo así?

—Estos son el tipo de tunjos que los muiscas usaban para fines rituales. —Alejandro tomó uno de la repisa con cuidado.

—Mi mamá siempre me contaba historias sobre el Salto y los muiscas. Siempre me pregunté cuánto de todo eso era verdad y cuánto eran inventos suyos.

—Yo creo que, más que contarte historias, te estaba preparando para lo que ella pensaba que era tu misión...

¿Su misión?

¿Podría ser el deber que debía cumplir, del que hablaba en sus diarios?

—No te dije nada de esto antes porque no estaba seguro. Pero, por lo que me contaste, y lo que he presenciado... Creo que tu mamá quería que fueras una Hija de Bochica. —Alejandro bajó la mirada—. Ella era una Hija de Bochica.

»Al comienzo, pensé que estabas mintiendo, que me lo estabas escondiendo porque se supone que es un secreto, así que te seguí la corriente. Decidí que no te diría nada más, a menos que lo mencionaras, pero no tardé en darme cuenta de que en verdad no lo sabías.

Antonia no sabía qué decir, estaba aturdida. ¿Su mamá era Hija de Bochica, la diosa de los muiscas?

—Tu mamá era la líder de una secta, las Hijas de Bochica. Un grupo de mujeres que se consideraban las encargadas de cuidar este lugar, de cuidar el Salto, de aquellos que querían corromper la tierra... Esta habitación era el lugar donde solían reunirse. Seguramente es esa una de las razones por las que tu madre no te dejaba entrar y por la que tu padre cerró este lugar cuando ella murió.

»Después de que falleció tu abuela, tu madre quedó a cargo. Doña Pereira y tu abuela la habían dirigido desde entonces. Las integrantes eligieron a tu madre en lugar de a doña Pereira porque era joven, llena de vida. Y porque tenía un esposo arquitecto que podía construirles su propio altar. Estela era demasiado joven cuando la nombraron líder. La Lideresa. Fue por eso que tu madre quería vivir aquí y la razón de que tu padre le construyera este lugar...

—No, no. A mi mamá le gustaban la historia y el trasfondo cultural del Salto... Era fanática. ¿Pero de ahí a ser la líder de una especie de... secta? Imposible. ¡No es cierto! Era simplemente un grupo de mujeres con ideas similares. Mujeres que rompían las reglas.

«Las ovejas».

«El rebaño».

«La oveja que se escapa con el zorro...».

—Tú papá construyó esta casa porque la amaba —continuó Alejandro, ignorando el exabrupto de Antonia—, pero también porque sabía la verdad. Ella tenía más o menos tu edad cuando tuvo que asumir ese puesto, encargarse de proteger el lugar.

—¿Protegerlo de quién?

—De aquellos que han corrompido la tierra durante años. Antonia, sabes que esta tierra es sagrada para los muiscas. Está cargada de energía, buena y mala. Los nigromantes, los practicantes, vienen aquí para llevar a cabo todo tipo de rituales para canalizar la mala energía, como el que vimos hace unas horas. Estás sentada sobre un cementerio, el lugar perfecto para invocar a los muertos...

El sonido de la sangre que le latía en los oídos amortiguó por un momento las palabras de Alejandro.

—Hay que mantener cierto equilibrio —continuó—. Este lugar no es de por sí maligno, para nada. No siempre estuvo embrujado: las apariciones empezaron cuando se rompió el equilibrio, cuando la gente empezó a despertar a los espíritus. Y se puso peor cuando los svetybas...

—¿Esto también es parte de tu trabajo? ¿Sabes todo esto por las investigaciones que has hecho?

Alejandro negó con la cabeza.

—Mi mamá... también era una de ellas.

¿La madre de Alejandro también pertenecía al grupo de Estela?

Hubo una pausa momentánea, un silencio sepulcral cayó entre los dos después de la confesión de Alejandro.

—Entonces nuestras madres... ¿trabajaron juntas? —Antonia recordó lo que Carmela le había dicho sobre Alejandro, que se conocían de antes. Su mamá era amiga de la mamá de Antonia, y habían dejado de verse después de que la mamá de Alejandro falleciera. Antonia tenía muchas preguntas, pero había asuntos más urgentes por resolver.

—Hacían magia para proteger el lugar y mantener ese equilibrio. Tu madre... tenía una misión...

—¿Una misión? —lo interrumpió Antonia, recién se daba cuenta de algo.

¿Qué las hacía pensar que eran mejores que el resto de la gente que venía a extraer energía de la tierra? Mi mamá lo decía en sus diarios... sabía que la tierra estaba contaminada, pero aun así quería apropiarse de ella. Quería autoproclamarse su protectora. Pero ¿y si el lugar no necesitaba protección, de ella ni de nadie? ¿Y si lo único que quería era que lo dejaran en paz?

Antonia se sintió profundamente decepcionada. ¿Qué más sabía él que no le estaba contando?

—¿Qué más sabes de ella? ¿Por qué no me lo dijiste antes? —Se le quebró la voz—. Te conté mucho más de lo que le he contado a nadie. Y tú sabías todo esto y no me dijiste ni mierda.

—Ya te dije. No sabía que no estabas al tanto de lo de tu madre. Ni de los svetybas, ni de que el lugar estaba embrujado. No tenía ni idea...

Antonia abrió la boca, pero Alejandro la interrumpió antes de que pudiera decir algo.

—Antonia, no sé si entiendes lo que te estoy diciendo... ¡Eres la siguiente en mando!

DIECISIETE

~~~~~~~~~~~~~~~~~~~~~~~~~~~~~~~~~~~~~~

Las palabras de Alejandro le daban vueltas en la cabeza. Sonaban absurdas, lejanas, algo disonantes. Quería hablar, decir algo, pero había perdido la capacidad de hacer cualquier cosa que no fuera procesar lo que acababa de oír.

¿Era la siguiente en mando? ¿La siguiente para hacer exactamente qué? Y fuese lo que fuese, ¿sería capaz de hacerlo? Le sorprendía sentir que la arrasaba una extraña emoción. ¿Podría restaurar el equilibrio y cumplir el destino que Estela, por debilidad, no había conseguido llevar a cabo? ¿Tendría al fin un rol en ese pueblo que no fuera cuidar niñas en la escuela?

Antonia empezó a imaginarse a sí misma como líder del consejo de la ciudad. Se imaginaba diciéndole a la madre Asunción qué hacer con sus oraciones. Pero las imágenes se desvanecían tan pronto como llegaban.

«¿Qué le quedaría debiendo a la casa a cambio de mi libertad?».

Los gruesos antebrazos de Alejandro descansaban sobre la

mesa larga y angosta. Tenía los ojos fijos en ella; parecía que la interrogaba, la evaluaba, con la mirada.

Cuando Antonia por fin logró hablar, la voz se le entrecortó.

—No quiero ser parte de esto. No tengo ganas de continuar ese trabajo maligno que mi mamá y sus amigas hacían solo para obtener poder. Para sentirse superiores. No tenían derecho a tomar estas tierras.

Alejandro negó con la cabeza.

—No se trata de eso. Trataban de proteger a Bochica, de proteger la tierra. Tú eres ahora la encargada de protegerla... debe ser por eso que el lugar, que la casa, te da la bienvenida, como si supiera que estás aquí.

Antonia temblaba de la frustración. Alejandro no se daba cuenta de que el sitio que debía ser su hogar la había atormentado por años. Que ella nunca había querido nada de esto, que lo único que sentía era rabia y resentimiento. Antonia no quería protegerlo.

—¿Me da la bienvenida? ¿Tú crees que soy bienvenida aquí? Fue una pesadilla. Nunca me gustó vivir aquí. Las paredes me hablaban, me contaban secretos en las noches. Podía escucharlas susurrándome al oído cosas que no quería escuchar, que no quería saber. No supe lo que era dormir sin interrupciones hasta que me fui y pude volver a dormir; aquí nunca pude hacerlo. Intentaba dormirme y este ser, esta cosa...

Nunca le había contado a nadie sobre la vieja barbuda. Las palabras se le escapaban de la boca antes, sin que pudiera retenerlas. ¿Por qué su mamá la había sometido a eso?

—Me despertaba todas las noches. Sentía una presión en

el pecho cuando intentaba dormirme; y, cuando finalmente lo lograba, lo único que veía era a una mujer barbuda con una guadaña, mirándome con esos ojos rojos desde la esquina de mi cuarto. Quizás ni siquiera era una mujer. No sé. Pero sé que era un svetyba. Ahora estoy segura. Así que no, Alejandro. No soy bienvenida en este lugar y no está entre mis planes quedarme aquí.

Antonia recuperó lo que le quedaba de voluntad, y volvió a fijar su atención en las estanterías. La única ventaja de la historia que acababa de contarle Alejandro era que ahora tenía la esperanza de que su madre supiera cómo detener al svetyba... o de que al menos conociera un hechizo, o algo que pudiera expulsarlo.

Empezó a hurgar en una pila de libros que estaba junto a la estantería. Sus manos se movían más rápido que su mente.

—Te puedes quedar ahí parado, reflexionando sobre la leyenda de nuestras madres, o podrías pasarme alguno de esos libros.

Alejandro se sentó junto a ella y sacó algunos libros del montón poniéndolos con cuidado en el suelo.

Antonia hojeaba las frágiles páginas, desesperada, tenía el ceño fruncido por la angustia. Respiraba entrecortadamente, sentía el pecho oprimido por la urgencia de encontrar los diarios de Estela. Sus ojos saltaban de una línea a otra mientras sus dedos recorrían los bordes gastados de los tomos viejos.

Alejandro trabajaba a su lado; su actitud serena contrastaba con la energía frenética de Antonia. Revisaba la pila de libros e intentaba seguirle el ritmo.

—Mira esto —le dijo a Alejandro. El nombre de su mamá había sido grabado con delicadeza sobre el lomo de un diario encuadernado en cuero.

«Estela Rubiano».

Un escalofrío le recorrió el cuerpo mientras sus manos desataban el lazo empolvado que mantenía unido el diario. Se agachó en el suelo y puso el cuaderno frente a ella. Alejandro hizo lo mismo; tenía el candelabro en la mano y alumbró con cuidado el libro abierto.

Antonia miró las páginas, llenas de apuntes con la letra de Estela. La tinta se desvanecía lentamente, estaba corrida en algunas partes, pero ella habría reconocido la letra de Estela en cualquier lugar.

Algunas páginas tenían fotografías pegadas con cuidado, acompañadas de pequeños pies de foto. Una de ellas mostraba a Antonia de pie en el balcón de su mamá, mirando hacia la cascada. Al lado, había una de Antonia de bebé; luego, otra en su fiesta de quince años.

Leer las notas debajo de cada foto fue suficiente para que las lágrimas volvieran a correrle por las mejillas.

«Mi amor, eres la niña más inteligente que conozco. Si te vieras como yo te veo a ti...».

Antonia pasó los dedos por cada una de las palabras, le ofrecían algo de consuelo, un consuelo que no pensaba que necesitaba hasta que leyó las frases que Estela había escrito para ella. Se detuvo en cada línea, y las releyó una y otra vez, como si quisiera asegurarse de que existían de verdad. Como si así pudiera confirmar que lo que había sentido su madre era real.

Se limpió las lágrimas de las mejillas y abrió la boca para decir algo, pero luego volvió a cerrarla.

Alejandro le puso la mano con delicadeza en la espalda.

—Oye, está bien. Tómate tu tiempo.

Antonia dejó caer las lágrimas para no ahogar sus emociones, pero siguió pasando las páginas, viendo las fotos de su papá, de Carmela, y de su abuela fallecida. Quería quedarse con ese diario, quería que los garabatos de su mamá la consolaran en esas noches largas en las que solía llorar hasta quedarse dormida.

Mientras hojeaba los recuerdos de Estela, una página en particular le llamó la atención.

—Mira —Antonia señaló una foto pegada firmemente, bajo el título «Las Hijas de Bochica».

«¿Podrían ser...?».

—Esa es mi mamá —dijo Alejandro, señalando a la mujer que estaba de pie junto a Estela.

La mamá de Alejandro era la más alta entre el grupo de mujeres. Rizos negros le caían sobre los hombros, y algunos mechones de pelo le enmarcaban el rostro, tal como la melena alborotada de Alejandro. Su madre, y las otras mujeres, sonreían ampliamente. Todas llevaban vestidos iguales, sencillos y de corte bajo. En el fondo estaba el Salto del Tequendama.

Antonia repasó los rostros de cada una. Eran las amigas de su mamá, las que solían visitarla con frecuencia.

—Entonces, ¿todas estas mujeres están...?

—¿Muertas? —Alejandro se adelantó a lo que Antonia quería decir, y volvió a mirar la foto del grupo—. Sí. La única que queda viva es doña Pereira.

Antonia siguió hojeando el resto del diario, buscando algún indicio, algo...

De pronto, sus ojos se fijaron en una hoja de un color que le resultaba familiar, estaba escondida entre las páginas. Contuvo el aliento. Sacó el papel, y abrió los ojos con una mezcla de esperanza y desesperación.

31 de octubre de 1931

He perdido a mis hermanas, una por una. A ocho. Para siempre. Primero, fue Teresa. No debí escuchar las quejas. Eran puros chismes, inventos malintencionados. Luego, Esperanza. A Margarita, a quien quería nombrar de sucesora para liberar a Antonia de esa responsabilidad, la encontraron muerta en su bañera en Bogotá.

A todas menos a una. Eleonora fue la única que quedó en pie. Tenía sentido que le entregara el poder a ella, pero me daba miedo que sus intenciones ya no estuvieran alineadas con nuestro propósito.

Eleonora levantó el velo por su propia voluntad e invitó a entrar a la criatura más maligna de todas. Nuestra fortaleza... las puertas estaban abiertas de par en par, y no encontré la fuerza o la voluntad que necesitaba para luchar. Antonia no está lista y, francamente, no sé si algún día vaya a estarlo.

Es mejor que yo. Se merece algo mejor.

No quiero heredarle esto. No quiero que camine sobre esta tierra maldita. Que tenga que dedicarse a ella. ¿Para qué? Para nada. No pude proteger a mis hermanas. No pude proteger a mi familia. El svetyba. No soy lo suficientemente fuerte como para expulsarlo. Y me rehúso a vivir una vida con él al acecho. No quiero poner a nadie en riesgo. A Antonia, a Carmela o a Ricardo.

No.

¿Cómo podría detenerlo antes de que venga por mí?

No me queda mucho tiempo. Bochica, por favor, revélame tu camino.

—Mamá estaba acorralada —dijo Antonia sin ninguna emoción en la voz—. Nadie pudo ayudarla. El svetyba la alcanzó antes de que encontrara una salida.

Antonia sentía un torbellino de emociones. Pero, después de esta revelación, también experimentaba algo de alivio. Al menos, Antonia no había sido la responsable de invocar la oscuridad que se había llevado a Estela. Con o sin svetyba, Estela la había amado.

—Antonia, ¿de qué estás hablando?

—Doña Pereira le está entregando esas almas al svetyba —La idea se le escapó de los labios. Las piezas sueltas finalmente empezaban a encajar—. Creo que... No, estoy segura de que fue ella quien invocó al svetyba, a la criatura que tiene a esta casa embrujada. Empecé a sospecharlo después de que nos encontramos con ese ritual horrendo, y sobre todo porque, mientras dormías, encontré otra de las entradas del diario de mi mamá. Pero esta, esta que tengo aquí, lo confirma. Mira esto y dime si no tengo razón.

Antonia le pasó la entrada a Alejandro y esperó con paciencia a qué él la leyera... una vez, y luego dos veces.

—Puede ser que tengas razón, Antonia. Tiene sentido, ¿no? Doña Pereira traicionó al grupo en el momento en que lo invocó. Se deshizo de todas —continuó Alejandro.

Una furia intensa le encendió el rostro. Sus pasos retumbaban en el suelo mientras caminaba de un lado a otro, errática, desbordada por la rabia.

¿Cómo pudo haber estado tan ciega? ¿Cómo no lo había visto antes?

—Hablando de deshacerse de cosas, ¿qué tal si nos deshacemos del svetyba? Doña Pereira invitó al mal a entrar, ¿cómo puedo...? En fin, lo que importa ahora es que doña Pereira no se vuelva a salir con la suya. No voy a permitirlo, aunque sea lo último que haga. Con todo lo que hemos encontrado hasta ahora, creo que tenemos un caso fuerte y podemos sacar a mi papá de la cárcel. No voy a permitir que sea castigado un día más por los crímenes que ella ha cometido. Va a pagar por todo lo que hizo, por tu madre, por la mía, por todas esas otras mujeres, y por las personas inocentes que vinieron después...

A Antonia le brillaban los ojos, intentaba lidiar con todas las emociones que sentía. Ya no podía proteger a su mamá, pero vengaría su muerte.

Alejandro, que hasta entonces había apretados los labios, habló de nuevo:

—Si no clausuramos el hotel, si no revelamos lo que está pasando aquí, va a haber más muertos. La masacre no va a parar, el svetyba siempre estará sediento de almas.

Antonia se secó las lágrimas del rostro. Pero antes de concentrarse por completo en doña Pereira, había un asunto del que debía ocuparse: necesitaba eliminar al svetyba.

Tenía que haber algo más. Algo que se les hubiera escapado. Estela mencionó que le habían faltado la fuerza y el conocimiento necesario para expulsarlo. Podía ser que Antonia no tuviera la fuerza, pero estaba llena de rabia. Se aferró a la esperanza de que con eso fuera suficiente.

DIECIOCHO

>——•——<

El tiempo corría en su contra, y ya habían desperdiciado varios minutos preciados buscando respuestas sobre cómo detener al svetyba. Justo cuando estaban a punto de salir, entre los tomos que quedaban, Antonia alcanzó a ver un libro titulado *El mal en los tiempos de Bochica*. Lo agarró y hojeó el índice con rapidez.

En el interior, una imagen se desplegaba sobre dos páginas. La acuarela se había desteñido casi por completo, pero algunos trazos aún permanecían. La criatura tenía los labios cosidos con puntos. Ojos rojos. Una guadaña. Tenía el rostro cubierto casi por completo por un velo fino. Una túnica desgastada.

Antonia supo enseguida lo que era.

Guardó el libro con cuidado en su bolso. Sí, tenía que encontrar la manera de deshacerse de eso que la perseguía, pero sacar a su papá de la cárcel era aún más urgente, sobre todo ahora que había reunido la evidencia suficiente como para probar su inocencia.

Se cruzó por el pecho el bolso color mostaza, y guardó con

cuidado un par de los diarios de Estela. Giró con delicadeza la manija plateada de la puerta, y asomó con precaución la cabeza. El tenue resplandor de la vela titilaba con la brisa que se colaba en el pasillo. De repente, escuchó un bullicio fuerte y levantó la mirada. Con el cuello tenso y los ojos bien abiertos, Antonia examinó la zona, intentando averiguar si alguien —o algo— se acercaba. Un crujido en la hierba al pie de la casa la hizo avanzar a toda prisa, pero, para su sorpresa, no había nada ahí. El bullicio no volvió a oírse, aunque por dentro sentía cómo algo se le tensaba en el estómago, como si adentro tuviera una cuerda estirada al límite. Si alguien estaba acercándose, tenían que moverse rápido.

—Estamos casi en el bosque. Ese sonido pudo haber venido de cualquier lado —dijo Alejandro intentando tranquilizarla.

Pero ella sabía qué había escuchado. No había sido solo un crujido, también había oído voces humanas.

Alejandro la siguió y cruzaron el umbral hacia el angosto pasillo que los llevaba de vuelta al viejo ascensor. Antonia sintió que una oleada de miedo le recorría el pecho. Para ayudarse se enderezó y echó los hombros hacia atrás, como solía hacer su mamá.

Antes de que pudiera arrepentirse, Antonia movió la polea del ascensor y pronto comenzaron a descender aún más por la roca, hacia la parte más profunda del Salto.

Al fondo, el bosque parecía otra forma de la noche y la vegetación estaba envuelta en un terciopelo blanco. Los nogales y los encenillos silvestres estaban rodeados por una neblina muy ligera, y la corteza de sus troncos, de un marrón oscuro, estaba cubierta de grietas retorcidas. Antonia alzó la vista; la casa allá arriba, con su techo, se veía borrosa como una acuarela antigua.

Aunque la casa daba a la cascada, Antonia nunca había estado —al menos no por voluntad propia— en el denso bosque que se extendía justo debajo. Estela siempre le había advertido sobre los peligros que acechaban ahí.

En el bosque se escuchaban los ruidos de un sinfín de fantasmas nocturnos, seres que se movían tranquilamente bajo el abrazo de la noche sombría y el ritmo atronador de la cascada. Alejandro puso su ojo derecho en la cámara y disparó.

—¿Qué estamos buscando aquí? —preguntó.

Seguía mirando a través del lente. Por un instante la luz del flash iluminó el bosque.

—Un montón de cuerpos en descomposición —murmuró Antonia—. Los cuerpos de los que doña Pereira y su secta nigromántica se tuvieron que haber deshecho. No solo tenemos que sacar a mi papá de la cárcel, también tenemos que alejar a la gente de aquí. Tienes razón, el hotel, este lugar, tiene que clausurarse. Si encontramos esos cuerpos tendremos más evidencia.

—¿Cómo así?

Antonia soltó un suspiró, y permaneció un momento en silencio, como si quisiera encontrar las palabras exactas. Finalmente dijo:

—Este lugar le hace daño a la gente. Si el svetyba tiene alguna relación conmigo, con nosotros, con este lugar... tú mismo lo dijiste, si los espíritus malignos siguen cruzando a este lado, nadie nunca estará a salvo. Ya sea que los traiga doña Pereira o alguien más.

»Era en serio cuando dije que mi plan no era tomar el papel de la nueva Lideresa. Sí, puede que esta tierra sea sagrada, así que tiene que protegerse... pero no somos nosotros, los vivos, sus protectores. Somos demasiado codiciosos, estamos demasiado corrompidos. Los muiscas pueden proteger su tierra ellos mismos. No nos pertenece. Mi mamá y su grupo... esa secta, puede que la hayan formado con buenas intenciones, pero ellas eran, son, parte del problema. No voy a quedarme con los brazos cruzados sabiendo que puedo hacer algo. Mi papá debía saberlo, lo de los espíritus, lo de la tierra y lo maldita que estaba.

—Antonia no estaba segura de esto último. Su mamá siempre había sido muy misteriosa, así que a Antonia no le sorprendería si Ricardo no sabía la historia completa.

—Trató de advertirme cuando fui a visitarlo y no lo escuché. Tenía muchas dudas, lo acusé, y por un instante realmente pensé que se había vuelto loco y había matado a toda esa gente. Nunca voy a perdonarme haber dudado de él.

Con cada pisada, los zapatos de cuero de Antonia se hundían más y más en el barro, a medida que ella y Alejandro se adentraban en el bosque a través del improvisado sendero. Alejandro le ofrecía la mano que tenía libre, y ella la aceptaba con toda la elegancia que podía. Se preguntaba qué estaría pasando en el hotel, si doña Pereira y León estaban detrás de ellos.

—El Lago de los Muertos —dijo Alejandro y señaló con su vela el cuerpo de agua que se extendía a unos metros.

No era precisamente un lago, pero ese era el nombre que los

lugareños le habían dado a la formación de agua que se producía donde el Salto se encontraba con las rocas a sus pies. Ahora que sabía que había vivido sobre un cementerio la mitad de su vida, a Antonia le pareció que era el nombre apropiado.

Sintió una oleada de náuseas; antes, el Salto del Tequendama no era más que una depresión de la que emanaba un repugnante olor a podrido que contaminaba el aire que respiraba. Pero ahora, comprendía que todo este tiempo lo que había llenado sus pulmones era el hedor mismo de la muerte.

El viento sacudía las ramas mojadas de los encenillos marchitos que se extendían sobre la podredumbre del bosque. Antonia rodeó con su mano el candelabro para proteger la llama que temblaba y estaba a punto de apagarse.

Siguió a Alejandro, que se abría paso a través del sendero. Su figura resaltaba como una silueta oscura entre el torbellino de bruma. Tenía el rostro ensombrecido por la gravedad del momento, pero había algo más suave en la forma como caminaba: una sutil fragilidad que parecía delatar el caos que había en su interior.

Alejandro parecía ser de esos hombres que escondían bajo un disfraz sus emociones, una fachada de la que no es fácil deshacerse, y hoy ese disfraz debía parecerle particularmente pesado. Había descubierto que doña Pereira era la responsable de la muerte de su madre... se la habían arrancado, tal como le había ocurrido a Antonia con Estela.

Compartían ahora un silencio cargado de una comprensión tácita, de una empatía que se había forjado a partir de la misma pérdida devastadora.

Antonia se detuvo en seco, no podía evitar preguntarle. No

sabía si era el momento adecuado o si Alejandro le respondería algo, pero las palabras salieron de su boca antes de que pudiera detenerlas.

—Tu mamá... murió a manos de la secta. ¿Fue también por eso que decidiste ayudarme? ¿Para encontrar respuestas a tus propias preguntas?

Alejandro no la miró, simplemente siguió caminando y permaneció en silencio.

Antonia abrió la boca para decir algo, pero se había quedado sin palabras. No estaba segura de poder emitir sonido alguno. Debió haber mantenido la boca cerrada.

—Empecé a trabajar en investigaciones paranormales por ella. Durante años quise saber qué había pasado. Dejaron sus cenizas en la puerta de nuestra casa un mes después de que desapareciera. Nunca me lo creí. Cuando mi tía me contó lo que hacía en la secta, cuando me contó esa historia, no pude evitar pensar que el Salto del Tequendama debía guardar las respuestas que buscaba. Mi tía trató de convencerme de lo contrario, y en últimas fingí que había dejado el asunto atrás. ¿Pero cómo iba a hacer eso? Necesitaba un cierre. Sabía que la casa tenía las respuestas que estaba buscando. Así que me metí de lleno en una investigación que me llevó a trabajar en la emisora y que, en últimas, me trajo hasta aquí.

En ese momento Antonia supo que la historia que él buscaba con tanto empeño era su propia historia. La de su madre.

Antonia apuró el paso detrás de él y le tomó el brazo suavemente. Tragó saliva.

—Lo siento. De verdad. Sé que debió haber sido muy difícil para ti...

—Ya sé que te dije que vine aquí por mi jefe y su obsesión con este lugar, eso es cierto, pero también vine a buscar respuestas. Tenía mis propias razones.

»Mi mamá descubrió algo. No sé qué, mi tía me dijo que nunca se lo contó. Pero era algo grave. Algo que podía poner a la secta en peligro. Pero luego hubo un malentendido, y la culpa recayó sobre mi madre.

Alejandro hablaba con frialdad, y había algo de tristeza en su rostro. Antonia le tomó la mano y la apretó entre la suya.

—Va a pagar por lo que hizo —dijo Antonia con firmeza.

Por primera vez en mucho tiempo, prometía algo que sabía que iba a cumplir.

DIECINUEVE

Mientras avanzaban por el sendero, la luna, oculta tras unas nubes ligeras, proyectaba sombras tenues que se movían sobre las rocas cubiertas de musgo. El olor a humedad se mezclaba con el aroma a descomposición que provenía de las hojas caídas y de la tierra mojada. El aliento de Antonia formaba un vaho en el aire helado, y su mirada se movía con rapidez entre la densidad de las sombras.

El agua se agitaba y rugía con una intensidad inquietante, y el eco rebotaba contra las paredes escarpadas de la quebrada produciendo un sonido hueco y ominoso. Un enredo de ramas torcidas y maleza cerraba el paso alrededor del pequeño claro.

Envuelta en el velo de la neblina, Antonia se esforzaba por ver si había algo detrás de ellos, pero entre la vastedad de la noche los horrores podían acechar a plena vista sin que ella lo notara. Aun así, sentía una débil presencia, casi imperceptible: un observador invisible que le erizaba los pelitos de la nuca. La sensación venía por momentos; era efímera, pero constante.

Antonia se enderezó y un suspiro se le escapó de los labios.

Alejandro se detuvo.

—¿Qué pasó?

—¿Oíste eso?

La voz se escuchó de nuevo. Igual a las que había escuchado en el hotel. Excepto que esta vez se oía más cerca.

Alejandro se giró hacia ella.

—Antonia, no dejes que este lugar juegue con tu mente —dijo, apretando los dientes.

«Nona. Nona. Nona».

—¿Mamá? —Sentía como si el suelo bajo sus pies fuera arena movediza y, antes de que Alejandro pudiera detenerla, salió corriendo hacia el pie de la cascada.

—¡Antonia, no . . . ! —exclamó Alejandro intentando alcanzarla—. Antonia, ¡por favor . . . ! —gritó, pero Antonia ya no estaba escuchando.

Su cuerpo se movía por cuenta propia. Casi como si, inconscientemente, Antonia tuviera que ver con sus propios ojos si Estela seguía ahí. Tenía que asegurarse de que esta vez el Salto no le estaba jugando una mala pasada.

«¡Nona! ¡Bienvenida a casa!».

Cada palabra, cada sombra y cada onda en el agua parecían conspirar para atrapar el alma de Antonia y envolverla en el horror.

Alejandro le agarró el brazo y la jaló hacia atrás, sacándola del trance.

—No corras así. ¡¿No ves dónde estamos?!

—Hay algo raro aquí. Algo nos está observando . . .

Sus sentidos se agudizaron. Podía captar los ruidos con más nitidez. Despacio, giró la cabeza hacia la derecha, mirando por encima del hombro. Incluso sobre el lienzo que se extendía en el fondo de la noche, sentía la visión más aguda. Se giró hacia la izquierda, esperando encontrarse con algo. ¿Con qué? No sabía cuál era la respuesta a esa pregunta. No había nada detrás de ella, detrás de ellos. Nada además de esa sensación conocida y persistente de que alguien la seguía, la observaba, la acechaba.

—Yo... había algo... —dijo de nuevo, esta vez más despacio—. Creo que fue mala idea venir aquí...

Entonces, lo escuchó. Una respiración débil, más allá de la niebla. Se abalanzó hacia el lugar de donde provenía el sonido, y rozó la camisa de Alejandro con la yema de los dedos, sin lograr llevarlo con ella. Extendió la mano de nuevo buscando su brazo y sintió una tela mojada, cubierta de arena y barro. Tenía el cuerpo frío, la piel como de piedra, y para cuando Antonia se dio cuenta de que no era Alejandro, él ya le intentaba meter los dedos ásperos en la boca, y la empujaba para hacerla caer sobre el sendero lleno de barro.

Era como si hubiera entrado a un sueño mudo y extraño. Antonia intentó huir, pero el terror la tenía atrapada, como si unas manos invisibles la sujetaran con una fuerza férrea, impidiéndole moverse o emitir el menor sonido.

A su alrededor revoloteaban figuras sin rostro como las que había visto la noche de la fiesta de inauguración. Extremidades cercenadas y piel desollada. Mientras Antonia gritaba y se acurrucaba, la silueta de Alejandro apareció frente a ella, de espaldas, quieto y erguido como una figura de madera, pero no mostró señal de haberla escuchado, así que Antonia apoyó las manos en el suelo y se levantó tambaleándose. Se sacudió el barro del abrigo de lana.

Las criaturas se arremolinaban a su alrededor, densas y sucias; bloqueaban la vista de la cascada, y no daban señales de rendirse.

Antonia inhaló y exhaló varias veces, intentando calmarse. Sabía que el svetyba estaba cerca... que estaba jugando con su mente.

«Todo está en tu cabeza. Respira», pensó.

Juntó fuerzas y sacudió a Alejandro, pero él no se movió ni un milímetro. Más bien, abrió los ojos de golpe, tenía la mirada fija en un punto al que ella no podía mirar sin darse la vuelta. Tenía el rostro gris, los ojos vacíos, huecos; y, aunque Antonia lo sacudía con fuerza, no daba ninguna señal de estar consciente.

La desesperación comenzó a apoderarse de ella, y entre la multitud de fantasmas emergió un rostro conocido. La visión le desencadenó una serie de emociones; sintió rabia, sorpresa, miedo... y rabia de nuevo.

El svetyba.

Antonia retrocedió tambaleándose y se chocó con Alejandro. Una figura semejante a la de una mujer avanzaba a paso firme hacia ella, sus pisadas resonaban con un eco siniestro sobre la tierra mojada. Sus dedos esqueléticos, que apretaba con fuerza, rezumaban sangre. Las sombras le cubrían el rostro y ocultaban sus rasgos, marcados con una expresión solemne y oscura.

Antonia miró a su alrededor, buscando una manera de escapar. Si tan solo Alejandro estuviera despierto.

—Despiértate, despiértate, por favor. Regresa, de donde sea que estés —murmuró en su oído. Alejandro no daba señales de escucharla, pero al menos Antonia alcanzaba a oír su respiración entrecortada—. Alejandro, maldita sea. Di algo. Por favor.

Antonia necesitaba que Alejandro despertara. Podía ser una Hija de Bochica de nacimiento, lo que sea que eso significara, pero no sabía nada de hechizos, de limpias ni de brujería. No era lo suficientemente fuerte como para enfrentar sola al svetyba.

«¡NONA! ¡NONA! ¡NONA!».

Antonia le lanzó una mirada fulminante al svetyba, que torció la boca, una serie grotesca de suturas mal hechas, en una sonrisa siniestra.

Alejandro había dicho que los svetybas no podían hablar pero que podían meterse en la mente de aquellos que estaban malditos, hasta tomar total posesión de ellos.

Antonia sabía que sin importar lo que pasara tenía que mantener el control. No podía dejar que el svetyba invadiera su mente.

El svetyba estaba muy cerca, tan cerca que con un mínimo movimiento de sus brazos podía alcanzar a Antonia. Y eso fue exactamente lo que sucedió. Le agarró la mano con fuerza. Tenía la piel viscosa, y al acercarse le llegó a Antonia el mismo hedor putrefacto que flotaba por los pasillos de el Castillo de Bochica.

¿Así se sentía morirse?

Una sensación fría y vacía.

Antonia forcejeó para soltarse de la criatura, pero sus dedos le apretaron la mano con más fuerza, con tanta fuerza que le clavaba las uñas.

Antonia contuvo un grito de dolor. Tenía la muñeca empapada de sangre.

Pero no podía rendirse. No ahora. Juntó toda la fuerza que le quedaba e hizo un último intento por liberarse, pero el svetyba no daba señales de soltarla. Al contrario, se inclinó hacia ella, e infiltró su voz en la cabeza de Antonia.

«¡NONA!».

—¿Qué es lo que quieres de mí? —gritó Antonia—. ¡Déjame en paz! Por favor...

«VINE POR TI».

Su repugnante voz, una mezcla entre un sorbido y un gruñido estridente, resonaba de manera espeluznante en su cabeza.

«Sé lo que quieres.

Puedo dártelo todo.

Van a verte. Van a oírte. La gente te va a escuchar. Van a seguirte. Ejercerás tu influencia sobre otros...

Puedes ser como Huitaca, la diosa de voluntad fuerte que se rebeló contra Bochica, incluso a costa de su propia gloria.

Puedes convertirte en lo que tu madre nunca logró ser: una verdadera gobernante, una verdadera Lideresa...».

Era una propuesta tentadora. ¡Demasiado tentadora!

—¡Ya te dije que no! ¡No, no, no! Llévame, mátame si tienes que hacerlo. ¡No me importa!

«Que las sombras no tengan piedad de tu alma».

Antonia se dio vuelta de inmediato, y sus ojos se cruzaron con las mismas figuras sin rostro de antes, pero esta vez no estaban quietas: avanzaban hacia ella por el sendero estrecho.

Antonia había perdido noción de la realidad. No sabía dónde estaba, si habían cruzado a otro plano, o si el Salto tenía su mundo propio.

Había fracasado. Sabía que no debía darle el poder de corromper su mente, pero simplemente era mucho más fuerte que ella... y no estaba segura de cómo sacárselo de encima, de cómo expulsarlo.

Antonia cerró los ojos y se obligó a mantenerlos cerrados.

Los cantos se detuvieron, pero no los gritos siniestros que escuchaba. Las figuras venían tras ella. Antonia intentó silenciar los sonidos, concentrarse en el sonido arrollador del agua.

Luego, todo se fundió a negro.

VEINTE

◆———•———◆

Antonia forzó la vista para distinguir la silueta que emergía frente a sus ojos. Con los talones sumergidos en el agua y las piernas temblorosas, avanzó hacia la figura, dolorosamente familiar, que estaba del otro lado. Una ráfaga de viento la arrastró, y sintió las gotas de agua que arrastraba a su paso. El corazón le retumbaba en el pecho por la expectativa.

—¿Mamá? —murmuró.

Estela se veía igual que el día en que había muerto. Tenía el cabello castaño recogido hacia atrás con una moña alta. Llevaba un vestido de terciopelo verde oliva hasta la rodilla, ceñido a la cintura y con una falda acampanada, y los hombros descubiertos. Su expresión se veía difusa, borrosa, como velada por una sombra.

—¿Ma? —Antonia lloraba mientras corría hacia la silueta que se encontraba al otro lado del claro—. ¿De verdad eres tú? —Casi que se atragantaba con sus propias palabras al extender los brazos temblorosos hacia Estela, buscando tocarla. Sentirla.

Estela la abrazó con fuerza. Antonia sintió el amor de su madre que impregnaba todo su ser.

Un olor delicado, familiar, el olor de Estela, flotaba en el aire mezclándose con la niebla que las envolvía.

—Nona, aquí estoy. Aquí estoy contigo. —Su voz era tan reconfortante como Antonia la recordaba, casi como un bálsamo para el dolor que crecía en su corazón.

¿Todavía estaba soñando? ¿Era esto real?

—Mamá, ¿qué te pasó? ¿Qué me está pasando?

Estela la tomó de la mano. Su tacto era suave y la tranquilizaba. Sus yemas callosas se posaron con delicadeza sobre el dorso de la mano de Antonia; irradiaban una calidez que disipaba el miedo que había sentido hace unos segundos.

—Shhh —dijo Estela—. Ya hablaremos de eso, Nona.

A medida que se separaban, los ojos de Antonia se llenaban de lágrimas.

—Te amo tanto, mamá. Te he extrañado todos los días.

Estela miró a Antonia con una mezcla de tristeza y amor, y le regaló una sonrisa.

—Yo te extrañé más de lo que te imaginas. Te adoro, Nona. Siempre lo he hecho. ¿Te acuerdas de la primera vez que viste la cascada... desde allá arriba?

Antonia asintió.

—Vimos a los cóndores cruzar el cielo, como si hicieran un espectáculo solo para nosotras.

Se habían maravillado con la belleza del Salto; Antonia era niña y nunca había presenciado algo tan majestuoso. Su rostro se iluminaba del asombro y la emoción mientras, encima de ellas, un par de cóndores planeaban sin esfuerzo bajo el cielo despejado. Sus enormes alas negras y blancas se extendían proyectando sombras fugaces sobre las aguas que relucían.

Estela había apretado la mano de Antonia mientras compartían ese momento mágico.

«Mira cómo se elevan, son tan libres y poderosos», había dicho Estela suavemente, con algo de reverencia en la voz.

—Fue increíble, ¿no? Es uno de mis recuerdos más lindos juntas. Me acuerdo de ver cómo estabas de fascinada, se te iluminaba la cara. Sentí que habías entendido lo que yo había sentido todos esos años. Lo que este lugar significaba para mí —dijo Estela, trayendo a Antonia de regreso al presente.

—Sí. Me alegra que los hayamos visto juntas. Me alegra tanto que me los hayas mostrado.

Estela se acomodó ligeramente en su lugar, y en su tono se sintió de repente una urgencia.

—No tienes idea de lo que esto significa para mí. Que estemos juntas de nuevo. Verte de nuevo. Pero por más que quisiera extender este momento, no puedo ser egoísta. Nona, tienes que irte. Tu padre te necesita. Tienes que vivir tu vida y esa vida no está aquí.

Antonia no se sentía capaz de dejarla ir otra vez. Tal vez podía quedarse con ella, aunque fuera solo por un ratico. Tenía tantas preguntas, tantas cosas que no le había dicho...

—Mamá, no puedo irme sin saber qué fue lo que pasó. ¿Qué te pasó a ti... qué pasó con nuestro hogar, con nuestra familia? ¿Qué es lo que me está pasando?

—El mal se apoderó esta la tierra, y fui ingenua al creer que podía hacer algo al respecto. Cuando conformamos las Hijas de Bochica, nuestra misión era protegerla. Mantener alejada a la gente de las tierras sagradas de Bochica. Pero espíritus malignos se infiltraron en nuestra sociedad. Y, peor aún, se infiltraron en nuestra familia, en nuestra casa. Debí escuchar a Teresa cuando vino a contarme sus sospechas sobre Eleonora, sobre los svetybas. En cambio, la sentencié, la condené en cuerpo y alma. Debí haber visto las señales. La manera como te comportabas, cómo te manejabas. Los tunjos, las pesadillas. Nunca debí exponerte a eso. Cuando intenté hacer algo, ya era demasiado tarde. No pude detenerlo. No pude protegerte. Lo siento tanto. No fui lo suficientemente fuerte.

»El poder... era adictivo... Estaba tan inmersa en la influencia y el control que me daba que perdí por completo de vista nuestra verdadera misión. A medida que mi influencia crecía, a medida que mi poder se hacía más grande de lo que jamás había imaginado, me obsesioné con conservarlo, con expandirlo. Me dejé absorber por esa fachada de grandeza. Y mientras más buscaba el control, más me alejaba de nuestro propósito real. Y, así, perdí por completo el control de mí misma.

Esa idea ya había cruzado por la mente de Antonia. La ambición delirante de Estela por el poder la había llevado a hacer lo mismo que hacían los demás. Estela le había extraído la vida al lugar, y se justificaba a sí misma diciendo que la secta estaba ahí para protegerlo.

—Cuando Eleonora invocó al svetyba para que entrara en nuestra casa, ya era demasiado tarde. Bochica nos despojó de nuestro poder. Se volvió contra las Hijas... —Estela cerró los ojos, en su rostro se reflejaba una angustia—. Debí estar más alerta.

Mientras la escuchaba, las lágrimas se acumulaban en los ojos de Antonia. Le dolía el pecho de sentir la aflicción en la voz de su mamá.

Por eso Estela no había podido librarse del svetyba. Debía ser esa la razón por la que pensó que la única opción que le quedaba era morir, y esperar que su familia estuviera al fin a salvo. El miedo y la culpa la consumieron, como ahora amenazaban con consumir a Antonia.

—Luego, te fuiste. Hiciste bien en huir. Nunca pensé que regresarías. Pero Nona, Eleonora planeó todo esto. Lo orquestó todo. Que tu padre cambiara de repente de opinión, su insistencia en regresar a la casa, no fueron ninguna coincidencia. Se le metió en la cabeza y, a punta de voluntad lo embrujó. Lo envenenó e hizo que ambos regresaran.

Las palabras de Estela le pesaban a Antonia como si estuviera en medio de una niebla asfixiante. La idea de brujería le habría parecido inverosímil unos días atrás, pero ahora todo se veía más claro. La decisión repentina de Ricardo de volver a la casa, esa que había jurado no volver a pisar, también había sido obra de doña Pereira. Había utilizado recursos malignos para manipularlo, para atraerlo de vuelta a esa casa maldita.

La vergüenza invadió a Antonia; le pesaba haber dudado de Ricardo, lo sentía como una traición.

—Pensé que de alguna manera había sido su culpa. Pensé que te... —No se atrevía a decirlo en voz alta—. Te trajo aquí, construyó esa casa para ti . . . y luego quería volver a la fiesta. Le pregunté qué había pasado, le supliqué que me dijera algo, cualquier cosa.

—Confié en él, Nona, no se lo conté todo, no sabía lo de Eleonora, pero ya era demasiado tarde. Probablemente debí hablarle de ella, pero tenía miedo de lo que él pudiera hacerle, y de lo que ella pudiera hacerles a ti y a él por venganza. Así que, en lugar de confesarle todo, le mentí. Le dije que tenía todo bajo control, pero no era cierto. Él sabía que había algo más. Que le estaba escondiendo algo, pero nunca pude decírselo. Entonces, empezó a creer que estaba enferma, trastornada, presa de mi propio delirio. Y no era una idea tan descabellada. Aun así, no pude contarle.

—Encontré algunas de las entradas de tus diarios viejos que estaban escondidas por la casa: en la casa de muñecas, en los tunjos, en la cajita de música. ¿Las dejaste ahí para que yo las encontrara?

—No. Al menos, no al comienzo, pero supongo que inconscientemente esperaba que, si seguías en la casa, las encontraras algún día. Quizás te obligarían a irte de ahí. Lo que quería era evitar que Eleonora se apoderara de ellas. Algunas alcancé a quemarlas a tiempo, pero, si no podía, las escondía en algún lugar cercano, un lugar que sabía que a ella no le iba a llamar la atención, porque a ella ya no le importaba nuestra diosa Bochica, tampoco los muiscas. Tenía miedo. No sabes todo el poder que tiene. A Ricardo lo dejó tranquilo porque no podía sacarle nada, además de la casa, pero no tenía ningún interés real de meterse con él. Pero tú . . . tú estabas destinada a tomar mi lugar. Necesitaba que él estuviera ahí para ti, para protegerte. Así que dije que había caído una maldición sobre esta tierra y sobre las mujeres de nuestra familia, pero lo convencí de que podía expulsarla. Por eso él no les daba importancia a tus pesadillas. Yo no quería que él te asustara más de lo que ya estabas. Pero mis esfuerzos fueron en vano. Entonces, se me ocurrió una idea: tal vez la única manera de expulsar al demonio era con mi muerte. Pensé que me estaba persiguiendo a mí, así que si moría ustedes se librarían de él. Pero no fue así.

—Ay, mamá, daría lo que fuera porque no hubieras hecho eso.

Otra oleada de dolor y arrepentimiento invadió a Antonia. La policía había tenido la razón todo este tiempo. Estela había saltado.

—Dime, por favor... ¿cómo me libro de él? El svetyba... me está persiguiendo —suplicó, con algo de desesperación en la voz. Tenía que haber algo que pudiera hacer.

Estela tenía razón. Antonia tenía que vivir su vida. Estaba segura de que no quería tener nada que ver con sectas ni embrujos. Lo único que quería era acabar con el svetyba, vengarse de doña Pereira y reconstruir su vida, al menos lo que quedaba de ella.

—Una vez se invoca a un svetyba, no es mucho lo que se puede hacer, Nona.

—No. No, no puedo vivir así, tiene que haber algo que pueda hacer —suplicó Antonia—. Tengo miedo. —Se permitió mostrarse vulnerable frente a la única persona que había dado todo, incluso su vida, para protegerla. Con Estela, sin duda, Antonia podía bajar la guardia.

—Tal vez tengas que vivir así —el tono Estela cambió, se hizo un poco más grave. ¿Por qué no le decía a Antonia que luchara?

—Mamá, no. ¿Y tus libros, tiene que haber un hechizo, algo...? Me dijiste que esas aguas purificaban. Que eran sagradas.

—Alguna vez lo fueron, pero para nosotros ya no lo son.

Por más que Antonia quería obtener respuestas, no eran esas las que esperaba escuchar. Se había pasado toda la vida huyendo de lo que no quería ver.

Antonia había llegado muy lejos, no podía rendirse. Iba a usar cada recurso que encontrara a su disposición. Haría cualquier cosa.

—¿Y Bochica? Es una diosa, salvó a los muiscas cuando la sabana se inundó, ¿no?

¿Podría también salvar a Antonia?

—Nona, es en serio lo que te dije. Bochica ya no confía en nosotras, y las Hijas no obtienen poder del mismo lugar de donde sale el svetyba. Nunca ha sido así. La única persona que puede saber cómo revertir ese hechizo es...

A Antonia le dio un vuelco el corazón al escuchar la gravedad en la voz de Estela.

—No. No. No...

—Eleonora lo invocó. Debe saber cómo expulsarlo. Cada hechizo tiene su contra. Ella debe saber, Nona.

Los ojos de Antonia se agrandaron, una mezcla de confusión y miedo se arremolinaba en su mente. La persona que la perseguía, la que la había maldecido... No. Tenía que haber otra opción, alguna otra salida. Doña Pereira no iba a ayudarla. Y Antonia no confiaba en ella. En lo más mínimo.

—¿Y el equilibrio? ¿Cómo podemos restituirlo? ¿Y la confianza de Bochica? —insistió Antonia.

—Es demasiado tarde, Nona. No hay nada que podamos hacer. Tienes que irte. Nona, siento tanto haberme ido. Siento no haber estado ahí cuando más me necesitabas, pero siempre estaré a tu lado, cuidándote. Tuve que sacrificarme para salvarlos a ustedes dos. Estoy muy orgullosa de la mujer en que te has convertido, de todo lo que has hecho. Te amo más que a nada en este mundo. Y siempre te voy a amar, pero ahora necesito que te vayas. Este no es un lugar seguro para los vivos. Sobre todo, no para ti.

—No quiero dejarte.

—Tienes que hacerlo. Por tu propio bien. Regresa a la casa y aleja a la gente de ella lo más que puedas.

Sus manos seguían entrelazadas, y a Antonia se le hundía el corazón por el peso de otra despedida. Durante cuatro años, deseó haber podido evitar la muerte de Estela. Deseó tener la oportunidad de hablar con ella, de despedirse. Ahora estaba agradecida de haberla tenido.

Antonia no podía dejar de sollozar.

—Yo también, ma.

—Adiós, Nona.

El rostro de Estela se suavizó y le regaló a Antonia una última sonrisa llena de amor.

Antonia cerró los ojos, intentando capturar ese recuerdo, guardarlo en su mente como su posesión más preciada.

—Adiós, mamá.

Cuando Antonia abrió los ojos, se dio cuenta de que una parte de ella se había ido, y no sabía cómo llenar ese vacío. Se quedó ahí, con el corazón envuelto en una manta de amor y recuerdos amargos.

Le tomó unos minutos salir de su dolor. Estela se había ido, una vez más. Pero Antonia no podía permitirse ahondar en sus emociones por mucho más tiempo.

Tenía que restituir el equilibrio. Quería tener el poder para hacerlo.

Quería hacerlo. Quería arreglar las cosas. Pero tampoco quería convertirse en la nueva Lideresa. No quería depender de los poderes de Bochica, ni aprovecharse de ellos. Si iba a proteger de alguna manera esa tierra, lo haría en sus propios términos.

Estela estaba equivocada. Antonia no iba a terminar como ella. Tampoco iba a dejar que ganara doña Pereira. Sin importar cuánto le costara y, aunque tuviera que vivir con el svetyba persiguiéndola, no iba a permitirlo.

El hotel. Tenía que demolerlo. Pero para poder hacerlo, tenía que encontrar a Alejandro y sacar a su papá de la cárcel, antes de que más cadáveres rodaran por el Salto. Y no podría hacerlo si quedaba atrapada en el mismo infierno en que estaba su madre.

Antonia iba a extrañar a Estela, pero no podía mirar atrás. Tenía que dejarla ir, tanto como su papá.

—¡Alejandro! —gritó, esperando oír una respuesta. Esperaba que saliera detrás de la niebla. Rezaba para que le diera una señal que le indicara en qué rincón de ese infierno podría estar.

—Por favor, por favor —suplicó—. Por favor, Alejandro, ¿dónde estás?

En el fondo, Antonia sabía que era inútil. No podría oírla

a menos de que estuviera cerca. La cascada ahogaba cualquier sonido, y no estaba segura de tener fuerzas para continuar. Pero tenía que hacerlo. No quería mirar atrás porque tenía un miedo terrible de que las figuras sin rostro siguieran ahí, persiguiéndola. Que la vieja barbuda regresara para apoderarse de su alma.

◆———◆

Antonia había perdido la noción del tiempo a medida que se adentraba más en la espesura amenazante del bosque. Las hojas húmedas y en descomposición amortiguaban sus pasos. Justo cuando estaba a punto de sucumbir a la desesperación, la voz de Alejandro rompió el silencio en algún lugar encima de ella. Miró hacia la dirección de donde provenía el sonido, y vio a Alejandro de pie al borde de la cascada.

Sintió una punzada de dolor en el estómago, y pegó un grito que la dejó sin aliento. Estaba justo en el borde. El Salto se lo tragaría entero.

—Alejandrooooooo —gritó—. ¡NO!¡NO!¡NO!

Tenía que actuar rápido.

Antonia no apartó la vista de él mientras buscaba un sendero en el bosque que la llevara hasta la cima de la cascada. Se agarró de ramas mojadas y brincó sobre las rocas hasta que finalmente logró subir a una saliente angosta. Los brazos le ardían y las piernas amenazaban con fallarle, pero les ordenó continuar hasta que fuera hora de rendirse.

—¡Alejandro, ya voy! —gritó mientras cruzaba la montaña—. Háblame, por favor. ¡Soy yo! ¡Mírame!

No iba a permitir que ese lugar se lo comiera también a él.

No iba dejar que le arrebatara a alguien más. Mientras la escuchara, mientras al menos la oyera, estaría bien.

Alejandro giró lentamente la cabeza hacia ella, pero no dijo nada. Parecía incapaz de hablar. Estaba ahí congelado, con todo el cuerpo rígido, simplemente parado ahí.

—Alejandro, mírame, dime algo, por favor —suplicó de nuevo, ahora con lágrimas en los ojos y la voz quebrada por la desesperación.

Cuando llegó a la cima de la cascada, Antonia dudó de acercarse demasiado, tenía miedo de que cualquier movimiento lo precipitara hacia su muerte.

—Alejandro, escúchame, lo que sea que estés viendo... no es real. Tú me lo dijiste, ¿te acuerdas? —Antonia le hablaba con ternura, en su voz podía escucharse una profunda preocupación.

Evaluó la situación. Un paso en falso, y los dos resbalarían y caerían sin remedio. Pero prefería caerse con él que quedarse quieta y permitir que muriera alguien más.

Sin pensarlo dos veces se lanzó sobre él, empujándolo hacia un lado de la saliente. Lo protegió con su cuerpo, y ambos rodaron sobre lodo y piedras. Reprimió un grito cuando un dolor agudo se le extendió de las rodillas al pecho.

Los ojos de Alejandro se abrieron lentamente.

—Antonia —logró decir.

Estaba de regreso. Le agarró la cabeza.

—Estás bien. Estás bien.

Antonia le dio un beso en la frente, se quedó ahí por un momento. Lo había salvado, no le falló como le había fallado a su mamá.

Alejandro la miró, aun aturdido y desorientado.

—Qu-é-e pasó?

Antonia lo revisó con cuidado, buscando rasguños o alguna herida grave.

—Ya estás a salvo, ya pasó.

Él se movió con dificultad, gemía de dolor. En los ojos se le veía una mezcla de confusión y espanto.

—Estuve tan cerca, estuve a punto de saltar, pero no quería hacerlo. No era yo. Fue como verme desde afuera... Algo, o alguien, me susurraba en el oído. Era como si la cascada...

—Lo siento, Alejandro. Es este lugar. También me pasó a mí. Pero ya estás conmigo, estás bien. No voy a dejar que te pase nada.

Alejandro le agarró la mano con fuerza.

—Gracias. Pudiste haberte matado.

—No voy a dejar que nadie más muera aquí.

Alejandro hizo una mueca de dolor mientras Antonia lo ayudaba a sentarse, la ternura con que lo tocaba lo tranquilizaba.

—Tengo tanto que contarte, pero tenemos que encontrar la manera de sacar a todo el mundo de aquí y clausurar el hotel. Luego, tengo que ir a liberar a mi papá.

Alejandro tardó unos minutos en reponerse y el color en volverle al rostro. Antonia esperó con paciencia, acariciando su espalda, ayudándolo a volver al presente.

Después de un rato, Alejandro asintió.

—Tengo suficiente evidencia para espantar a la gente de aquí, y para salvar a Ricardo. Tengo fotos de las actividades secretas de doña Pereira. De las decenas de personas que han muerto en sus manos. No hay manera de que alguien quiera volver aquí después de que revelemos los secretos que guarda este lugar.

Antonia esperaba que Alejandro tuviera razón. Una historia de terror podía atraer incluso más gente que un hotel de lujo.

—¿Será que nos creen? —preguntó.

—Todo el mundo sabe que aquí ha muerto gente. La gente ya piensa que está embrujado. Ahora tenemos la prueba y un plan para sacar la historia. Tengo una amiga en *La Gaceta de Santa Fe*. Podemos hacerle llegar la historia. Podría acudir a mi jefe también, pero no creo que nos ayude mucho. Pensará que es otra historia de aficionados. Pero *La Gaceta* es un medio respetable, miles de personas lo leen todos los días... Es justo lo que necesitamos. Que la noticia se riegue no solo en Bogotá sino por todo el país. *La Gaceta* no va a rechazar una historia como esta, una noticia sobre una secta asesina en el lugar más popular de Colombia.

—Ya casi va a amanecer, no sé cómo vamos a hacer para irnos. Tengo que regresar al hotel. Le dije a Emiro que lo llamaría para que nos recogiera, pero si regresamos, van a atraparnos. Hemos llegado muy lejos, no quiero cometer un error ahora que hemos obtenido lo que buscábamos.

Alejandro respiró profundo antes de hablar.

—Podemos caminar. Hay una casa no muy lejos de aquí... Conozco a la familia que vive ahí, nos dejarán usar su teléfono. Si nos atrapan ahora, se van a llevar toda la evidencia y tendremos que empezar de nuevo.

Tenía razón. Si doña Pereira o León los atrapaban, estarían más jodidos de lo que ya estaban.

Pero doña Pereira no era lo único que le preocupaba a Antonia.

El svetyba. Aún tenía que encontrar la manera de librarse de él.

VEINTIUNO

Antonia arrastraba los pies, con las piernas a punto de fallarle, mientras caminaban por la calle vacía hacia la casa que Alejandro había mencionado. Había perdido la noción del tiempo, pero el dolor punzante que sentía en los tobillos le indicaba que habían estado caminando al menos una hora.

A lo lejos, la casita iluminaba su rincón del bosque. Antonia no sabía a dónde se dirigían exactamente, pero le alegraba que se estuvieran alejando del hotel. De vez en cuando miraba hacia atrás para asegurarse de que nadie los siguiera.

—Estoy tan cansada —le dijo a Alejandro—. Es como si haber estado allá abajo me hubiera quitado toda la energía...

También le había quitado la energía encontrarse con Estela, tener que despedirse de ella otra vez, llorarla una vez más. No creía tener las fuerzas suficientes para volver a lidiar con su ausencia. Y sin embargo lo había hecho.

Pensó en contarle a Alejandro lo que le había pasado, pero, justo cuando estaba a punto de hablar, él la interrumpió.

—Ya casi llegamos. Mira, estamos a unos minutos.

Alejandro tenía razón. En unos minutos estarían frente a la puerta de la casa. De cerca, parecía más bien un galpón. Estaba cubierta de musgo, como si las plantas del bosque hubieran reclamado el lugar como suyo. Solo quería sentirse segura, y parecía que este era el único lugar donde podría hacerlo.

La puerta estaba entreabierta y Alejandro entró, seguido de Antonia.

Una mujer de cabello largo salió de una de las puertas del pasillo. Sus ojos negros, rodeados de largas pestañas, contrastaban con su piel trigueña. Sus labios, pintados de un tono rosa oscuro, se curvaron en una sonrisa.

—¿Qué pasó? Jesús, ¿están bien? —La mujer corrió hacia Alejandro, con los brazos abiertos.

Alejandro también abrió los brazos para recibirla.

—Antonia, ella es Rosalía...

Rosalía se erguía imponente frente a ellos, miró a Antonia, y luego a Alejandro de nuevo.

Antonia se quedó observándola por un momento, pero pronto respondió:

—Buenas, perdón por entrar así en plena noche, estábamos...
—No sabía qué decir—. Antonia Rubiano, mucho gusto—. Se acercó hacia ella, extendiéndole la mano.

—No hay de qué disculparse, por Dios —dijo Rosalía—. Por favor, tomen asiento —agregó y señaló un gran sillón de terciopelo que había en la sala—. ¿Quieren cambiarse de ropa? ¿Comer algo? ¿Están heridos? Puedo hacerles una curación.

—Un café y un vasito con agua está bien, gracias. Tenemos que irnos pronto —dijo Alejandro y se sentó en la mesa de centro frente a Antonia, que observaba a Rosalía desaparecer por el pasillo—. ¿Estás bien?

—No puedo dejar de pensar en todo lo que pasó. En lo que estamos a punto de hacer...

Alejandro soltó una risa.

—Ya estamos a salvo. Le voy a pedir el carro prestado a Rosalía, y pronto vamos a estar de vuelta en la ciudad.

—¿Podemos confiar en ella?

Alejandro asintió.

—Es la pareja de mi prima Berta. También es periodista, como yo. Somos colegas, aunque ella trabaja en cosas serias, noticias de verdad. Es la que trabaja en *La Gaceta*.

—¿Ella es la que va a ayudarnos?

Alejandro asintió de nuevo.

La voz de Rosalía se escuchó a sus espaldas; traía una bandeja de madera con dos tazas de café, agua, y pan de queso. El olor a queso fresco le hizo agua la boca a Antonia, y al percibir el aroma del pan recién horneado se sintió casi como en su casa.

¡Su casa! Tenía que llamar a Carmela.

—¿Puedo usar tu teléfono?

—¡Claro! —dijo Rosalía—. Está en la cocina.

Antonia se puso de pie y se dirigió a la cocina. La charla de Rosalía y Alejandro se oía lejana cuando Antonia se puso el auricular en la oreja.

—Carmela, soy yo —se apuró a decir Antonia apenas escuchó a Carmela del otro lado—. ¿Estás bien?

—Por dios, Antonia, ¿dónde estás?

—Estoy bien. Ya casi voy para allá, ¿bueno? Mientras tanto, si alguien pregunta, tú no sabes dónde estoy.

—Pero ¿qué pasó? —Carmela sonaba tan angustiada que Antonia casi podía ver su cara de preocupación—. ¿Dónde está Alejandro? Antonia, por favor dime algo...

Antonia le contó rápidamente lo que había pasado la noche anterior. No tenía tiempo para darle detalles, pero quería asegurarle a Carmela que ella se encargaría de todo.

—Luego te explico con calma, pero estoy bien. Oye, tengo que irme, ya vamos a regresar a la ciudad.

—Por favor, Nona, vuelve rápido.

—Ya casi nos vemos, ¿sí?

Antonia colgó el teléfono. La certeza de que León estaba en el hotel le transmitía una sensación de urgencia. Tenían que salir ya.

—Alejandro, ya es hora de irnos...

—Los llevo. Tengo que llegar al periódico más temprano que de costumbre. Alejandro me pidió que sacara esto lo más temprano posible.

—¿Estás segura? Podrías meterte en líos... Hay dinero, mucho dinero, de por medio. Doña Pereira y su hijo son una de las familias más ricas de la ciudad, y se están jugando mucho con el hotel. Me da miedo que te pase algo si ellos se enteran de que estuviste involucrada —dijo Antonia.

—No me da miedo. Además, a este le debo tantos favores que ya perdí la cuenta —dijo Rosalía sonriendo, y señaló a Alejandro—. No te preocupes por mí, Antonia. Sé cuidarme sola.

◆———◆

El sol se asomaba en el cielo mientras manejaban por las calles empedradas de La Candelaria, a unas cuantas cuadras de la casa de Antonia. Las imágenes de lo que había ocurrido se repitieron en su cabeza durante todo el camino. ¿Cómo iba a superar todo esto? Lo que pasó en el hotel, que doña Pereira fuera la líder de un culto de necromancia y la responsable de decenas de muertes, incluyendo la de las madres de Antonia y Alejandro. Volver al santuario de Estela, verla al pie de la cascada, las figuras sin rostro, el svetyba. Esos recuerdos la perseguirían toda la vida, pero lo que más la perturbaba era la sensación de impotencia, de no saber todavía cómo librarse del mal que la acechaba.

Unos minutos después, Rosalía apagó el motor y se detuvieron frente a la puerta de Antonia. Rosalía la miró por el espejo retrovisor.

—Antonia, fue un gusto conocerte.

—Gracias por traerme —respondió ella desde el asiento trasero con una sonrisa.

Alejandro se bajó del carro y cerró la puerta tras de sí.

Antonia se quedó observando la camioneta naranja de Rosalía hasta que giró en la esquina y luego le dirigió una mirada inquisitoria.

—¿Y tú?

—Me quedo aquí.

—Pero la emisora, las fotos, pensé que... Debes estar cansado.

Él se cruzó de brazos y se acercó hacia ella.

—No te voy a dejar sola en esto —dijo, cortante—. Me voy a quedar aquí contigo y voy a acompañarte a sacar a tu papá de ese lugar.

—No quiero que te metas más en problemas. Si León se

entera de que precisamente tú estás aquí conmigo, se van a complicar más las cosas. Ya tienes la historia que querías contar, ya sabes lo que le pasó a tu mamá... y Rosalía tiene la evidencia. Encontraste las respuestas que buscabas. Ya has hecho demasiado.

Alejandro negó con la cabeza y buscó las manos de Antonia

—No te voy a dejar sola, pero, además, quiero enfrentar a doña Pereira tanto como tú. Nos hizo daño a ambos, mató a nuestras madres. Necesito verle la cara a esa vieja cuando le revelemos al mundo su farsa grotesca.

»Rosalía se va a encargar de todo, al menos por ahora. La evidencia está segura con ella, mucho más segura que con nosotros. Pero una vez salga a la luz, vas a estar en peligro. Doña Pereira y su hijo vendrán por ti —y agregó con voz grave—: Aunque debo admitir que esa no es la única razón por la que me quedo.

Sus ojos recorrieron cada centímetro de la cara de Antonia. De repente, la besó en los labios y ella no lo rechazó.

—Por favor, no me odies, tenía que hacerlo. Tenía que darte un beso...

Antonia le puso un dedo en los labios. Cerró los ojos y lo besó como hace mucho había deseado que la besaran, como nadie la había besado nunca; un beso suave y húmedo y cálido y sonoro, que no buscaba ganar una batalla, sino que anhelaba la unión, la cercanía entre dos personas que compartían un mismo aliento. Se perdió en el ritmo, saboreando el modo en que sus labios se encontraban y se alejaban, solo para volverse a encontrar de nuevo. Era hermoso, se sentía natural. Antonia podía sentir el aliento que compartían, el latido de sus corazones que se intercalaba, mientras sus cuerpos se entrelazaban, sin querer soltarse.

Finalmente, Antonia logró apartarse y lo miró a los ojos:

—No sé qué fue esto, pero era justo lo que necesitaba.

Los labios gruesos de Alejandro se curvaron en una amplia sonrisa.

—Yo también.

VEINTIDÓS

Carmela estaba parada bajo el arco blanco de la puerta haciéndoles señas para que entraran. Tenía ojeras en el rostro y llevaba el pelo gris recogido con las trenzas de siempre.

—Qué cara que tienen —dijo—. Tengo alguna ropa que puedes usar, Alejandro. Te puedes dar una ducha y arreglarte también si quieres.

Carmela le dio indicaciones a Alejandro, que escuchó con atención. Cuando entraron, se dirigió al baño de invitados, que estaba a un costado.

—Ahí hay toallas limpias y todo lo que necesites. Voy a buscarte algo de ropa de don Ricardo —dijo Carmela, antes de echarle un vistazo a Antonia, que veía detrás de ellos. Había seguido a Alejandro con la mirada hasta que desapareció tras la puerta de caoba. La escena del beso seguía repitiéndose en su cabeza como si fuese un espejismo.

Carmela se aclaró la garganta.

—Hola, Antonia, ¿estás aquí?

Antonia pasó saliva, la voz grave de Carmela la sacó de la ensoñación.

—Sí, es que... estaba pensando... —titubeó, sin saber qué decir.

¿Cuánto tiempo llevaba mirándola?

—Ajá... —dijo Carmela, con una sonrisa.

—¿Fuiste a ver a mi papá? —preguntó Antonia para cambiar el tema.

—Sí. No está bien. Está muy triste. Casi ni habló. Es como si hubiera perdido toda la esperanza, como si ese lugar le estuviera chupando el alma. Le dije que ibas a sacarlo, pero creo que piensa que no hay nada que hacer.

—No es cierto. Vamos a sacarlo. Lo prometo.

—Yo sé que sí, Nona. Bueno, cuéntame qué pasó. Estaba preocupada por ustedes. León parecía un loco cuando vino. Nunca lo había visto así, tan bravo, tan desesperado...

León tenía miedo. Quizás ya sabía lo que Antonia tramaba y solo había venido a buscarla a la casa esperando estar equivocado. Por su propio bien, pero sobre todo, por el de su madre.

—¿Ha vuelto a venir León? ¿Vino doña Pereira? —preguntó Antonia.

Carmela la miró fijamente por un momento antes de continuar.

—No ha venido, pero podría llegar en cualquier momento. ¿Lo viste allá?

—No lo vi en la fiesta, pero supongo que tuvo que haber llegado en algún momento, buscándome. Doña Pereira sí estaba, pero no estoy segura de que nos haya reconocido.

»También estaba el padre Juan. Como que le gustan las fiestas... —Antonia todavía se preguntaba si la había reconocido cuando estaban en el salón de baile. Tal vez había sido él quien le había avisado a doña Pereira de su presencia en la fiesta.

Antonia notó la cara de asombro de Carmela.

—También fue a la inauguración... me acuerdo de que dijo algo sobre bendecir el lugar. Limpiarlo o algo así, pero creo que estaba siendo sarcástico. Lo decía para molestarte.

—Ajá... —asintió Antonia—. Ahora no se separa de doña Pereira, parece que fuera su guardaespaldas. Tal vez piensa que con tener a un cura a su lado se va a librar de irse al infierno.

»Hablando del infierno... También fuimos al lago de los muertos —soltó Antonia.

Carmela se tambaleó hacia atrás, hasta chocarse con la pared. Se puso una mano en el pecho, como si se le fuera a salir el corazón.

—¡¿Que hicieron qué?! —exclamó—. Por eso vienen con esa ropa sucia y ese olor tan asqueroso. ¿Bajaron por allá?

Antonia ya se había acostumbrado al olor después de tenerlo encima durante horas. Se había acostumbrado tanto que lo había olvidado. Ahora parecía como si hubiera traído consigo al Salto y a esa casa hasta la ciudad.

—Voy a necesitar un café —dijo Antonia mientras se dirigía a la cocina. Carmela salió detrás de ella—. Vamos a sacar a mi papá de ese lugar. Luego, voy a encargarme del hotel. Vamos a echarlos de allá. Me da rabia lo ingenua que fui. Cómo no me enteré de nada. ¿Cómo no pude darme cuenta de que...?

—Nona —la interrumpió Carmela con ese tono cariñoso

y conciliador que Antonia ya le conocía—. Deja de echarte la culpa por todo. No tenías cómo saber lo que estaba ocurriendo. Pasamos por muchas cosas en esa casa.

—Yo sé. Tienes razón. Lo siento. Es que... Carmela, hay tantas cosas que no sabíamos.

Carmela entrecerró un poco los ojos.

—¿Como qué?

Antonia dudó por un momento, pero decidió continuar.

—Doña Pereira es la líder de un culto nigromántico. Extrae poder, energía, o lo que sea, de los muertos. Matan gente. Ella invoca a los svetybas... invocó a uno para que me persiguiera... o a la casa. Todavía no estoy segura a quién.

Antonia pudo ver el terror en los ojos de Carmela. Se puso pálida, y sus trenzas parecieron adquirir una quietud inusual.

—Nona, no tenía ni idea, pero sigue... —le pidió Carmela, con un hilo de voz.

Antonia pasó a contarle rápidamente todo lo que había descubierto sobre Estela, sobre la casa y sobre doña Pereira. El aire alrededor se puso pesado, denso, como si hasta las paredes estuvieran aguantando la respiración. A medida que Antonia repasaba los acontecimientos de los últimos días, la invadía un único pensamiento: incluso si lograba sacar a su papá de prisión, todavía le quedaría algo por resolver.

Y lo peor era que no sabía por dónde empezar.

Quizás, una vez saliera de la cárcel, Ricardo podría sacar algo de tiempo para revisar los diarios y el libro que había traído con ella. Tal vez pudieran indicarle alguna solución posible. Una que no requiriera pedirle, rogarle, a doña Pereira que expulsara al svetyba.

Más tarde, esa misma mañana, Emiro llevó a Antonia y a Alejandro a *La Gaceta*, donde se encontrarían con Rosalía. Las fotos de Alejandro estaban listas acompañar el reportaje especial que ella había escrito para el periódico más importante del país. A doña Pereira se le concedería el deseo salir en todos los titulares. Su historia llegaría a cada rincón de Colombia.

En las oficinas de *La Gaceta* se escuchaban varias conversaciones animadas y el tecleo constante de las máquinas de escribir. Todos los trabajadores estaban inclinados leyendo o corrían desesperadamente de un lado a otro con pilas de documentos. Por las ventanas verdes de madera podía verse la plaza de Bolívar. Una multitud se agolpaba en la plaza y a sus alrededores, ya que el mercado de los domingos estaba en su apogeo. La catedral, con sus puertas dobles entreabiertas, les daba la bienvenida a los creyentes mientras las campanas anunciaban la misa del mediodía. Antonia pensó en la madre Asunción y en su trabajo en la escuela. Iba a sacar a su papá de la cárcel, tal como le había prometido a la monja, pero ya no estaba segura de que el trabajo fuera ahora una de sus preocupaciones.

Rosalía los saludó y les dio la bienvenida a la oficina con una sonrisa. Las paredes estaban recubiertas de periódicos enmarcados y notas de prensa, y el murmullo de la imprenta ahogaba casi cualquier otro sonido.

Rosalía extendió las manos, en cada una sostenía una pila de fotografías brillantes con los bordes ligeramente doblados tras haber sido manipuladas.

—Esto es todo lo que me dio Alejandro —dijo.

Antonia empezó a revisarlas, con una curiosidad cada vez mayor. Eran imágenes del ritual que había ocurrido a las afueras del hotel, pero también había fotos que Alejandro había logrado tomar mientras exploraban el bosque bajo la cascada, y tomas de algunas investigaciones previas, incluyendo las de la noche de la inauguración del hotel. Había una de Antonia con su papá, y un primer plano del arma homicida.

Mientras las observaba, una de las imágenes captó brevemente su atención. El padre Juan había estado en el ritual del hotel la noche anterior. En su momento, mientras observaban la escena desde detrás de los arbustos en medio de la noche, Antonia no lo había reconocido, pero mirándolo de cerca, en la foto que tenía enfrente, la sotana lo delataba.

—Alejandro —dijo Antonia, dándole un golpecito en la espalda—. Mira al padre Juan. Sale aquí.

Alejandro le quitó la foto de las manos. La miró con atención unos segundos, y luego abrió la boca en un gesto de asombro.

—¿Cómo no lo vimos? Por eso estaba ahí...

—Si nosotros lo reconocimos, los demás también lo van a reconocer.

Alejandro le susurró algo a Rosalía mientras le entregaba la foto. Rosalía también lo reconoció. El padre Juan era el sacerdote de la basílica de Monserrate, la iglesia antigua que estaba en la colina que tenían justo enfrente.

—Esta gente se acuesta con Dios y amanece con el diablo —murmuró Alejandro.

—Va a salir una edición especial del periódico esta misma tarde —les anunció Rosalía mientras se dirigían a su cubículo, donde tenía enmarcadas las historias que había cubierto: desde el asesinato de un candidato presidencial hasta la Ofensiva de los Cien Días de la Primera Guerra Mundial y los prósperos años veinte en los Estados Unidos—. Apenas le conté a mi jefe, me dio luz verde. —Sonrió—. Va a ser un escándalo.

—No se lo esperan. Si la Iglesia está involucrada de alguna manera, se les va a armar la grande. En menos de nada van a tener periodistas de todo el país haciendo fila en las puertas del hotel, y la gente no va a descansar hasta que lo cierren —dijo Alejandro entusiasmado.

Antonia comprendía las implicaciones, no solo para los responsables, sino también para ella y su familia. Incluso si lograban cerrar el hotel, pronto el Salto y las puertas de la casa se llenarían de cientos de curiosos, corruptos y miembros de los cultos asesinos que dirigían los ricos de la ciudad. Tenía que hacer algo para evitarlo.

Alejandro miró a Antonia. Bajo la luz dorada que se colaba por la ventana, sus facciones se veían más suaves, delicadas, casi como las de una niña. Su cabello castaño estaba peinado hacia atrás, y esta vez no había un solo mechón fuera de lugar.

—Voy a llevarle esto a la policía. Tú deberías ir a ver a tu papá, y asegurarte de que esté bien. Nos vemos allá.

Antonia asintió.

—¿Crees que con eso sea suficiente?

Tenía que ser suficiente. Su plan no podía fallar. No lo permitiría.

—Antonia, sí. No tengas miedo, vamos a sacar a tu papá de ese sitio. Doña Pereira y su hijo no van a poder evitar que hagamos lo correcto.

—Sí, pero estoy preocupada... ¿Qué tal que León haya ido a ver a mi papá y le haya hecho algo malo para vengarse? ¿Qué tal que lleguemos allá y nos digan que lo transfirieron o que ya lo sentenciaron, y me perdí el juicio? ¿Qué tal que...?

No pudo terminar la frase, estaba a punto de echarse a llorar. Sentía que se tambaleaba. Era como si estuviera a punto de quebrarse, si es que no estaba ya rota por dentro.

—Yo voy contigo a la policía —le dijo a Alejandro—. Luego vamos a sacar a mi papá de la cárcel.

Sonrió.

—Pues vamos. Tenemos que rescatar a tu papá.

Antonia le entregó la evidencia al par de abogados nuevos que había contratado para que se encargaran del caso, lo cual había sido más que suficiente para prevenir que Ricardo fuera a juicio. Los nuevos abogados revisaron el informe de la autopsia y encontraron que, en la cronología de los hechos, el momento en que su papá había estado con Alejandro no coincidía con la hora en la que el jefe de gabinete había sido asesinado.

En la estación de policía, todo transcurrió sin tropiezos: entregaron una copia del material que habían reunido, el cual no solo incriminaba a doña Pereira y a León, sino también a los demás inversionistas del hotel, junto con la gente que acompañaba a doña Pereira en sus rituales.

Al principio, los oficiales que estaban a cargo mostraron algo de reticencia, pero Antonia amenazó con convocar a la prensa a las puertas de la estación si no firmaban la liberación de Ricardo. Aun tendría que ir a juicio, pero con todas las pruebas que tenían ahora, saldría bien librado.

Al revisar con atención las fotos de Alejandro, Antonia reconoció algunos rostros, pero la policía se encargaría del resto. El hotel sería desalojado ese mismo día, ya que ahora era el escenario de una investigación en curso. Antonia vaciló por un instante ante la idea de que revolcarían su casa, y el santuario de Estela, en busca de pistas para esclarecer lo que había ocurrido. Para ella, estaba claro, pero la policía debía descubrirlo por su cuenta. Si ese era el precio que tenía que pagar para mantener a todo el mundo alejado de ese lugar, no le importaba que fueran hasta allá. El detective que estaba a cargo del caso les dijo a Antonia y Alejandro que enviaría de inmediato una carta para informarles a los inversionistas y propietarios del hotel lo que estaba ocurriendo, y que ya había patrullas de la policía rumbo al hotel.

◆━━━◆

Esa misma tarde, Antonia logró colarse con Alejandro en la cárcel de la ciudad, luego de sobornar a un guardia con unos cuantos pesos, y de que Alejandro prometiera escribir un artículo sobre el penal y sobre el propio guardia.

Adentro, un velo de oscuridad cubría los largos pasillos de piedra, apenas iluminados por tenues lámparas de queroseno que colgaban de las paredes. El pabellón era tan enorme como Antonia lo recordaba, pero sentía que se estrechaba a cada paso, a medida que avanzaban. Un dolor punzante le atravesó el pecho al pensar en la posibilidad de no encontrar a su papá con vida en la celda, de encontrar insectos revoloteando sobre su cadáver.

«No. No». Respiró hondo unas cuantas veces para calmar el violento latido de su corazón. Iba a salvarlo. Ya lo había hecho.

Cuando llegaron a la celda de Ricardo y Antonia pudo verlo, rompió en llanto. Él se sentó, con la mirada distante, rota, perdida en otro lugar.

—¿Papá? —lo llamó Antonia.

Se veía aún más frágil que la última vez. Tenía la ropa cubierta de una capa de polvo, una continuación del lodo que se acumulaba en las esquinas de su celda. Parecía haber perdido unos cuantos kilos desde la última vez que lo visitó.

Le había prometido que lo sacaría de la cárcel. Estaba ahí para cumplir su promesa.

La expresión se le iluminó, y se abalanzó contra los barrotes de la celda extendiendo una mano hacia Antonia.

—Nona, ¿de verdad eres tú? —Su voz retumbaba en las paredes.

Antonia deseaba poder arrancar los barrotes y abrir la celda para que él saliera. No se merecía nada de esto. Y le dolía haber pensado, aunque hubiera sido por un momento, que sí.

—Soy yo. Te vamos a sacar de aquí —dijo.

Antonia miró a Alejandro, y vio como una tímida sonrisa se dibujaba en sus labios.

—¿Qué pasó... cómo así? —preguntó Ricardo, como si no le interesara tanto dejar de estar encerrado—. ¿Regresaste a la casa?

Antonia asintió.

—Papá, tuve que hacerlo. Perdón por haber ignorado todo lo que me dijiste, pero te tengo que confesar que tenía miedo. Temía que tú lo hubieras hecho. Que la casa de alguna manera te hubiera obligado. Pensé que estabas enfermo, que estabas confundido, nublado por el duelo y la tristeza. Perdóname por dudar de ti. Yo... tenemos que clausurar el hotel. Las cosas son peores de lo que pensábamos. Vimos unas cosas... vimos... Doña Pereira y León, la razón por la que quieren quedarse con el hotel va mucho más allá de lo que somos capaces de imaginar.

—No, Antonia, yo debí haberle insistido a tu mamá antes de que fuera demasiado tarde. Debí haberme dado cuenta de cómo había cambiado, su falta de vitalidad. Solo después de que la perdí entendí todo, cuál había sido su plan.

—Yo sé. Mamá... Lo supe por sus diarios. Todo este tiempo fue doña Pereira.

—¿Qué estás diciendo, Nona?

—Papá, la razón por la que estás aquí no tiene que ver con la casa, no fue obra del Salto. Doña Pereira convirtió ese lugar en una cueva de asesinos. Ha sido la artífice por años, y ya está lista para construir su comunidad del mal en nuestra tierra. No va a ser fácil detenerla. Tiene a León de su lado, al pueblo entero.

Ricardo miró a Alejandro, luego a su hija, luego de nuevo a Alejandro, y luego otra vez a ella.

—Esa maldita... —Le temblaba la mandíbula, y las fosas nasales se le ensanchaban con cada respiración. Las venas del cuello, apenas visibles bajo la luz tenue, le palpitaban.

—Sé que es mucho para procesar, papá. Y vas a tener tiempo para hacerlo, pero ahora mismo, lo que tenemos que hacer es clausurar el hotel y encontrar la manera de destruir lo que ella invocó ahí.

A Antonia se le revolvía el estómago de solo pensarlo.

¿Y si su mamá tenía razón? ¿Si era imposible exorcizar al svetyba?

Antonia desterró ese pensamiento, tenía que concentrarse en lo que podía controlar.

—Tenemos suficiente evidencia, no solo para que te liberen sino también para cerrar el hotel. Ese lugar no está destinado a ser una atracción turística. Es un santuario, un lugar sagrado, y debe mantenerse así.

Mientras hablaba, una verdad que se había mantenido oculta saltó a la vista. La mansión, un emblema de la opulencia, había sido construida sobre tierras que le pertenecían legítimamente a los muiscas. Ricardo se había apropiado de ese terreno para emprender su grandioso proyecto. Pero esos últimos años en la casa habían sido como una cárcel para Antonia, una jaula de oro y privilegio construida sobre tierras ajenas. Y dependía de ella ponerle fin a todo esto.

VEINTITRÉS

~~~~~~

Antonia entró a su habitación, una evidente sensación de inquietud la tironeaba por dentro. Cerró la puerta con un suave clic y echó llave con firmeza.

Un escalofrío le recorrió el cuerpo mientras se dirigía hacia su cama. Ahí estaban apilados los diarios de Estela que había traído del santuario, junto con el viejo ejemplar de *El mal en los tiempos de Bochica*, encuadernado en cuero amarillo. En la tapa, unos grabados geométricos de estilo muisca rodeaban el título.

Antonia se sentó al borde de la cama y abrió el libro. El corazón le latía con fuerza. Había hojeado el índice cuando estaba en el cuarto de su mamá, pero no había tenido tiempo de buscar lo que en verdad necesitaba. Ahora lo tenía.

Pasó algunas páginas del libro, eran frágiles y tenían los bordes desgastados. Estaba decidida a encontrar algo, lo que fuera, que le ayudara a responder sus preguntas sobre el hechizo del svetyba y cómo deshacerse de él.

Cuando llegó a la página con la ilustración del svetyba, sus ojos se posaron de inmediato en unas notas: palabras garabateadas con rapidez que claramente resaltaban sobre el texto borroso. Eran anotaciones erráticas, como si las hubieran escrito en un estado de frenesí, con manchas de tinta y borrones, pero aun así eran legibles.

Frases como «La casa debe mantenerse en pie», «Haz que se vayan», «Envenena sus mentes» y «La casa es el corazón» saltaron a la vista de Antonia. El carácter perturbador de estas notas la dejó paralizada sobre el colchón.

Pero... la letra. No era la de su mamá.

Volvió al inicio del libro, justo antes del índice, y justo ahí estaba el nombre de la dueña, escrito con la misma letra que había encontrado en el resto del libro.

Eleonora Pereira. Octubre de 1930.

Si doña Pereira había usado este libro para invocar al svetyba, para intentar arrebatarles la casa, para apoderarse de ella... entonces, las indicaciones para librarse del svetyba debían estar anotadas en algún lado. Cada hechizo tiene su contra. ¿No era eso lo que le había dicho Estela?

Todos sus temores empezaron a disiparse, y fueron reemplazados por una claridad que no conocía.

Antonia se puso de pie, resuelta, como si hubiera accedido a una reserva interna de conocimiento que nunca debió poseer.

«La casa debe mantenerse en pie».

«La casa es el corazón».

Doña Pereira nunca había querido la casa solo por su belleza. Con el dinero que tenía, podía haber construido una réplica exacta, si no es que una mejor, en cualquier lugar y en cualquier momento.

Quería esa casa, la casa de Antonia, porque ese era el corazón. Era el artefacto a través del cual el poder que le extraía al Salto viajaba...

Un artefacto similar a los tunjos, de los que se decía que podían canalizar poder divino, y que Estela usaba en sus rituales.

La casa se había convertido en el tunjo de doña Pereira, un artefacto para apaciguar y fortalecer al svetyba.

Antonia respiró profundo, la realidad de su situación le cayó encima. Para salvarse a sí misma, tenía que restaurar el equilibrio de Bochica.

Había encontrado las respuestas que buscaba, y así, la carga que llegaba a cuestas se aligeró por un momento. Su papá... había tenido la razón todo este tiempo. Antonia no debió haberlo impedido.

La casa no podía seguir en pie.

VEINTICUATRO

◆――・――◆

La madre Asunción se retorció en su trono al ver a Antonia aparecerse en su oficina sin previo aviso. Sus ojos, amplificados tras unas gafas, siguieron a Antonia mientras cruzaba las gruesas puertas. Un leve olor a incienso y a tabaco quemado flotaba en la oficina de la monja. La madre Asunción había pensado que jamás regresaría, de eso Antonia estaba segura; la bruja la creía capaz de rescatar a Ricardo. Pero lo había hecho.

Antonia se sintió aliviada de encontrar a la madre Asunción un lunes. Esos días, a esa hora de la tarde, solía estar escondida en el convento. Pero Antonia necesitaba cerrar ese capítulo. Necesitaba atar todos los cabos sueltos antes de seguir adelante.

Antonia cambió de postura, se sintió de repente atrapada bajo la mirada impenetrable de la madre Asunción, que tenía un puro grueso encendido entre los dedos.

Al cruzar miradas con la monja, Antonia no se acobardó. Se sentía más decidida a cada paso que daba mientras avanzaba hacia la madre Asunción.

—Señorita Rubiano, me complace verla de vuelta.

La anciana le indicó que se sentara.

Antonia esbozó algo parecido a una sonrisa, y se dejó caer sobre el vistoso banco dorado que estaba frente a la madre Asunción.

—¿Supongo que ya se enteró de la noticia?

¿Y cómo no iba a enterarse? En la ciudad, las noticias como esta se esparcían como pólvora. La gente cedía a sus deseos más morbosos.

La mirada de la madre Asunción se deslizó por la mesa hasta llegar a Antonia.

—Todos nos enteramos —dijo con sequedad—. Y todos estamos muy complacidos de darle la bienvenida. Nos alegra saber que su padre finalmente salió de ese infierno. Un hombre tan bueno como él no se merece ese tipo de trato, sobre todo siendo inocente. —La madre Asunción puso una expresión severa al pronunciar esas últimas palabras. Un mechón de canas se mecía con el humo que soplaba de su boca—. Sabía que iba a lograrlo. Había demasiado en riesgo como para que...

Antonia alzó la mano para pedirle que se detuviera, y eso bastó para interrumpirla. ¿Ahora sí creía que Ricardo era un hombre decente, después de haber acusado a su familia, incluso a Estela, de vivir una vida inmoral?

—No vine aquí para escucharle decir cómo siempre supo que mi padre era inocente, ni para oír palabras repentinas de cariño o bondad hacia nosotros. No creo en una sola palabra que salga de su boca.

El ambiente se tensó entre ellas, y la voz de la monja pareció cortar el aire cuando habló de nuevo.

—Eso no era lo que intentaba hacer. —La madre Asunción

apagó su cigarro en el cenicero de cristal que tenía al lado—. Tenía toda la evidencia en su contra, sí. Pero, en el fondo, sabía que él era inocente. Lo conozco hace tiempo. Pobre, siempre ha tenido muy mala suerte, sobre todo desde que se alejó de la Iglesia. —Se puso la mano en el pecho, como si quisiera mostrar su preocupación sincera por Ricardo.

Antonia respiró hondo varias veces, intentando calmarse y contener el impulso de arremeter vilmente contra aquella vieja amargada.

—Vine a decirle que renuncio. —Al pronunciar esas palabras, Antonia sintió cómo se quitaba un peso enorme de encima. Era lo que siempre había querido hacer—. Le estoy haciendo un favor, ¿no? Usted misma dijo que los padres no querían a la hija de un lunático enseñándoles a sus hijas, así que les estoy haciendo la vida más fácil, a ellos, y a usted.

Un destello de sorpresa se asomó en los ojos de la madre Asunción al escuchar las palabras de Antonia.

—Yo sé lo que dije, pero su padre es inocente. Usted pudo probarlo...

—Sí, lo hice, pero no para quedarme con este trabajo. Lo hice por mí, por él, por nuestra familia. Lo hice porque no era culpable, porque él no tenía nada que hacer ahí.

Sin previo aviso, la madre Asunción empujó su silla hacia atrás, que arañó el suelo emitiendo un fuerte chirrido, y se puso de pie. Sus movimientos eran bruscos y erráticos. El hábito se movía de un lado al otro mientras caminaba por la oficina, a cada paso se veía más agitada. Tras la noticia de Antonia, la actitud serena que solía tener había sido reemplazada por una ola de pánico.

—Qué bobadas está diciendo —dijo la madre Asunción con desdén—. Estábamos esperando su regreso. Usted es una de nuestras mejores maestras, y su trabajo está aquí. ¿Acaso cree que la escuela para varones va a aceptar a una mujer como maestra? ¿Sobre todo a una que todavía sigue soltera?

Antonia no había pensado en buscar trabajo en la escuela para varones. No sabía si era peor tener una mujer como la madre Asunción como jefa o a un sacerdote que se creyera mejor que el resto como director de la institución. Prefería servir a mujeres, incluso si esas mujeres servían a hombres a su vez.

—Lo siento mucho por las niñas. Les he cogido mucho cariño, aunque no estoy segura de si es porque en verdad me caen bien o porque las compadezco, por sus tristes vidas y por todo lo que tienen que soportar dentro de estas cuatro paredes.

Antonia tenía razón. Una de las cosas que siempre la había retenido era pensar en las niñas. Se sentía mal por ellas. Sentía que debía quedarse para protegerlas. Pero ¿protegerlas de qué? ¿Y cómo? Si no estaban expuestas a la madre Asunción durante el horario escolar, afuera lo estaban a cosas aún peores: padres abusivos, adultos fanáticos que reprimirían su crecimiento y desarrollo. A un mundo que las silenciaría simplemente por haber nacido mujeres. Haber nacido mujer en un mundo que castigaba a las mujeres: ese era el verdadero fantasma que las perseguía. Y a Antonia también.

La madre Asunción la miró de reojo.

—Está loca. ¿Qué va a hacer, pues? ¿Devolverse a esa casa de locos?

—Eso no debería preocuparle.

—¿Entonces va a regresar? ¡Logró convencer a su pobre padre de volver!

—Lo que yo haga con mi vida de ahora en adelante no es asunto suyo. En realidad, nunca debió haberlo sido.

La expresión de la monja se transformó una vez más. Ahora estaba vacía, desprovista de toda emoción.

—Con ese pasado tan trágico. Desempleada. Huérfana. Soltera. Usted definitivamente está empeñada en arruinar su vida —dijo con desdén.

—Claramente tenemos una idea muy distinta de lo que significa arruinarse la vida.

Antonia se levantó de su asiento y se dirigió hacia la puerta. Sus pasos eran firmes y deliberados. No se volteó a mirar a la madre Asunción, que seguía de pie junto a su escritorio, con una expresión de sorpresa y frustración en el rostro. La voz pastosa de la monja, lejana y cada vez más desesperada, no logró penetrar el silencio que Antonia se había impuesto.

VEINTICINCO

‑‑‑‑◆‑‑•‑‑◆‑‑‑‑

Unos días después de que su papá fuera liberado de la cárcel, la policía llamó para darles la noticia. Doña Pereira había escapado, y la policía estaba buscándola, pero hasta el momento ningún intento de captura había tenido éxito. Antonia había intentado sumarse a la búsqueda, pero rápidamente descartó la idea después de hablar con su papá y con Alejandro.

No fue sino hasta una mañana temprano, mientras Antonia se alistaba para salir de la casa, que una oportunidad tocó a las puertas de su casa... o la llamó por teléfono, para ser más precisa. Era Lucía, que había encontrado a León gravemente herido en su propia casa.

—Antonia —le dijo—. Por favor, necesito que me ayudes, está actuando muy raro, no parece él, y tiene este... —y la voz se le quebró en un chillido.

Antonia no tenía ninguna razón para ayudar a León, pero Lucía siempre había sido muy buena con ella, no se merecía tener que lidiar con eso. Además, podía ser una oportunidad para llegar a doña Pereira. Por más malvada que fuera, quería mucho a su hijo, incluso si lo había convertido en su títere. Quizás Lucía tenía información sobre su paradero, que Antonia podría luego transmitirle a la policía.

—Alejandro, soy yo —dijo Antonia del otro lado de la línea—. Necesito que me hagas un favor.

Antonia creía que, si doña Pereira se enteraba de lo que le había pasado a su hijo, no dudaría en aparecer. Así que ideó un plan y se lo expuso a los oficiales a cargo del caso, quienes, con alguna reserva, aceptaron sus condiciones.

El siguiente paso era convencer a Alejandro de publicar una noticia.

Alejandro aceptó y, al poco tiempo, la noticia de que León Rivera estaba a punto de morir se esparció como pólvora. Ahora solo les quedaba esperar a que doña Pereira mordiera el anzuelo.

La policía no podía acompañarlos, pues levantaría sospechas. Esta podría su última oportunidad, y Antonia no se perdonaría a sí misma si no lo intentaban al menos.

Antonia estaba decidida, así que golpeó dos veces a la puerta mientras Alejandro espiaba por una de las ventanas de madera entreabiertas y le indicaba con una seña que no había nadie dentro.

El pánico la invadió de pensar que León y doña Pereira pudieran escapar y no enfrentar jamás las consecuencias de sus actos, pero se obligó a calmarse. Si todo salía según el plan y doña Pereira caía en la trampa, la policía finalmente la atraparía y la pondría en el lugar donde debía estar. Solo entonces Antonia podría recuperar la propiedad de la casa... y deshacerse de ella para siempre.

Alejandro derribó la puerta después de que Lucía, que supuestamente estaba en la casa con León, no respondiera.

—Lucía, soy yo, Antonia. Ya llegué.

No hubo ninguna respuesta, pero entre los pasos decididos de Alejandro al entrar, Antonia escuchó algo.

—¡Auxilio!

Alejandro también lo había oído, lo supo por la manera cómo la miró y la arrastró hacia adentro de inmediato.

—¡Auxilio!

Alejandro y Antonia subieron corriendo las escaleras. Antonia reconoció esa voz. La puerta del estudio de León estaba entreabierta. Lucía estaba arrodillada junto a él, con el rostro escondido entre las manos. No reaccionó al verlos, pero Antonia alcanzó a oír cómo sollozaba débilmente.

Los ojos de Antonia se abrieron del horror, y retrocedió al ver la escena, se llevó la mano a la boca como para protegerse del olor.

Un escalofrío le recorrió la espalda ante lo repugnante de la escena, pero logró recomponerse y se apresuró a arrodillarse junto al cuerpo de León. Apoyó la mano en el hombro de Lucía, cuya mirada perdida seguía clavada en su esposo.

Antonia apretó los labios para contener las náuseas.

El cuerpo de León, que alguna vez había sido de contextura fuerte, se veía ahora enjuto y demacrado. De cerca, se le veía la piel plagada de heridas grotescas: tenía parches de carne descolorida que dejaban ver llagas abiertas que supuraban pus. La piel parecía disolvérsele en algunas zonas, dejando al descubierto lesiones por todos lados, que parecían palpitar con un ritmo propio e inquietante, como si estuvieran vivas, y lo estuvieran devorando por dentro y por fuera.

A los ojos de Antonia, León se parecía a una de esas criaturas que veía en sus pesadillas. ¿Tendría esto algo que ver con el svetyba? ¿Era esto lo que les hacía a los seguidores que dejaban de adorarlo?

—¿Qué está pasando, Antonia? —logró decir Lucía, sacándola de sus pensamientos. Esta pobre mujer no tenía ni idea de lo que su esposo y su suegra habían hecho.

León soltó un quejido al ver a Antonia, que no alcanzó a responderle a Lucía, aunque ni siquiera estaba segura de que León pudiera verla.

—León, soy yo, Antonia —logró decir, con firmeza, poniéndole una mano en la mejilla.

—Ay... —murmuró él con un hilo de voz—. Ayúdame...

Antonia revisó el cuerpo de León. Su piel pálida estaba cubierta de úlceras y cortadas; parecía como si él mismo se las hubiera hecho. Su rostro era el más pálido que había visto jamás. Lo agarró de una de sus muñecas y casi se echa para atrás al ver el agujero que le atravesaba la mano.

Un estigma. Como en sus sueños, como en sus pesadillas. ¿Era esto lo que el svetyba les hacía a sus seguidores cuando dejaban de adorarlo?

«Una farsa; una imitación de los milagros divinos de la Iglesia».

Antonia miró a Alejandro y le hizo un gesto para que se acercara.

Apenas estuvo junto a ella y vio lo que tenía enfrente, Alejandro arrancó un pedazo de su camisa y envolvió las heridas que tenía León en las manos, presionando fuerte. Antonia no estaba segura de que pudieran evitar que se desangrara, dado el estado en el que estaba, pero no iba a dejar que se muriera. Esa sería la salida más fácil, sin importar cómo se encontraba ahora. León necesitaba algo más de lo que un sacerdote o un médico podían ofrecerle. En cualquier caso, pensó Antonia, necesitaba seguir vivo para encarar a las familias de las víctimas de él y doña Pereira.

—¿Qué crees que signifique esto? —preguntó Alejandro.

—Creo que esta gente se estaba metiendo con cosas mucho más oscuras de las que nos imaginamos —respondió Antonia—. Creo que doña Pereira debió haber invocado fuerzas aún más tenebrosas... y ahora se volvieron contra ella.

—Pero ¿por qué a él? ¿Por qué no a ella...?

—Es codiciosa. Se va a poner a sí misma por encima de cualquier cosa. Incluso de su propio hijo. Él no sabía en qué se estaba metiendo. Doña Pereira lo arrastró con ella. Esa bruja malvada debió haber lanzado un hechizo para protegerse de los castigos que se le vendrían encima, y eligió a su hijo para que recibiera el golpe.

Antonia volvió a mirar a León, sus facciones destrozadas parecían transformarlo a cada minuto. Antonia no tenía dudas de que doña Pereira lo había arrastrado hasta ahí. Pero no creía que eso lo convirtiera en víctima, ni que fuera menos culpable solo por ser su títere, aunque ella moviera los hilos. Antonia estaba cansada de buscar razones para justificar las acciones de los hombres. Algunas personas eran malas, y no hacía falta más explicación que esa.

—Madre... —la voz de León se escuchó con dificultad, como un susurro, como si sus palabras reflejaran la gravedad de su estado—. Es mi madre.

Antonia y Alejandro se miraron, y luego ella preguntó:

—¿Dónde está doña Pereira, León? ¿Dónde está?

Antonia volteó a ver a Lucía, que seguía con la mirada perdida.

—¿Dónde está, Lucía?

—No lo sé, te lo juro... dejó un número de teléfono, lo encontré en la oficina de León. No contestó cuando la llamé, por eso te busqué. No sé nada más.

Antonia no tenía razones para desconfiar de ella.

—Ella hizo esto —logró decir León con voz ronca, coágulos de sangre le salían de la boca—. Ustedes lo hicieron.

Ni siquiera verlo así hizo que Antonia sintiera lástima. Él conocía perfectamente las andanzas de su madre y no hizo nada al respecto. Lo había permitido.

—Tal vez sospecha de nosotros y cree que el artículo del periódico fue una trampa. Quizás podemos intentar invocarla, decirle que el svetyba viene por su hijo —dijo Alejandro.

Antonia asintió.

—Lucía, eres tú quien tiene que llamarla.

Lucía se puso de pie y agarró el teléfono que colgaba de la pared.

Antonia estaba dispuesta a todo, iba a jugarse todas las cartas que tenía con tal de atrapar a doña Pereira.

Ahora solo tenían que esperar.

Los minutos parecían horas mientras esperaban a doña Pereira. Estaban cada vez más inquietos, y las cosas no pintaban bien para su hijo.

Antonia miró a León. Si había algo de esperanza en sus ojos, ya había desaparecido.

Se puso de pie y salió del cuarto a buscar a Alejandro. Lucía quiso quedarse con León, tenía un rosario en las manos y rezaba con devoción por el perdón para su esposo. Pero quizás no era mucho lo que podía hacer su dios cristiano. El svetyba no tenía nada que ver con él.

Alejandro esperaba afuera del cuarto. Tan pronto vio a Antonia, le pasó un brazo por los hombros y la acompañó abajo. Antonia se miró las manos, cubiertas de la sangre seca de León. Quiso llorar, como una forma de liberar sus emociones; no por compasión hacia León, sino porque los últimos días habían sido demasiado. Pero no podía. Había llorado tanto en los últimos años que ya no le quedaban lágrimas, y mucho menos para desperdiciarlas en quienes se habían convertido en los verdaderos monstruos de su historia de terror.

Al salir al pasillo, la mirada de Antonia se cruzó con la de doña Pereira. El rostro de la anciana estaba cruzado de arrugas, como si hubiera envejecido diez años desde de la última vez que Antonia la había visto, hacía apenas unos días.

Por un instante, Antonia sintió un enorme alivio, y luego ira.

—¿Qué están haciendo ustedes aquí? —soltó doña Pereira—. ¿No les basta con todo lo que hicieron en el hotel?

—Mordió el anzuelo —se limitó a decir Antonia.

—Tú crees que tienen razones suficientes para meterme en un calabozo, pero lastimosamente para ti, no es así. —La voz de doña Pereira era cortante. Llevaba un bastón en la mano derecha, que golpeó contra el suelo de madera y luego lo apuntó hacia ellos—. Ni creas que voy a dejar que te salgas con la tuya.

Tu carrera está arruinada, jovencito. Ningún periódico ni estación de radio va a querer trabajar contigo. Y tú, Antonia, solo eres una niñita malcriada, igualita a Estela.

—Usted mató a toda esa gente. Hizo que las Hijas se traicionaran entre sí, sacrificó a toda esa gente en el Salto. La muerte de la mamá de Alejandro también fue su culpa. Si cree que un pedazo de mierda como usted me va a hacer sentir peor de lo que ya me siento, está muy equivocada.

—No tienes ni idea de lo que estás diciendo. No eres más que una niñita boba. Y con respecto a la madre de este, lo hice por el bien de Estela. Pensé que eso la haría una líder más fuerte y, en cambio, la convirtió en una debilucha. Como tú. La muerte de Teresa fue una pérdida, pero era necesaria.

Doña Pereira hizo una pausa y miró brevemente a Alejandro. Antonia notó que luchaba con todas sus fuerzas por mantenerse tranquilo.

—Y a León, yo no le hice nada. El svetyba se está apoderando de él. Es un debilucho, como todos los hombres. Cuando se negó a unirse a mí, cuando nos dio la espalda, le cayó la oscuridad encima. Fue culpa suya.

Antonia sentía asco de pensar que doña Pereira fuera capaz de sacrificar a su propio hijo por su sed de poder.

—Si no hubieras arruinado nuestros planes, si no te hubieras metido en lo que no te importa, esto no habría ocurrido. ¿Quieres que me sienta culpable por lo que le pasó a mi hijo? Pues bien, tú también deberías sentirte culpable. —Doña Pereira dejó caer su bastón y se desplomó de rodillas—. Esto es culpa tuya. Y de él también. Tenía que terminar el ritual y él no me dejó... lo arruinaron todo.

Se lanzó hacia Antonia, y Alejandro se interpuso de inmediato, protegiéndola de la ira de doña Pereira.

—¡Aléjese de ella! —dijo Alejandro enfatizando cada palabra, y con el rostro desfigurado de la rabia.

—Ja, ja —la risa de doña Pereira pareció un chillido—. Ya veo lo que está pasando. Estás enceguecido por su belleza...

Antonia pasó saliva.

—Estás perdiendo tu tiempo con ella, muchacho. Mírala bien. No hay manera de que esta te pueda hacer feliz; ni a ti ni a nadie. Es una miserable y una petulante. Nadie le parece lo suficientemente bueno para ella, mucho menos un pobre aficionado como tú —dijo doña Pereira con desdén.

Una ira espesa y agobiante se apoderó de Antonia. Cerró los puños con fuerza. Los ojos castaños de doña Pereira brillaban de satisfacción. Su arrogancia le hacía hervir la sangre a Antonia. Pensó en Estela, en la madre de Alejandro, en todas las personas a las que doña Pereira había asesinado.

En un repentino subidón de adrenalina, Antonia se abalanzó hacia adelante, cedió a sus instintos y sus manos buscaron a doña Pereira. La agarró del cuello y apretó con todas sus fuerzas, empujando el cuerpo de la anciana contra la fría pared de cemento.

Los ojos de doña Pereira se abrieron de golpe, tenía las pupilas dilatadas del miedo. Los labios le temblaban, pero no le salía ni una sola palabra. Solo respiraciones entrecortadas, luchaba por respirar bajo la presión de las manos de Antonia.

Un instinto se apoderó de Antonia: la necesidad desesperada de hacer que doña Pereira pagara por lo que había hecho; de silenciar el eco de su propio dolor, de su rabia.

«Todo esto es culpa suya. Destruyó a mi familia. Y ahora se para aquí, sin el menor remordimiento...».

El rostro de doña Pereira se transformó. La piel, que ya estaba pálida y desgastada, se tiñó de un repentino rubor. Las arrugas se le acentuaron, y otras líneas aparecían a medida que el pánico se le extendía por el rostro.

A Antonia la sangre le latía en las sienes. Tenía que hacer que la anciana sufriera tal como ella había sufrido. ¿Cómo podría vivir consigo misma si no lo hacía?

Antonia se sentía más decidida.

«Si no lo hago yo, ¿quién lo va a hacer?».

Pero justo cuando su mundo se reducía a ese único instante, Alejandro la agarró de la cintura, y la jaló hacia atrás con una fuerza que la sobresaltó. En ese momento, se le revelaron con claridad las consecuencias.

«Si lo hago, seré igual que ella».

—Antonia, detente —suplicó Alejandro—. Por favor. No vale la pena.

Antonia dudó, se sentía dividida entre su deseo de venganza y la conciencia repentina de lo que estaba a punto de hacer.

La cara de doña Pereira, ahora horrorizada, parecía hacerle burlarse de ella.

«No soy como ella».

—No vas a volver a ver a nadie —murmuró Antonia, le temblaban las manos mientras soltaba a doña Pereira. La anciana se encorvó ligeramente, y se llevó las manos a la garganta. Su pecho subía y bajaba con dificultad, le costaba respirar, luego alzó la mirada hacia Antonia.

Antonia abrió la boca para decir algo, pero justo en ese

momento un grupo de policías, de rostro severo, entró por la puerta abierta, acompañado de paramédicos. El oficial al mando, un hombre alto, dio un paso al frente, con la mirada fija en doña Pereira. Carraspeó y luego anunció con firmeza:

—Eleonora Pereira, acompáñenos. Queda bajo arresto...

Una vez más, los ojos castaños de doña Pereira se abrieron del miedo, pero no se tardó en disimular su temor con un gesto desafiante. Los oficiales avanzaban con paso firme hacia ella, sus movimientos parecían sincronizados.

—¿Qué...? —Se dirigió a los policías, y luego miró a Antonia y a Alejandro—. ¿Qué hicieron ustedes...?

Antonia siguió con la vista a doña Pereira mientras los paramédicos y un par de policías sacaban a León en camilla. Pero la imagen de los dos siendo detenidos no logró calmar la tormenta de angustia que la agitaba.

—Se va a pudrir en el infierno, como siempre quiso. Es hora de que usted y tu hijo empiecen a pagar por lo que hicieron —dijo Antonia. Sin embargo, en ese mismo momento, la justicia que tanto había buscado se sentía esquiva, insignificante, incapaz de llenar el vacío que había dejado la pérdida de su mamá.

En cambio, las acciones de doña Pereira parecían reflejar una verdad inquietante: la maldad era una sombra que podía caer sobre cualquiera.

El horror de verdad no solo residía en las acciones de una persona, sino en la presencia insidiosa y persistente del mal que acechaba en cada rincón de la naturaleza humana, y que se disfrazaba incluso de buenas intenciones.

Los crímenes atroces de doña Pereira eran un recordatorio

de que la oscuridad podía alojarse en el corazón de muchos, incluso en el de Antonia...

Se obligó a salir de esos pensamientos lúgubres y volvió la atención hacia doña Pereira, a quien estaban a punto de llevarse. Su figura, que alguna vez fue imponente, parecía disminuida y frágil bajo la luz intensa del umbral. La anciana no opuso resistencia, parecía que toda la energía se le había desvanecido. En su rostro podía verse un gesto de amargura y resignación. Antonia había esperado que la mujer opusiera más resistencia, y le desconcertaba ver que doña Pereira se entregara así como así a la policía. Quizás todo era parte de un plan que seguía gestándose en su mente perversa.

Alejandro se volvió hacia Antonia.

—¿Estás bien?

—Sí.

Le ofreció el hombro y ella lloró. Pensaba que ya no era capaz de hacerlo, que durante todo ese tiempo había derramado tantas lágrimas que los ojos se le habían secado. Que tantos años de reprimir sus emociones la habían hecho lo suficientemente fuerte como para soportar lo que fuera. Y lo era, pero las lágrimas le escurrían por el rostro antes de que pudiera detenerlas.

LOS DIARIOS DE ANTONIA

✦━━━•━━━✦

29 de noviembre de 1936

Cargué un bidón de gasolina, el recipiente metálico me tiraba hacia abajo. Pero la carga era más ligera que el peso de sentirme perseguida; me impulsaban la rabia, la pérdida y el amor.

Le quité la tapa y el intenso olor inundó el aire. Vertí el líquido generosamente en los pilares de la casa; y observé cómo se esparcía con rapidez, empapaba la madera seca y se filtraba en las grietas entre las piedras.

Calculé cada uno de mis pasos, con cada uno de ellos avanzaba hacia la liberación. Mi rostro decidido, con la mirada fija y concentrada, escondía el tormento que habitaba en mí.

La miré por última vez, encendí un fósforo y lo arrojé sobre los cimientos, empapados de gasolina. De inmediato, las llamas se encendieron ferozmente, alzándose como si quisieran devorar los huesos viejos de la casa. El fuego se propagó con rapidez, el estruendo de la estructura de cinco pisos empezó a ahogar los sonidos de la naturaleza que se escuchaba a la distancia. El corazón me latía con fuerza. Había planeado ese momento con precisión, para prenderle fuego, para librarme del embrujo, del svetyba que nos perseguía a mí, a mi familia, como una sombra. Estaba cumpliendo la misión que había emprendido mi mamá.

Observé desde la cascada. El agua que caía contrastaba con la voracidad y la violencia del fuego que se llevaba mi pasado. Me liberaba del svetyba. Limpiaba la tierra.

Mis ojos se fijaron en algo inquietante que sucedía frente a mí. De entre las ondas naranjas y amarillas que cambiaban de forma, comenzó a emerger una figura. Las llamas parecían tomar la forma de un rostro conocido, uno con ojos rojos y malévolos. Un svetyba. Observé cómo las facciones se le retorcían en una mueca enmarcada por la danza violenta de las llamas. Sus ojos me miraban de vuelta. Como si fueran la esencia misma de la casa en llamas.

El receptáculo.

El corazón.

El svetyba se consumía junto con la estructura, mientras el fuego devoraba los últimos restos de mi pasado.

Las ventanas estallaron en una lluvia de vidrios y chispas, el crepitar de las llamas era el testimonio de mi determinación. Las paredes se curvaban y crujían bajo la presión del fuego, el techo colapsó con un estruendo que lanzó una nube de brasas al aire.

Con la casa convertida en una masa incandescente de fuego y humo, empecé a alejarme. Me movía despacio, casi con reverencia, reconociendo en mi mente el carácter definitivo de lo que había hecho.

Me subí al asiento del conductor del Packard Eight y una vez más miré los restos de la casa en llamas por el espejo retrovisor.

Una figura resplandeciente, no como la anterior, brillaba entre el fuego con una luz etérea. La silueta se movía con una gracia imponente, cruzando el humo y el caos como un faro de autoridad divina. Resuelta y majestuosa. El corazón se me hinchó, lleno de satisfacción.

La tierra, por fin, estaba en las manos correctas.

Encendí el motor y mientras me alejaba del Salto, las luces del carro atravesaron la noche que se acercaba. El zumbido constante del motor me consolaba, contrastaba con el caos que había dejado atrás. Y a medida que la carretera se desplegaba ante mis ojos, el peso que cargaba en los hombros empezó a aligerarse. El futuro, que ahora se extendía frente a mí, me ofrecía una sensación de libertad que no había conocido antes.

AGRADECIMIENTOS

Tuve la primera idea para *Bochica* en el 2019, pero no empecé a escribir el primer borrador sino hasta el 2021. En una época en la que todos nos enfrentábamos con nuestros propios miedos, decidí que era el momento de escribir mi propia historia de terror. Durante ese tiempo, la escritura se convirtió en mi ancla. En medio del aislamiento, encontré la luz en forma de este libro. No pasa un solo día sin que piense en las personas que estuvieron a mi lado mientras seguía el sueño de mi vida, especialmente, en quienes hicieron posible este libro.

A Janine Kamouh, mi mayor aliada: gracias por decir sí cuando te propuse un giro hacia algo más oscuro, más aterrador. Viste algo en *Bochica* que yo misma no siempre pude ver, y tu habilidad convirtió este libro en algo más grande de lo que jamás imaginé.

A Caitlin Mahony, Gaby Caballero, Oma Naraine, Suzannah Ball, Carolina Beltrán y Olivia Burgher: gracias por ser parte del equipo increíble que hizo posible este libro.

A mi extraordinaria editora Michelle Herrera Mulligan:

me ayudaste a transformar esta historia en algo en lo que podía creer. Gracias, de todo corazón. *Bochica* no sería lo que es hoy sin ti.

A Yezanira Venecia: gracias por empujarme a escribir cada línea, cada párrafo y cada página lo mejor posible. Soy mucho mejor escritora gracias a ti y te estoy profundamente agradecida.

A todo el equipo de Atria Books / Primero Sueño Press —incluidos Norma Pérez-Hernandez, Chelsea McGuckin y Annette Pagliaro Sweeney—: gracias por honrar esta historia con su talento. Un agradecimiento especial a Maria Mann, por ayudarme a llevar a *Bochica* a otros lugares, y por quererlo tanto como yo.

A Eliana Hernández, cuya sensibilidad y talento lograron que mis palabras encontraran una nueva voz en español, mi lengua materna. Gracias por traducir no solo el lenguaje, sino también el alma del libro.

A Jessica Parra, mi mejor amiga, que además es la escritora más brillante que conozco: creíste en esta historia antes que yo. Este libro existe gracias a ti. Seguramente muchos otros existirán también gracias a ti. Tu amistad significa todo para mí, y no podría haber llegado hasta aquí sin ti.

A María J. Morillo, gracias por estar siempre cuando más te necesito. Gracias por las incontables horas compartidas de frustraciones y victorias con la escritura. Estoy muy agradecida de tenerte a mi lado, en la escritura y en la vida.

A Carlyn Greenwald y Robin Wasley, gracias por acompañarme en esta montaña rusa. Su apoyo y comprensión son todo para mí. Gracias por ofrecerme un espacio seguro para compartir las subidas y bajadas.

AGRADECIMIENTOS

A Paula Gleeson, por siempre hacerme barra y ser una de mis amigas escritoras más queridas.

A Elora Cook, Liann Zhang, Gloria Muñoz, Taylor Grothe, Roselyn Clarke, Xan Kaur, Alyssa Villaire, y a todas las demás autoras que debutaron en el 2025. Me alegra mucho compartir este camino con ustedes.

A Sonora Reyes, Hailey Alcaraz, Vanessa Montalban, Isabel Cañas, Cynthia Pelayo, Isabela Livino, Sofía Robleda, Christina Li, Sadie Hartmann, Luke Dumas, Kiersten White, Fernanda Trías, Erika T. Wurth, Ana Reyes, Jennifer Thorne, Hannah Whitten: gracias por su entusiasmo y apoyo.

A las librerías, bibliotecarias/os, blogueras/os de libros, críticas/os y lectoras/es: gracias por mostrar tanto entusiasmo por *Bochica* incluso antes de su publicación. Me siento honrada de compartir esta historia con ustedes.

A mis padres, siempre. Les debo tanto, y siempre les estaré agradecida por haberme formado como la persona y la escritora que soy hoy. Este libro es tanto suyo como mío.

A mi hermano: gracias por compartir conmigo tu amor por el horror. Este libro es el resultado directo de las historias que compartimos, las películas que vimos y las conversaciones que aún hoy no me dejan dormir por las noches.

Y, por último, a mi esposo. Has sido la fuerza detrás de cada palabra que he escrito. Eres, y siempre serás, el corazón de mi historia. Gracias por ser mi mayor fan.

www.ingramcontent.com/pod-product-compliance
Lightning Source LLC
LaVergne TN
LVHW030405300426
837721LV00042B/1096